倉敷市 編著

倉敷市蔵 薄田泣菫宛書簡集 詩歌人篇

八木書店

刊行にあたって

明治詩壇の巨星であり、その後も随筆家としてジャーナリストとして日本近代文学に多大な功績を遺した薄田泣菫（明治十年―昭和二十年）。彼に宛てられた作家たちの書簡は、彼の故郷であり終焉の地である岡山県倉敷市に保管されています。これらの資料について研究成果を広く報告することを目的として、昨年、第一巻として「作家篇」を刊行したところ、専門の方々から日本近代文学に関する第一級の資料であると高い評価をいただきました。

泣菫没後七十年にあたる今年、引き続き「詩歌人篇」を発刊できるはこびとなりました。泣菫自身が詩人であり、詩の創作活動から一線を退いたのちも、多くの詩人歌人から慕われ、憧れの存在でありました。その証がこの書簡集であり、第一巻と同様に、近代文学の研究に新たな情報をもたらすことができると自負しています。

貴重な資料を寄贈くださった御遺族の皆様、実際に調査研究にあたっていただいているプロジェクトチームの先生方、そして泣菫資料寄贈の橋渡しに御尽力いただいた薄田泣菫顕彰会の皆様方にあらためて感謝を申し上げます。

平成二十七年三月

倉敷市長　伊東香織

薄田泣菫文庫

倉敷市が薄田泣菫のご遺族より寄贈を受けた資料約一、七〇〇点の総称である。倉敷市では一連の資料をこのように名付け、学術的調査研究や公共の場での公開に資するべく、現在管理保管している。資料については、平成一六（二〇〇四）年一一月に薄田泣菫の長男である薄田桂氏の長女野田苑子氏、次女森田佳香氏、三女大東柚香子氏より約三六〇点の資料の寄贈を受け、平成一九（二〇〇七）年一一月に三氏よりさらに約三〇〇点、平成二〇（二〇〇八）年四月にはさらに約三九〇点の寄贈を受けた。また平成二二（二〇一〇）年二月には薄田泣菫の弟薄田鶴二氏長男である薄田博氏より約六八〇点の資料の寄贈を受けて「薄田泣菫文庫」の総体はさらに大きくなった。

こうした中、平成二一（二〇〇九）年九月に、浦西和彦（関西大学名誉教授）、掛野剛史（埼玉学園大学）、片山宏行（青山学院大学）、加藤美奈子（就実短期大学）、庄司達也（東京成徳大学）、西山康一（岡山大学）の各氏を構成員として「薄田泣菫文庫調査研究プロジェクトチーム」を発足させた。後に荒井真理亜氏（相愛大学）が加わった。また、平成一三（二〇〇一）年に設立された薄田泣菫顕彰会（山田錦造会長）からも事務局長の三宅昭三氏に加わってもらうこととした。

倉敷市では文化振興課が事務を所管し、資料の公開に向けて定期的に会合を開きながら調査研究を進めるとともに、薄田泣菫宛書簡からいくつかを選び、宛書簡集を刊行する計画を立てその準備を行っていた。平成二五（二〇一三）年、書簡集の刊行を決定し、昨年『倉敷市蔵 薄田泣菫宛書簡集 作家篇』を発刊し、今回は『同 詩歌人篇』を発刊する。プロジェクトチームからは、掛野剛史、庄司達也、西山康一各氏が編集作業にあたった。現在、残る書簡や資料についても公開を検討しているところである。

〔所属、肩書は平成二七（二〇一五）年三月現在〕

凡　例

本書は、倉敷市蔵「薄田泣菫文庫」の書簡から発信人が詩歌人であるものを中心に一八七通を選んだ。配列は発信人名の五十音順を基準とし、それぞれ発信年月日順に並べた。

一、各書簡は発信年月日を見出しとして掲げ、封書・葉書の別、用紙、筆具を記した。
一、発信年月日の確定は書簡本文、封筒、消印の順によった。ともに不明の場合は、内容等から判断し〔推定〕として記した。
一、封書の場合は〔封筒表〕〔封筒裏〕として宛先人名・住所、差出人名・住所等の情報を記し、葉書の場合は適宜〔受信者〕〔発信者〕として同様の情報を記した。表記は原文のままとし、改行は「／」で示した。
一、「〆」や「緘」等は省略した。
一、消印については〔発信局印〕〔受信局印〕〔ある場合〕の区別をして略記した。
一、差出人名が印刷等によるものについては〔　〕で示した。
一、書簡文中のルビは、私に付したものについては〔　〕で示した。
一、薄田泣菫宛ではない書簡なども、【参考書簡】として収録した。
一、翻刻にあたっては、次の方針で行った。
①漢字表記は原則として現行通用の字体とした。
②変体仮名およびカタカナ書きは現行のひらがなに改めた。
③明らかな誤字・脱字・衍字と判断したものは原文の右に「ママ」と付した。
④改行、句読点は原文のままとするが、読みやすさを考慮し、適宜改行、もしくは一字空きを施した。
⑤書簡原本の位置にかかわらず、結語・日付・宛名・署名などは揃えた。

⑥書簡原本の位置にかかわらず、本文内の脇付は、改行を「／」で示し、それに続けて記した。
⑦解読できない文字は□で示した。

一、本書ではじめて翻刻紹介した書簡は見出しの脇に＊を付した。なお、既に発表されている書簡の初出一覧は左記の通りである。

上田敏書簡３～７
『定本 上田敏全集』第一〇巻（教育出版センター、昭和五六年一二月）
蒲原有明書簡14
親和女子大学国文学研究室編「薄田泣菫来簡集」（『親和国文』昭和五九年一二月）
北原白秋書簡１
親和女子大学国文学研究室編「薄田泣菫来簡集」（『親和国文』昭和五九年一二月）
北原白秋書簡２～６
『北原白秋全集』第三九巻（岩波書店、昭和六三年四月）
島崎藤村書簡１
親和女子大学国文学研究室編「薄田泣菫来簡集」（『親和国文』昭和五九年一二月）
茅野蕭々書簡７
親和女子大学国文学研究室編「薄田泣菫来簡集」（『親和国文』昭和五九年一二月）
三木露風書簡５、８
親和女子大学国文学研究室編「薄田泣菫来簡集」（『親和国文』昭和五九年一二月）
与謝野晶子書簡２、４、７、13
逸見久美編『与謝野寛晶子書簡集成』第四巻（八木書店、平成一五年七月）
与謝野晶子書簡５、９

親和女子大学国文学研究室編「薄田泣菫来簡集」（『親和国文』昭和五九年一二月）
与謝野寛書簡19、38、41
逸見久美編『与謝野寛晶子書簡集成』第四巻（八木書店、平成一五年七月）
与謝野寛書簡40
親和女子大学国文学研究室編「薄田泣菫来簡集」（『親和国文』昭和五九年一二月）

『倉敷市蔵　薄田泣菫宛書簡集　詩歌人篇』目次

『薄田泣菫宛書簡集―詩歌人篇―』のこと

――「大阪毎日新聞」夕刊掲載の短歌のことなど

浦西和彦

さきの『薄田泣菫宛書簡集―作家篇―』には、芥川龍之介、菊池寛、菊池幽芳、田山花袋、徳田秋声、谷崎潤一郎、永井荷風、武者小路実篤等をはじめとする近代文学者たちの薄田泣菫宛書簡が多数収録されていて、その内容の豊潤さから作家研究、或いは文壇史研究に大きく寄与する資料的価値のあるものであった。この〈作家篇〉の泣菫宛書簡集の特長の一つは、泣菫が雑誌や新聞社の編集者であったことから、作家達が作品の掲載に関係して編集者である泣菫に出した書簡が多く、書簡の性質が私信というよりも、半ば公的要素の著しいところにある。そこに他の文学者宛書簡集とは違って、泣菫宛書簡集〈作家篇〉の面白さ、魅力が多大にあって、文学的資料価値の高いものとなっていた。

さて、〈作家篇〉に引き続き刊行される〈詩歌人篇〉には、明治三十三年一月から昭和二十年三月までの薄田泣菫宛書簡百八十三通と、小天地編輯局、金尾種次郎、薄田修子宛書簡四通が、参考書簡として収録された。薄田泣菫は金尾文淵堂書店から第一詩集『暮笛集』を明治三十二年十一月二十日に刊行し、若くしていちはやく詩壇に認められた。すなわち、この〈詩歌人篇〉宛書簡は泣菫が詩壇に登場したその直後の明治三十三年一月から始まり、そして、泣菫が死去する昭和二十年までの四十五年間に及んでいる。〈作家篇〉と同様に、泣菫が文芸雑誌「小天地」や「大阪毎日新聞」の編集にかかわった時の書簡も含まれているが、この〈詩歌人篇〉では、編集者であった薄田泣菫であるよりも、詩人である泣菫に宛てた書簡が多くあることに、その第一の特長があるといってよい。

泣菫はさきの処女詩集『暮笛集』を刊行後、『ゆく春』（明治三十四年十月五日発行、金尾文淵堂書店）を出版した。蒲原有明は泣菫宛明治三十四年十二月十五日の書簡で、「先般御発行の詩集『行く春』拝見　御苦心の程感佩いたし本日発出の『明星』紙上聊か愚見相述置候」と書いているのは、『明星』第十八号の明治三十四年十二月十五日発行のことである。「明星」のその巻頭に与謝野鉄幹が「『行く春』を読む」を載せ、「美はしき音よ『行く春』／亜細亜初めて歌を聞ける、／我等世俗に抗して／口を極めて讃ず、」と称賛していた。そうして、「明星」は続けて、前田林外「『行く春』を読む」、蒲原有明「『行く春』を読む」、羽川隠士「『行く春』読む」、武田木兄「『行く春』を読む」、山崎紫紅「『行く春』を読む」を掲載している。泣菫の『ゆく春』特集といってよい。四六倍版の「明星」全六十四頁のうち、二十八頁にわたって、雑誌の半分近くをこの泣菫の『ゆく春』批評に費やしているのである。いかに泣菫が当時の詩壇に注目された存在であったかを如実に物語っている。泣菫はその後『二十五絃』（明治三十八年五月十三日発行、春陽堂）、詩文集『白玉姫』（明治三十八年六月十日発行、金尾文淵堂）と相次いでその業績を世に問い、大和古寺で天平時代の古都の様相を追想した「ああ大和にしあらましかば」や平安時代の京都に対する憧憬を詠んだ「望郷の歌」などを収めた『白羊宮』（明治三十九年五月七日発行、金尾文淵堂）において、泣菫の声名は詩壇を圧した。島崎藤村、土井晩翠の後を承けて、明治三十年代後期において泣菫時代ともいうべき一時期を現出させたのである。この〈詩歌人篇〉百八十三通の宛書簡のうち百通近く、その半分以上が泣菫が詩人として活躍した明治期のものである。しかも、明治の詩歌壇に大きな足跡を残した人々の書簡である。すなわち、東京新詩社を設立して明治三十三年四月に機関誌「明星」を創刊し、浪漫主義文学運動を展開した与謝野寛の書簡が四十一通、ロゼッティの詩から示唆を受けて象徴詩を唱導し、日本における象徴詩の創始者となった蒲原有明の書簡が十八通、訳詩集『海潮音』でフランス象徴主義の詩を移入した上田敏の書簡が九通、エキゾチックな感覚の象徴詩人として知られる北原白秋の書簡が七通、詩集『天地有情』などで漢文脈のひきしまつた格調の高い詩で叙事詩を展開した土井晩翠の書簡が五通、明星派の歌人の新進として活躍した茅野蕭々の書簡が八通、あやめ会を結成して日・米・英詩人の交流をはかった野口米次郎の書簡が四通、口語詩運動に参加した服部嘉香の書簡が一通、自然主義詩人として知られる人見東明の書簡が七通、『明治大正詩史』など我が国最初の体系的詩史をまとめた日夏耿之介の書簡が八通、抒情詩人として知られ、象徴詩人としても優れた才能を示した三木露風の書簡が九通、俳人で新俳句運動に加わった水落露石の書簡が十一通などの多数である。〈詩歌人篇〉は泣菫をめぐる他の詩歌人たちの交流関係を知ることができるだけでなく、明治期の近代詩歌のこれまで知られなかった様々のことが見えてくる。たとえば「万朝報」明治三十九年九月一日の「文界短信」に「拝呈、本月廿六日の御紙上『あやめ会の内幕』として掲載有之候件は、全く事実無根に候、同会は『某英詩人の機関』にあらず、寧ろ吾等会員の左右し得る性質のもの也、且原稿料の用途は各会員よく承知し居る所にして、決して一人の乱用したるにあらず候、吾等は某英詩人と云はれし人の為弁じ置き度候に付き何卒この全文御掲載の上御正誤なし被下度候―八月廿八日（上田敏、小山内薫、蒲原有明、岩野泡鳴）」と掲載されている「あやめ会」の内紛について、蒲原有明の明治三十九年八月一日の書簡や野口米次郎の明治三十九年九月二日の書簡など当事者たちが言及している。また、北原白秋が明治四十五年一月十六日の書簡で「小生愈自己の詩風を全然破壊すべき機運来りたるが如く存ぜられ候」と述べていることなど白秋の詩業を考察するうえにおいて含みのある言葉であろう。この〈詩歌人篇〉には今後の明治の近代詩研究の発展に寄与する多くのものが内包されていて、明治期の詩壇研究の貴重な文学的資料といえるであろう。

泣菫は若くして詩壇に君臨したが、大正期になると詩作を廃し、大阪毎日新聞社に入社、大正八年には学芸部長に昇任した。新聞人として、また随筆家として、その天成の才能を発揮するのである。

開高健はエッセイ「小さな顔の大きな相違」（「毎日新聞」昭和五十九年四月十三日夕刊）で、明治、大正、昭和の古い新聞を繰ってみて、〝時代色〟がもっとも生彩を放っているのは論説欄ではなく、コラム、川柳、俳句、といったような小さな部分であるという。「ニュースの報道や解説はどの新聞も似たり寄ったりになる。論説もこの点あまり変わるまい」「新聞で個性らしい個性が発揮できるのは傑出したコラムだけであると極言したくなるほどである。もし傑出したコラムがあれば、それは敏感にまさぐる指でありながら同時に顔」でもある。泣菫が長年月にわたって「大阪毎日新聞」に連載したコラム「茶話」は新聞の〝顔〟でありつづけた。「博大な素養と厖大な見聞をさりげなく総動員し、誰にでもわかる平明な、雅俗混交の文体で、時代と事物と人を語って飽きさせないその話術は今でも生きている。その時代に生まれても育ってもいないのになつかしさを感じさせられるのだから、やはりこれはなかなかのものである。諷諫の針と嘲罵の赤い笑いがしばしばあるのに毒々しくかんじられない徳はその博雅のユーモアからくるものであろう」「あらためてその異才ぶり、異能ぶりを痛感させられる」という。泣菫が大阪毎日新聞社の学芸部長になった当時の新聞をみると、「茶話」をはじめとして「きのふけふ」や「最初の印象」などのコラムを無署名で書いており、その小さい部分、新聞の埋め草のような個所に生彩がある。開高が云うように「小さいけれど、小さな相違が大きな相違を」つくって、新聞の〝顔〟になっているようだ。

コラム「きのふけふ」については、三木露風の大正十年八月七日の書簡に出てくる。それには「八月三日の大毎夕刊『きのうけふ』といふ欄に出てゐる小生に関する記事を読んで苦笑いたしました　あゝいふことは謬伝だといふ事丈申上て置きます」とある。この「きのうけふ」は「茶話」とは違って七十字位の短文である。私が注目したいのは、泣菫が「茶話」と共に「きのふけふ」を夕刊に書いていることである。「きのふけふ」は埋め草である。その日その日の紙面の余白に合わせて、七十字余りの短文を三つ、あるいは二つといった具合に載せている。「きのうけふ」は文字通り「きのう」「けふ」の出来事を、時事的なことを話題としている。向井敏が「コラム、ことに新聞コラムは時事問題を扱うのがふつうだが、『茶話』の場合はむしろ人間雑談ともいうべく、古今東西のさまざまな人間のエピソードを種に簡潔で警抜で含蓄に富んだ一篇のコラムにまとめあげる腕はみごとというしかない」と「茶話」を評したように、「茶話」の成功は「人間雑談ともいう」べきものに徹して、時事問題を扱わなかったところにある。それが出来たのは「きのうけふ」で時事問題を扱い、そのため「茶話」では時事問題を扱わないと棲み分けしていたからであろう。時事問題を素材に持ち込まなかったことが、時代を越えて「茶話」が多くの読者に読み続けられ、新聞コラム史上の金字塔になったのである。三木露風が「謬伝」だと「苦笑」した「きのふけふ」には「伊藤白蓮夫人に対して詩人三木露風が今後十年間毎月十年宛の手切れ金を寄越せと談判したとか、してゐるとか云ふ噂がある。暑いことである」とある。現在、NHKテレビ「花子とアン」で話題になっている柳原白蓮に関するものであった。そういう噂が流れるような三木露風と白蓮との関係など、白蓮研究はこれからであろう。

「大阪毎日新聞」は大正六年七月十六日の夕刊に、次の与謝野晶子の短歌三首を載せた。

うち曇り物を思に似る空の押へたれども白き波立つ
曇る日は島と岬と松原とわれの心と波と重なる
旅人は心ゆく日と死ぬほどのもの恋しさに泣く日とを持つ

以後、「大阪毎日新聞」夕刊は、その第一面の最下段の向かって左の隅端に、短歌三首を掲載していく。歌壇とかコーナーの題名は付けられない。ただ歌人名と短歌三首が載っているだけである。政治や社会的事件の俗っぽい記事が続いたあとに短歌三首という小さな個所を泣菫は設定するのである。小さな個所であるが、また短歌三首というのがよい。神は細部に宿り給う。一日の仕事を終えた夕暮れに日常を離れて歌の世界にひとときを読者は過ごすのである。新聞人としての泣菫のセンスのよさが躍動している。では、この夕刊短歌三首にはどのような歌人たちが短歌を寄せたのか。さきの与謝野晶子を始め、北原白秋、土岐哀果、与謝野寛、島木赤彦、佐々木信綱、堀口大学、金子薫園、若山牧水、茅野雅子、吉井勇、前田夕暮、伊藤白蓮、安成二郎、窪田空穂、斎藤茂吉、川田順、中原綾子、尾上紫上らである。泣菫の人脈からであろう。当時の歌人達が短歌を寄稿しているのである。その中の一人である北原白秋は「大阪毎日新聞」大正六年八月三十日夕刊に、次の短歌三首を発表した。

道のべの木槿がもとの馬の糞いつか古りつつ日は過ぎにけり
雪のごと湧きて翅ばたく蝶のむれ下には暗きさざなみの列
そよとだに吹く風なけれ夕空にさざなみなして蝶わたる見ゆ

この「道のべの木槿」の歌は、白秋が「三田文学」大正六年三月一日発行に「雀の閑居」のなかで発表した「路のべの木槿がもとの馬の糞たゞに乾けど知る人はなし」を改変したものである。またその逆もある。「大阪毎日新聞」大正六年九月二十日夕刊に載せた「わが宿の百日紅に鳴く蝉も今朝はすずしく羽吹かれ見ゆ」を「短歌雑誌」大正六年十月一日発行の「葛飾の秋」では「わが宿の百日紅を立つ蝉も今朝はすずしく翅吹かれ見ゆ」と改められている。このように雑誌に掲載されている短歌は『白秋全集7歌集2』（昭和六十年三月五日発行、岩波書店）に雑誌版の本文で収録されている。しかし、さきの「そよとだに吹く風」など「大阪毎日新聞」に発表された短歌が歌集や全集に漏れている。大阪の新聞などの調査がなされなかったのであろう。『白秋全集別巻』（昭和六十三年八月三十日発行、岩波書店）の詳細な「著作年表」にも、白秋が「大阪毎日新聞」夕刊に載せた短歌についての記載はない。泣菫が「大阪毎日新聞」夕刊に載せた歌人達の短歌とその発表年月日を紹介しておきたいのであるが、その紙幅の余裕がないので、せめて北原白秋だけでも記しておく。大正六年八月三十日のあと、白秋の短歌は九月三日、六日、十日、十八日、二十日、二十六日、二十九日、十月十一日、十八日、十二月六日、十六日、大正七年二月六日、十月一日、八日、十八日、二十四日、十一月二日、十日夕刊に計五十七首が登載されている。

ついでに斎藤茂吉の「大阪毎日新聞」の短歌についても記しておく。斎藤茂吉は『赤光』『あらたま』に次ぐ第三歌集『つゆじも』（アララギ叢書第二十五篇、昭和二十一年八月三十日発行、岩波書店）収録の「長崎より」に「このとし秋より冬にかけ折にふれて作りたる歌、大阪毎日新聞、大阪朝日新聞に公にせり」と前書きして、大正七年に長崎救護所顧問医の嘱託となり、四月十四日に長崎市東中町に転任したときの長崎での短歌を収めた。そこには「大阪毎日新聞」大正十年六月二十一日、七月二十四日、八月十六日夕刊に発表された短歌十二首が収録されている。その他に歌集『つゆじも』や『斎藤茂吉全集』に未収録となっている短歌が「大阪毎日新聞」にある。それは大正十年九月十三日夕刊の「長崎にて」と題した次の短歌である。

　　裾の細き道よりのぼり来し葬みちびく十字架のいろ
　　浦上のやまざと村に来て見れば牛とほり居り日があたりつつ
　　むかうには墓原の十字みえそめて浦上川を渡りけるかな

斎藤茂吉はその年の十月二十七日に東京を発って海外留学の途に就いたことなどもあって、戦後に『つゆじも』を編集した時には九月十三日の掲載分を散逸してしまっていたのであろうと思われる。どちらにしても泣菫の編集した「大阪毎日新聞」夕刊の短歌はもう少し見直されてもいいのではないかと思われる。

川田順が昭和十七年四月十九日の葉書に「始めて拙吟を新聞紙上に御採り下されし昔の御芳志、今さらに感謝仕候」と述べている。川田順の短歌が始めて新聞に掲載されたのは「大阪毎日新聞」大正八年三月三十一日夕刊であろう。「清瀧」を詠んだ、次の短歌三首である。

軒並の茶店の日よけに風吹きぬ楓青葉の清瀧の里
峠道夏山あらし吹くなべに清瀧川はきこえずなりぬ
暮深み又逢はめやと思ひける愛宕参りに逢ひにけるかも

残念なことはこの「大阪毎日新聞」夕刊第一面の短歌は大正十一年三月五日の若山牧水の次の三首を最後に掲載されなくなる。

大いなる船の小蔭に泊せる小舟小舟に夕煙見ゆ
大根を煮る匂して小さなる舟どち泊る冬のゆうぐれ
とりどりに並び静けき冬の浜の釣舟どちは真白なるかな

この頃から泣菫の難病が悪化し始めていて、新聞の編集を少し離れていたのではないかと想像される。新聞編集人としての泣菫の活動はもう少し高く評価していいのではないか。

薄田泣菫宛書簡　詩歌人篇

石川啄木《いしかわたくぼく》

明治19（一八八六）〜明治45（一九一二）年

本名一《はじめ》。別号翠江・白蘋《はくひん》など。岩手県南岩手郡日戸村に生まれるが、翌年北岩手郡渋民村に移る。盛岡中学校在学時から、先輩金田一京助の影響等により文学に関心を持ち、『明星』に投稿したりする。明治三五（一九〇二）年上京、与謝野鉄幹・晶子の知遇を得るも病いと生活苦のため翌年帰郷。さらに職を求めて北海道を転々とする。四一年に再度上京し、翌年東京朝日新聞社に入社。四三年一月『一握の砂』（東雲堂書店）を刊行、明治四五年結核のため二七歳の若さで生涯を閉じる。

本書簡前年の一一月二二日の啄木日記に「獅子吼書房へ手紙」とあり、内容は不明だが、この頃獅子吼書房（注（1）参照）へ度々書簡を送っていたことがわかる。啄木が当時その創刊号の編集に追われていた『スバル』は、当初金尾文淵堂より出されるはずだった。結局、文淵堂の倒産によりそれは果たされないのだが、そうした経緯から文淵堂より独立した獅子吼書房とも関係を持っていたか。あるいはこの当時、思想家綱島梁川の『書簡集』が同書房で編まれており（上巻は明治四一年一一月同書房より、下巻は明治四二年一二月杉本梁江堂より）、啄木も自らの受け取った梁川書簡を提出したが、その返却等に関する照会を同書房にしているうちに何らかの関係性が生まれたか。

（西山康一）

【参考書簡】

1　明治42年1月1日*

〔受信者〕京橋区南小田原町／三ノ九　葉書　ペン〔裏面はすべて印字〕
獅子吼書房(1)　御中

〔発信局印〕〔判読不能〕42・1・1　前0-5

恭賀新年

明治四十二年一月一日

東京市本郷区森川町一番地　新坂蓋平館別荘

石川啄木

注（1）泣菫の弟鶴二ら金尾文淵堂で修行していた者たちが、文淵堂の経営難のため独立して明治四一年に立ち上げた出版社。

上田敏《うえだびん》

明治7（一八七四）～大正5（一九一六）年

詩人・評論家・外国文学者。別号・柳村。明治七年一〇月三〇日、東京に生まれる。明治二二（一八八九）年、東京英語学校を卒業後、第一高等中学校（のちの第一高等学校）に入学。同級生らと無名会を立ち上げ、『無名会雑誌』を発行した。その第一号に「アヂソン」を、また『第一高等中学校交友会雑誌』第二号に「文学に就て」を発表。星野天知や平田禿木を通じて『文学界』の同人とも交流した。明治二七（一八九四）年、第一高等中学校を卒業し、東京帝国大学英文科に入学。『帝国文学』の発刊に、発起人の一人として名を連ねる。さらに、帝国文学会の第一期役員に選ばれた。創刊号に匿名で発表した「白耳義文学」をはじめ、明治三五年二月に自ら主宰する雑誌『藝苑』を発刊するまで、『帝国文学』には毎号のように文章を載せている。明治三〇（一八九七）年、大学を卒業後、東京高等師範学校に英語科講師として勤める。明治三三（一九〇〇）年、与謝野鉄幹と知り、『明星』にも寄稿するようになった。明治三四（一九〇一）年には、『帝国文学』の「海外騒壇」欄に発表した短文を集めた『最近海外文学』（文友館）、随筆や訳文を収録した『みをつくし』（文友館）、評論集『文藝論集』（春陽堂）、ダンテの研究書『詩聖ダンテ』（金港堂）を刊行。明治三六年、東京帝国大学英文科の講師となる。明治三八（一九〇五）年一〇月、訳詩集『海潮音』を本郷書院より出版、象徴詩の発展に大きな役割を果した。明治四〇（一九〇七）年一〇月より外遊し、翌年帰国。新設の京都帝国大学文科大学講師を嘱託され、のちに教授を任じられた。教員生活のかたわら、翻訳や論説を発表。また、明治四三（一九一〇）年一月一日から三月二日まで、長編小説「うづまき」を『国民新聞』に連載した。明治四四（一九一一）年より、文芸委員会の委員を務める。大正四（一九一五）年、家族は東京に移ったが、単身京都に残った。この頃から体調を崩し、大正五（一九一六）年七月八日に尿毒症を発して昏睡状態に陥り、九日に永眠した。

『定本上田敏全集』全一〇巻（教育出版センター、昭和五三年七月～五六年一〇月）がある。その第一〇巻に泣菫文庫の上田敏書簡3～7が収録されている。泣菫と上田敏には公私にわたり親交があった。

（荒井真理亜）

1　明治39年5月2日*

封書　巻紙　毛筆

〔封筒表〕市内京橋区五郎兵衛町二三一
金尾文淵堂内
薄田淳介様／親展
〔封筒裏〕本郷西片町十、二四四
上田敏
五月二日
〔発信局印〕□込　39・5・2　后3－4
〔着信局印〕京橋　39・5・2　后5－6

拝啓　過日の芳墨に対し早速御返事申上べき処　数日来久しぶりにて少々気分わるく引篭り居候まゝ　終に漸く返翰　遅延致候事幾重にも御詫申候　御上京の義は先日与謝野氏(1)より聞き　又去る日曜の清会にも招待を受けしが　前述の次第にて欠席候事　甚た遺憾に御座候　別に臥床といふほどに御座なく候間　何時にても御来駕にて差支無之候が　まづ来金曜日夕景よりか土曜日午後か、なるべくは金曜夜の方に願たく候　右御都合あらばいづれ近々小生より拝趨御高話うけたまはるべし　匆々

上田敏

五月二日

薄田雅契／侍史

注(1)　与謝野鉄幹であろう。与謝野鉄幹（寛）については162頁参照。

2　明治41年11月6日*

絵葉書（48 LA PENSEE RODIN）毛筆

〔受信者〕京都下長者町／室町通西／薄田淳介様
〔発信局印〕〔欠損〕前11－12
〔着信局印〕京都　41・11・6　前6－7

慣れぬ旅行をいたしたゝめ(2)、日本へ帰りてもまだ客愁を感じます、どうせ郷心地がつかぬものなら東京でも京都でもよし、本月下旬には御目にかゝれませう

上田敏

十一月五日

注(2)　上田敏は、明治四〇（一九〇七）年一一月二七日に横浜港を出発し、まずアメリカに行き、そこからフランス・イギリス・ベルギー・オランダ・ドイツ・オーストリア・スイ

ス・イタリアを歴遊。明治四一（一九〇八）年一〇月二二日、神戸港に帰着した。

3　明治44年6月1日

封書　巻紙　毛筆

〔封筒表〕大阪市東区北浜四丁目／帝国新聞社
薄田淳介様

〔封筒裏〕京都岡崎入江三六
上田敏
六月一日夕

〔発信局印〕京都荒神口　44・6・1　后9-10
〔受信局印〕大阪　44・6・2　前7-8

拝啓　また〱御返事相後れ申訳無之候が　先日御話の文芸評論は二三の人に話し候処　別紙の如き原稿まゐり候　見本として御めにかけ候　小生は明二日午後八時二十分の急行にて文芸委員会(3)の為め　東上仕り五六日滞在のつもり　其間一篇だけは確に東京より貴社宛御手許へ差上可申、はじめは重に新進の詩人小説家を紹介するつもり、第二はモオパッサン(4)の事をかくつもり、其間御みはからひ別紙の二文御掲載被下度候　特に欄を設くる可否は貴兄の御考に任せ候　まづは用事のみ　匆々

六月一日　上田敏

泣菫大雅／侍史

注(3)　上田敏は、明治四四（一九一一）年五月、官制公布により組織された文芸委員会の委員を命じられた。

(4)　ギ・ド・モーパッサン（一八五〇～一八九三）。フランスの小説家。代表作に『女の一生』（一八八三）等がある。

4　明治44年7月23日

葉書　毛筆

〔受信者〕大阪市北浜四丁目／帝国新聞社
薄田淳介様

〔発信局印〕京都荒神口　44・7・23　后6-7
〔受信局印〕大阪　44・7・23　后10-11

短篇の飜訳御入用の由なる故　別紙マアテルリンク(5)の「幼児戮殺」(6)御送り申上候　いづれ数日の中また新しきものを差出すべし

京都岡崎入江　上田敏

注（5）　モーリス・メーテルリンク（一八六二～一九四九）。ベルギーの劇作家・詩人。代表作に戯曲「青い鳥」（一九〇八）等がある。

（6）　竹友藻風訳「幼児戮殺」。竹友藻風訳「幼児戮殺」は明治四四年七月二七日から八月一日まで『帝国新聞』に掲載されている。

5　大正元年8月9日

封書　便箋　ペン

〔封筒表〕摂津西ノ宮町川尻
薄田淳介様／侍史
〔封筒裏〕京都岡崎入江三六
上田敏
大正元年八月九日
〔発信局印〕荒神口　1・8・9　后2-3

拝啓　大暑の折柄益々御清栄奉賀候　過日御依頼の原稿只今頻に考案中にて机に向ひ居候処、御書状にて来週附録にても不苦との事承知仕候　実はダアキン[7]の進化論に対して、種々不都合の点を指摘し、科学或はすべての学問の結論定説が決して頼みにならぬ事、オフィシャル・サイエンスを尽く信じ可からずといふ考を書くつもりにて、表題につき名案なく煩悶致居候処、なほ数日考案の上、一文発送可仕候[8]　なほ時々日曜附録へ御掲載を願ふ事あるべしと存居候　久しく御面会不仕、いづれ其うち暑気やゝ薄らぎ候節　御たづね申たく候　奥様へよろしく御伝声被下度候　匆々

八月九日朝　上田敏

薄田雅契／侍史

注（7）　チャールズ・ロバート・ダーウィン（一八〇九～一八八二）。イギリスの地質学者・生物学者。一八五九年、『種の起源』を出版し、進化論を提唱した。

（8）　上田敏は、大正元（一九一二）年八月二五日付『大阪毎日新聞』に「学説の価値」という文章を発表している。

6　大正元年9月11日

封書　便箋（COLLEGE OF LITERATURE KYOTO INPERIAL UNIVERSITY）ペ

ン

〔封筒表〕摂津国／西の宮川尻／薄田淳介様
　京都岡崎入江三六／上田敏　拝
〔封筒裏〕九月十一日
〔発信局印〕荒神口　1・9・11　后6-□
〔受信局印〕西宮　1・9・12〔判読不能〕

拝啓　不順の候　御清栄奉賀候　其後久しく御不沙汰に打過ぎ候が何分今年の大暑にて一度御地へ罷越し拝眉仕度存居りし事も果さず、いづれ秋冷の候には拝趨のつもりに候、先日は毎日新聞へ御入社の事、関西思想界の為め大慶至極に存候　ついては御依頼にて匆々の執筆早速掲載の栄を得、且つ先日はそれに対し小切手御送附にあづかり候段御礼申上候(9)　なほ二十二三日迄に一文送付仕候間御一覧の上御取捨に任せ候、○小生友人石川戯庵(10)といふ新詩社派の歌人にて「昴」(11)の寄稿者に候人が今度ルッソオの懺悔録(12)を仏文より飜訳し上下二冊、合計千五百余頁の書を出版致候が製本の上は同氏より貴兄へ寄贈仕候、御都合よくば毎日の日曜附録にて御紹介を望み居候、小生も何かこれが為に書きたく候が、森先生と共に小生もこれに序文を寄せたる為、小生より推賞の語を発するも一寸妙ならず候に付、躊躇し居候次第、右様の次第ゆゑ、御一読の上、高評を賜はりたく伏して願上候右の訳述は数年間劇職の傍ら石川氏の執筆したるものにて英独の飜訳に抜けたる節も悉皆無省略にて具はり居候ゆゑ、外国語を解する者にも便なるべく、且つ原書は随分長き書ゆゑ急ぎて読了するにも都合よく候　○毎日の日曜附録欄へ価値ある新刊の批評を御掲載ありては如何、東京の出版者又著者たちは、関西に書籍の売行有望なるに拘はらず、紹介者なきを残念に思ひ居候、この欠乏を充たすは新聞の一方略かと存候、出版物の広告を取るにも便利と存候、其他委しき点につき御尋ね申たく存候間御大葬の後にもならば、午前御宅にて或は午後新聞社にて一度御めにかゝりたき覚悟に有之候、
末筆ながら奥様へ御鳳声願上候、匆々

上田敏

薄田淳介様／侍史

〔便箋欄外〕Kyoto, Japan sept.11 1912

注(9)「学説の価値」（『大阪毎日新聞』大正元年八月二五日）の原稿料を受け取った礼であろう。
(10) 石川戯庵（一八七六～一九三三）。歌人・翻訳家。
(11)『明星』廃刊後、森鷗外や与謝野鉄幹らが発刊

した文芸雑誌。明治四二年一月～大正二年一二月。全六〇冊。『明星』の終刊号（明治四一年一一月）に掲載された『スバル』の広告によると、上田敏も薄田泣菫も『スバル』の「外部執筆者」に名を連ねている。

(12) 石川戯庵訳『ルッソオ懺悔録』（大正元年九月、大日本図書）。上田敏と森鷗外（林太郎）が「序」を書いている。

7　大正元年10月23日

葉書　ペン

〔受信者〕大阪市東区大川町五五
大阪毎日新聞社
薄田淳介様
〔発信局印〕荒神口　1・10・23　后6－7

婦人問題今日社までと思ひ候処、種々用事起り、間に合はず、度々の御依頼に背き万謝〳〵(13)、小説の方も只今心かけ居候、

岡崎入江　上田敏

十月二十三日

注(13) その後、上田敏は大正元（一九一二）年一一月一〇日付『大阪毎日新聞』に「婦人論の出発点」という文章を発表している。

8　大正3年12月31日*

封書　便箋（COLLEGE OF LITERATURE KYOTO INPERIAL UNIVERSITY）ペン

〔封筒表〕大阪市東区大川町五十五
大阪毎日新聞社
薄田淳介様
〔封筒裏〕京都岡崎入江三六
上田敏
十二月三十一日
〔発信局印〕荒神口　3・12・31　后□－□
〔着信局印〕大阪中央　3・12・31　后5－6

拝啓　過日来大阪にて拝顔の栄を得たく存居候処　種々用事起り相果さず残念に候ひき、実は是非御高論に対し、戦乱について何か認むべき処、本学期は何かと用事

のみにて終に御返事も不致打過ぎ欠礼致居候、機を見て来春は不筆の陳懶に填合せを可致候　諒闇中に付年賀欠礼仕候が不相変御親交を賜はりたく候　匇々

十二月三十一日

上田敏

薄田淳介様

9　9月5日*〔年不詳〕

封筒欠　巻紙　毛筆

昨日知人の渡欧を送り　つい其侭家人の鎌倉に避暑致居候を訪ひて夜遅く帰京の処　芳墨を手にして御なつかしく拝誦仕候　唯一度拝顔を得しのみなれど其後度々かの夕の事憶ひ出し　芸術の道の自づから相通ふ所以のものを今更ながら心楽しく感じ居候　平生の筆無精にて度々の御書信にかへりこと申さず　甚だ失礼の段幾重にも謝し奉候　今度御申越のシモンヅ(14)が俗謡集の事　何ぞの御役に立たば幸福の至に候間　何時迄でも御愛読被下度、都合によりては小生より直接に御廻送仕りてもよろしく候が　御序あらば御知人より御回しに相成りても差支無之　不日其仁の御来訪を待受申すべし、他に何か御望の書あらば小生の手に及ぶべきにて尽力致すべく候間　御遠慮無く御申し越被下度候

文壇の近況如何御思召候や　まだ〳〵奮闘して新境地を開拓すべき余地ありと私考仕候　さりながら政治其他の事業と異ひて一年十年の成功が目的にあらず　又は破壊のみが事業にもあらぬ　芸術の道は実に百難に充ちたるものに候　旧思想の中破却すべきものは放任してなほ自滅いたすべきも近来にありては新人を教育すべき事が大事かと存候　新人必らずしも新ならず況んや正をや　伝統と断ち根蒂を絶したる芸術に偉大なるもの幽遠なるもの出来やう道理なかるべし　吾等も清新なる趣味を逐ふるはあながち逡巡たるものには候はねど　今の所謂新標を唱ふる人々が欧羅巴にては既に二十余年の昔に勢力を失したる趣味傾向等を頻に云々して真に自己の発揚といふものに盲なるは心得難き次第に候　かの一夕の御清話に挹ればかゝる点につき貴兄も御同様の感を抱かれずやと推察仕り　密かに欣慕に堪へず　其後国民紙上の御小品を誦してなほ〳〵敬服仕候　東西相離かりて居常清談の機無く遺憾此上なく候が　御序の節御上京静かに胸中を吐露すべき　好機会を待居候　東京に居りても実に真

に趣味を同じうする人は少なく候　森鷗外先生とは度々面会の機をあり　心置無く教示を乞ふ事を得て清興限なく候が　他は三四の士を除く外、皆其趣味と小生の趣味との間幾分の相異も有之、自由に語り得る事無きは物足らぬ心地いたし候　一体多忙の為あまり知人を訪問する事無く　多くは宅にありて知人に応接仕候が　来客の盛に放談せらるゝ所と小生の趣味と必らずしも衝突は致さされど熟考すればまだ他に補ひたき部分あるやうに感じ候　例せば仏蘭西の新詩を賞するに於て一致は致してもそれは英吉利のめでたき抒情詩、又は今も盛を失せざるパルナッシヤン[15]の各篇を棄てずしての事にしたく愚考致候はあながちに多きを貪る癖のみにてはあるまじく思ひ居候　吾等は新開地の農夫のみならず　古代文明の後嗣にあらずや　羅馬帝国の滅亡を目撃する北欧の未開人にはあらず、何にもさう〳〵前代を放棄する必要なし　徐に且つ盛に新光明を求むるがよしと存候　思ふに総じて美しきもの深きもの高きもの、即ちとこしへに慕はしくとこしへに獲難く　而して更になほ慕はしさのいや増す「美」を思ふ心が文壇に乏しきは今の状態かと嗚訴ながら考居候ても同じ学校を出でたる人々の中にかゝる志を交はして同意を得る事難きに、ましてや心を袖にかゝげて所謂流行の文人とならむも恥かしき次第、学足らず思深からざる小生如きは幸にして未だ春秋もあるべければ徐に修養しつゝ気永く分に応じて論じ且つ作るつもりに候　申上たく事は山々なれどあまりに長文に相成候まゝ擱筆仕候　残暑の折柄御自愛を祈り申し候　匆々

九月五日　上田敏

薄田淳介様／侍史

注(14)　アーサー・シモンズ（一八六五～一九四五）。イギリスの詩人・文芸評論家。評論『象徴主義の文学運動』（一八九九）で知られる。

(15)　パルナシアン。一九世紀後半の唯美主義的な詩人たち。主情的傾向の強い浪漫派に対し、形象美と技巧を重視した。上田敏はこの詩人たちを「高踏派」と称し、『海潮音』（明治三八年一〇月、本郷書院）の中で紹介した。

大町桂月《おおまちけいげつ》

明治２（一八六九）～大正14（一九二五）年

本名芳衛。詩人、随筆家、評論家。明治二年一月二四日、高知市の土佐藩士の家に生れる。一一歳で上京し第一高等中学校に入学。杉浦重剛の称好塾で巌谷小波らと親しく交わった他、落合直文に師事し、短歌結社浅香社にも参加。帝国大学文科大学国文科に入学後『帝国文学』の編集委員を務め評論の筆をとる。武島羽衣、塩井雨工との共著『美文韻文花紅葉』（博文館、明治二九年一二月）などの詩文を著し多方面に活躍した。卒業後は、島根県簸川《ひのかわ》尋常中学（現、大社高校）に教員として赴任したが、明治三三（一九〇〇）年博文館に入社し帰京。『太陽』『文芸倶楽部』などに国粋主義的な立場からの文芸評論の筆を揮った。酒に溺れて明治三九（一九〇六）年に博文館を退社した後は文筆活動に専念し、『日本文章史』（博文館、明治四〇年六月）をまとめた他、史伝も手がけた。旅を愛し多くの紀行文を残したが、特に蔦温泉を好み、その地で没した。『小天地』への原稿依頼を断った本書簡だが、これ以前以後も桂月の『小天地』への寄稿はない。

（掛野剛史）

【参考書簡】小天地編輯局宛

1　明治35年11月24日*

封書　原稿用紙（廿四字廿一行）　毛筆

〔封筒表〕大阪市東区南本町四丁目卅六番地
文淵堂編輯局御中

〔封筒裏〕東京府下淀橋角筈八五六／大町芳衛

〔発信局印〕□□□谷　35・11・24　前10・10

〔着信局印〕大阪船場　35・11・25　后9・10

拝復、折角の御高嘱に候へども、小生は浅学にして思想殊に乏しく、下らぬ駄言吐くより外には、これと申す思ひ付きも無之、加之、うけ持の雑誌以外、種々の編著物有之、兄のために、来年初号にかいてくれよと、博文館裡の少年世界より頼まれ候へども、それすら断り申候。館外のものへ書きては義理たゝず、義理のたつたゝぬは、別としても、右申上ぐる通りの繁忙に候間、何卒この度は、御許し下されたく願上候。

桂月拝

小天地編輯局御中

荻原井泉水《おぎわらせいせんすい》

明治17（一八八四）〜
昭和51（一九七六）年

本名藤吉。幼名は幾太郎。俳人。明治一七年六月一六日、東京市芝区神明町（現、東京都港区浜松町）に生まれる。生家は雑貨商を営んでいた。明治三四（一九〇一）年第一高等学校入学。この頃「愛桜」の号で、子規が選者だった新聞「日本」などに俳句を投稿した。明治三八（一九〇五）年第一高等学校卒業後、東京帝国大学文科大学に入学し、この頃起こった河東碧梧桐の新傾向運動に参加する。明治四四（一九一一）年には新傾向運動の機関誌として『層雲』を創刊。後に『俳句提唱』（層雲社、大正六年一〇月）にまとめられる俳論が連載された他、「俳壇を文壇に紹介し文壇を俳壇に紹介せん」として欧米文学の翻訳紹介や小説なども掲載された。のちに無季自由律俳句を唱え、碧梧桐は『層雲』を脱退する。自由律俳句を集めた第一句集『自然の扉』（東雲堂、大正三年八月）を刊行。昭和四一年文化功労者。昭和五一年五月二〇日没。『層雲』は戦中の中断を挟みながら井泉水没後、現在も刊行中である。

（掛野剛史）

1　昭和4年3月18日*

封書　和紙　毛筆

〔封筒表〕兵庫県西宮市分銅町
薄田泣菫様
〔封筒裏〕三月十八日／京都に来て
荻原井泉水
神奈川県鎌倉町佐介ヶ谷七九二
〔発信局印〕□都　4・3・22　前10-12

粛啓
草木虫魚までならさるはなき昨今　ますゝ御清健の御事と拝察罷在候　さて先達而は御著随筆集[1]私にまて御恵送たまはり　御芳情の程辱く存し候　御随筆ものは新聞にて御発表の折にても毎々むさほるゝ如く愛読いたしをりし事とて美しき一冊にして座右にしたしみいるうれしさ是のみを御礼の言葉といたし度候　匆々

三月十八日　荻原生

薄田様／侍史

注（1）『艸木蟲魚』（創元社、昭和四年一月）を指す。

河井《かわい》酔茗《すいめい》

明治7（一八七四）～昭和40（一九六五）年

本名又平。明治七年五月七日大阪府堺市に生れる。生家は呉服商を営んでいたが、早くに父を喪い、また弟と母も亡くし一七歳で祖母と二人きりになる。山田美妙が編集した『新調韻文青年唱歌集　第二編』（博文館、明治二四年八月）に新体詩「花散る里の弱法師」「鐘の音」を掲載。『少年文庫』に新体詩を投稿し、明治二八（一八九五）年、『少年文庫』が改題した雑誌『文庫』の記者として詩欄を担当した。この『文庫』からは北原白秋、三木露風、川路柳虹など数多の詩人を輩出した。明治三一（一八九八）年一二月からは関西の『よしあし草』に加わり、浪華青年文学会堺支部を結成するなど積極的に活動。与謝野晶子はこの堺支部に入会した。

明治三四（一九〇一）年一月、第一詩集『無弦弓』（内外出版協会）を、明治三八（一九〇五）年六月には金尾文淵堂から第二詩集『塔影』を上梓。文庫派の抒情詩人として名を馳せた。明治三九（一九〇六）年からは『女子文壇』の新体詩の選者となる。翌年六月、『文庫』の記者を辞し、横瀬夜雨と『詩人』を創刊。同誌は川路柳虹の「塵溜」が載るなど、口語自由詩運動の呼び水となる存在となり、酔茗自身も『霧』（東雲堂書店、明治四三年五月）で口語自由詩へと展開したが、雑誌自体は資金難のため一〇号で廃刊。その後『女子文壇』の編集主任となり、さらに婦人之友社へと移り『新少女』などの編集に携わる。

大正四（一九一五）年三月、白秋、蒲原有明、三木露風、野口米次郎などと合同詩集『マンダラ』を刊行。大正一二（一九二三）年一月にはこれまでの詩を集めた『酔茗詩集』をアルスから刊行。大正一四（一九二五）年には生誕五〇年祝賀会が催され、白秋、露風、柳虹が編集し、島崎藤村の序を付した『現代日本詩選』（アルス）が記念に編まれた。昭和五（一九三〇）年には女性時代社を設立し、『女性時代』を創刊。後進の育成に力を注いだ。『明治代表詩人』（第一書房、昭和一二年四月）、『酔茗詩話』（人文書院、昭和一二年一〇月）などの回想記もある。

『小天地』（明治三四年九月）に「恋物語」が掲載されて以降、詩や小文が同誌に数回掲載されている。これに先立つ『よしあし草』参加頃には泣菫と交流があったのではないかと思われる。

（掛野剛史）

1　明治40年11月14日*

封書　巻紙　毛筆

〔封筒表〕京都市上京区下長者町室町通西入
　薄田泣菫様／親披
〔封筒裏〕東京青山原宿百十五
　河井酔茗／十四日夜
〔発信局印〕青山　40・11・14　后7－8
〔着信局印〕京都□□　□・□・16　后5－6

秋菓も実りなる頃と相なり候
来月の詩人紙上にて御作を勝手に註釈いたし(1)恐縮に存じ居り候　さぞ不備の点も多からんと存じ候
此次には何か他の御作を註釈いたし度、少し早くより着手して字義等につきても御伺ひいたし度存し居候
扨て毎々おしつけかましく候へ共　新年には紙面も多少改善いたし度、それにつき御作一篇是非とも来月中に頂き度きもの(2)に候、小生は勿論社中一同懇望いたし居り候、
乍略儀書面にて御ねかひまて
　十四日
河井酔茗拝
薄田泣菫様／御もと

注(1)河井酔茗が横瀬夜雨と主宰していた雑誌『詩人』(明治四〇年一一月)誌上に掲載された「記者「解釈『わがゆく海』」のこと。「記者」の名で詩の内容が註釈、紹介された。
(2)『詩人』(明治四一年一月)に泣菫の詩、「落穂拾ひ」が掲載された。

川田順《かわだじゅん》

明治15（一八八二）～昭和41（一九六六）年

明治一五年一月一五日、自作の年譜には「東京三味線堀に生る」とあるが、諸説ある。漢学者・川田甕江《おうこう》（天保元（一八三〇）年～明治二九（一八九六）年。本名、剛）の庶子、三男で、母は本多かね。甕江は、備中国浅口郡阿賀崎村（現、倉敷市玉島阿賀崎）に生まれ、備中松山藩（藩主・板倉勝静）に仕官、維新後上京、新政府でも重用され、文学博士、東宮侍講等を拝命、宮中顧問官に任じられた。順自身、「将軍家親藩」の「松山侯板倉氏の系統に属する」との意識があり、父の「故宅」を訪れ「我が父の生れし吉備の阿賀崎」と詠んでいる（「備中遊草」昭和一九年）。

明治三五（一九〇二）年、一高卒業後、東京帝国大学文科に入学、「ラフカディオ・ヘルンの講義を聴きしが」、翌年法科へ転科。明治四〇（一九〇七）年、卒業後、大阪の住友に入社、昭和一一（一九三六）年、住友合資会社常務理事を辞し、実業界より退く。

歌歴は、明治三〇（一八九七）年、「十六歳にて竹柏園に入門」、佐佐木信綱に師事、「心の花」同人となったことに始まる。大正七（一九一八）年、第一歌集『伎藝天』、大正一一（一九二二）年『山海経』他、晩年まで多くの歌集を刊行。昭和一四（一九三九）年、「大毎歌壇」の選者となる。昭和一五（一九四〇）年の『鷲』、翌年の『国初聖蹟歌』で、第一回帝国芸術院賞を受賞。

住友退社後、古典研究にも多くの業績を残し、『幕末愛国歌』『定本吉野朝の悲歌』『戦国時代和歌集』の三部作で、昭和一九（一九四四）年、朝日文化賞を受賞。昭和二一（一九四六）年、東宮御作歌指導役、翌年、宮中御歌会始の選者となる。昭和二四（一九四九）年の『孤悶録』は、「老いらくの恋」として話題になった鈴鹿俊子との関わり（同年に入籍）を回想した歌文集である。

書簡では、著書の応答を伝え、順の「詩宗」泣菫への敬慕が顕著である。書簡9で「当今戦争の影響にて詞藻みだりに蕪雑生硬に堕し候時に暮笛集を誦しては詩泉を涵養致居候」と、戦時下の詩歌の荒廃を訴え、『暮笛集』への愛好を伝えている。順の浪漫的歌風の淵源を想像させ、泣菫も、大正一四年（一九二五）年の『泣菫詩集』の跋文に、「私を刺激して下すつた」人物として、芥川龍之介、三木露風とともに川田順の名を挙げている。

（加藤美奈子）

1　昭和6年10月23日*

葉書　ペン

〔受信者〕西宮分銅町二三
薄田淳介様
〔発信者〕兵庫県武庫郡御影町／掛田一一七八
川田順
〔発信局印〕大阪中央　6・10・23　后4－8

拝復　其后は小生こそ御無音に打過ぎ失礼いたし居候此節御健康如何に御座候哉御案じ申上候　扨過日は御高著樹下石上(1)壹部御恵贈に預り御懇情の程忝く奉鳴謝致候実は早速御礼可申上筈の処永らく旅行不在なりし為延引今日に及び候　□□□へ御宜敷被成御座候尚御願申上度事も有之　近日中に伺ひ致度存居候まゝ書余は拝眉を期し可申候　先は右御礼次第御請迄如此御座候　　敬具

昭和六年十月廿三日

注(1)『樹下石上』(創元社、昭和六年一〇月)。

2　昭和10年1月27日*

封書　便箋　ペン

〔封筒表〕西宮市、分銅町二三
薄田泣菫様
〔封筒裏〕兵庫県御影町掛田
川田順
電話御影二八三七番〔以上印刷〕
昭和10年1月27日〔昭和年月日印刷〕
〔発信局印〕〔上部欠損〕中央10・1・28〔判読不能〕

泣菫詞宗

一月廿七日　　川田生

拝復　此度小著「旅鴈」(2)拝呈いたしました処、早速御懇書頂き、却て恐縮に存じます、あまり御無沙汰したので、今更しきゐ高く、御無沙汰をつゞけた次第です、何卒御ゆるし下さい、

「旅鴈」以外にも一二御笑覧に供し度い本があるのです、遠からぬうち、勇を鼓して推参、久々で、いろ〳〵御教を承りませう、

餅好きは恐縮です、此の世をば吾が世とぞ思ふ餅好き

の……は悪いシヤレですか、実のところ、餅よりも酒、酒よりもビールが好きなのですが、
令夫人にも、お子達にも御変り無い事とお慶びしてゐます、私の方も皆無事です、荊妻、不相変、花よりダンゴにて、「旅鴈」など幸に見向きもしません、早々

注（2）歌集『旅鴈』（改造社、昭和一〇年一月）。

3　昭和14年2月28日*

葉書　ペン

〔受信者〕兵庫県／西宮市、分銅町
薄田泣菫詞兄
〔発信者〕川田順
〔発信局印〕大阪中央　14・2・28　后0-4

拝啓　此度は貴全集第四巻[3]　忝く拝受仕りました。厚く御礼申上ます。
その后御健康いかゞですか、御迷惑ならずば、近日一度拝趨し度く存上ます。

川田順

二月末日

注（3）『薄田泣菫全集　第四巻　随筆篇　茶話下』（創元社、昭和一四年二月）。

4　昭和16年1月14日*

葉書　ペン

〔受信者〕兵庫県。／西宮市。分銅町二二
薄田泣菫詩宗
〔発信者〕京都市左京区北白川小倉町五〇番地
川田順〔以上印刷〕／一月十四日夜
〔発信局印〕左京　16・1・15　前8-12

拝啓。只今、夕刊にて御随筆[4]、面白く拝読致しました。
小生先頃、天香山に登り、
大和なる青香具山の樫の実を一人ぞ拾ふ
妻なしにして――
とやりましたが、このドングリは大兄に愛せられる「愚者」にあらず、さりとて勿論賢者にもあらず、中有に迷へる似而非賢者と自覚し、お恥しく思ひました。ドングリたるも亦難いかな。

今年六十翁、北山時雨を寒がつて炬燵の厄介になつてゐます。

奥様によろしく。

注（4）昭和一六年一月一四日付『大阪毎日新聞』夕刊一面に、「愚者　薄田泣菫」が掲載されている（記事末尾に「（筆者は元本社学芸部長）」とある）。「わたくしは性来賢人が好きなのと同じ程度にまた愚者が好きである」として、「深い愛着と興味をひかれる」「自然界の事物」として「ドングリの実」を挙げており、書簡はそのことにふれている。

5　昭*和16年4月14日

葉書　ペン

〔受信者〕兵庫県、／西宮市、分銅町二二
薄田泣菫詞宗
〔発信者〕京都市左京区北白川小倉町五十番地
川田順〔以上印刷〕／四月十四日
〔発信局印〕大阪中央　16・4・14　后8-12

拝啓　昨今御健康如何、小生　浪々の身、元気なるのみを喜んでゐます。昨日の雨で東山の花も全く色あせてしまひました。

又々つまらぬ本(5)を出しましたので、別便もて御笑草に拝上致します。

山海居(6)を折々思ひ出してゐます。

御奥様にも何卒よろしく。

草々

注（5）昭和一六年三月刊行の歌文集『国初聖蹟歌』（甲鳥書林）か。
（6）大正一二年八月、兵庫県武庫郡御影町掛田に居を移し、泣菫によって「山海居」と命名された。昭和一五年一一月、「山海居」を処分、京都北白川に居を移した。

6　昭*和16年11月17日

封書　便箋　ペン

〔封筒表〕兵庫県／西宮市、分銅町二二
薄田泣菫様
〔封筒裏〕兵庫県御影町掛田／川田順
電話御影二八三七番

〔以上印刷を斜線で訂正〕
京都市左京区／北白川小倉町五〇
川田順〔以上スタンプ〕
昭和十六年十一月十七日〔昭和年月日印刷〕
〔発信局印〕左京　16・11・18　前8－12

薄田泣菫様
同御奥様
十一月十七日
川田順

拝啓　去る五日亡妻三周忌(7)を営みました節には御奥様にはわざ〳〵、遠い所を御参列下され、まことに忝く御礼申上ます、又御郷里の見事なる柿をも霊前へ御供へ頂き、かさね〳〵難有う存上ます　ひどく延引乍ら御礼申上ます、

御主人様にも御変り無い由を承り、安心致しました、山海居、御命名を頂きましたあの家を十七年住んで、やむをえず住み捨て、洛北の無名居に移りました(8)　以来、慮外の御無沙汰申上げ、相すみません、寂しいと思ふ事もありますが、多くは、読書や作歌などに取紛れて暮らして居ります。

冬ごもりこひねがはくは静かなれ
妻の墓ある山に対ひて(9)、
草々

注（7）昭和一四年一二月二七日、和子（明治二〇年一月生まれ、享年五三歳）脳溢血で急没、墓所は京都の法然院。
（8）注（6）参照。
（9）「急歿せし糟糠の妻和子に対する哀慕の歌を主とす」る歌集『妻』（甲鳥書林、昭和一七年二月）に、「妻のゐる大文字山の真上より出でし春の月われは仰ぎぬ」等がある（『川田順全歌集』中央公論社、昭和三三年三月）。

7　昭和17年4月19日*

葉書　ペン

〔受信者〕兵庫県／西宮市、分銅町二二
薄田泣菫様
〔発信者〕京都市左京区北白川小倉町五十番地
川田順〔以上印刷〕／四月十九日
〔発信局印〕左京　17・4・19　后4－8

拝啓　今回図らずも芸術院賞頂戴の事(10)につき早速御祝辞下され却而恐縮仕候、全く以て望外の僥倖に候。始めて拙吟を新聞紙上に御採り下されし昔の御芳志、今さらに

感謝仕候。
昨今御健康如何。若葉時に一度拝趨可仕候、
　十九日午后二時　空襲警報下にて　　順

注(10)　自作の「著者年譜」に、「昭和十七年三月、第一回の帝国芸術院賞を授けらる」とある。対象作品は、『鷲』（創元社、昭和一五年六月）、『国初聖蹟歌』（甲鳥書林、昭和一六年三月）。

8　昭*和19年5月11日

葉書　毛筆・ペン

〔受信者〕兵庫県／西宮市、分銅町二二
　薄田泣菫様
〔発信者〕京都市左京区北白川小倉町五十番地
　川田順
　電話上三六四〇番〔以上印刷〕
〔発信局印〕左京　19・5・11

拝啓　御無音に打過候、御起居如何、常に御案じ申上居候、去月下旬、無想庵[11]来、両眼とも暗く、只今の妻君（カフェーのマダムなりしが、善き婦人に候）に手を引かれて来宅、何とも云へぬ心地いたし候、疎開の家探しに土佐へ行く途中と申候、
小著戦国時代和歌集[12]一巻別便もて拝上いたし候、秀吉の歌だけでも御一見下され度願上候、
推参して御迷惑ならずば伺ひ度きものと考へ居候、
御奥様へも何卒よろしく、
　五月十一日　　順

注(11)　武林無想庵（一八八〇～一九六二）小説家、翻訳家。本名磐雄、のち盛一。明治三二年一高に入学、同期に小山内薫、川田順がいた。明治三六年東京大学文科大学英文科に入学。小山内、川田ら一高の級友と同人誌「七人」を創刊した。「七人」にはドーデの『サフォ』の翻訳を連載。明治三九年、京都新聞に勤めた時の筆名が「無想庵」で以後用いる。
(12)　『戦国時代和歌集』（甲鳥書林、昭和一八年九月）。

9　昭*和20年2月3日

封書　便箋　毛筆

〔封筒表〕兵庫県／西宮市　分銅町二二
薄田泣菫様／恵展
〔封筒裏〕京都市左京区北白川小倉町五〇番地
川田順拝〔以上印刷、拝のみ手書き〕
電話上三六四〇番〔以上印刷〕
昭和二十年二月三日〔昭和年月日印刷〕
〔発信局印〕〔欠損〕20・〔欠損〕

寄薄田泣菫詩宗
むかし君　春の日暮に
吹きなしゝ　笛のしらへそ
今はこひしき
昭和乙酉歳立春
川田順〔朱印（夕陽居）〕

拝啓　その後御起居如何と常に御案じ申上乍ら　老慵閉籠りのみ居候て慮外の御無音致し候御詫びのしるしにもと性来の悪筆一片御笑草に供し候
当今戦争の影響にて詞藻みだりに蕪雑生硬に堕し候　時に暮笛集を誦しては詩泉を涵養致居候　草々
二月三日朝　順
泣菫詩宗／玉案下

10　昭*和20年3月11日〔年推定〕

封筒欠　便箋　毛筆・ペン

泣菫詩宗
御奥様
三月十一日　順

拝啓　莫迦々々しき余寒に候も御安泰に候哉、扨先日御状正に拝受、昨春より錦地へ御移りの由(13)、まことによい事をなされたと御喜び申上候、小生などなまじひに固定し、今さら行く処も無之候、同封拙吟(14)ホンの御なぐさみまでに差上候、
先頃新聞にて拝見いたし候に、津山に公孫樹詩碑建設(15)云々と有之候て、これも大に御喜び申上候、ついては同碑御建設の御費用中にホンの微志を小生も寄せさせて頂き度候処、いかにせば御受付被下候哉、直接貴下まで御

届申上候ても御迷惑にあらざるか、御手数乍ら御一報被
下候はゞ幸甚に候　　草々

注(13) 昭和一九年三月、泣菫は、西宮を去って倉敷市美和町、林六郎（女婿）方に疎開した。

(14) 満谷昭夫『泣菫残照―薄田泣菫関連資料を中心に』（創元社、二〇〇三年一月）に、「寄薄田泣菫詩宗／昨十九年三月倉敷市に疎開せし由を／最近のおとづれに知りて」の詞書と詠草五首が書かれた「川田順と印刷された四〇〇字詰縦書きの原稿用紙」の影印と翻刻が紹介されている。一首目「故郷の吉備の田舎に起き臥すと一年《ひととせ》を経て聞くがさびしさ」により昭和二〇年三月の書簡と推定。

(15) 実際に長法寺（岡山県津山市）に「公孫樹下にたちて」詩碑が建立されたのは、昭和四〇年一一月。

【参考書簡】

1　薄田修子*宛書簡　昭和20年11月16日

封書　便箋　毛筆

〔封筒表〕岡山県、浅口郡／連島町、大江
薄田修様
書留〔朱書き〕

〔封筒裏〕京都市左京区北白川小倉町五〇
川田順
電話上三六四〇番〔以上印刷〕
昭和廿年十一月十五　六日〔昭和年月日印刷、「五」の左に「六」と併記〕

〔発信局印〕京都北白川　20・11・16

薄田修子(16)様

十一月十六日　　川田順

拝啓　去月廿一日附　悲しき御状(17)を頂き候てより慮外の御無音申上候　泣菫詩宗御逝去の事は当時新聞にて拝察又御状により御臨終のことなどくはしく承り感無量に候最近村島帰之(18)氏よりも此より須らく詩碑に付いろ〳〵報告もらひ候　何とかして御一周忌までに建設をなし度きものと祈り居候　御追憶の拙文目下執筆中に候　何か新聞に出して、切抜を拝送いたす可く候
永い御病床を貴女様には十二分に御看護せられ、又御原稿なども貴女様が御書写のことなど世間遍く承知し、実

は文字通りの「良妻」と御尊敬申上居候　詩は日本文学の存する限り不朽の御作ではあり、御遺憾無き事と、むしろ欽羨に不堪候
一昨日創元社の矢部氏(19)来宅、いろ〳〵と至誠泣菫居士の御噂申上候事に候、御四九日も近づき申候　御寂しさ増し候事と御同情に不甚候、歳月流るゝ如く、亡妻和子(20)の七周忌も近づき申候、詩宗に命名して頂きし山海居(21)も爆撃にて全焼いたし候
　同封甚軽少に候へども、御四九日に御花でも供へて頂き度く御霊前に上申候　これだけは何卒御受納被下度希上候
草々

注(16)　泣菫の妻。旧姓市川。明治三九年一二月に結婚。
(17)　昭和二〇年一〇月九日、倉敷市連島の旧宅で泣菫死去、同一一日葬儀執行。戒名は「至誠泣菫居士」。
(18)　村島帰之（一八九一～一九六五）大正四年、大阪毎日新聞社入社。
(19)　『薄田泣菫全集』の「発行者」で、創元社の矢部良策（一八九三～一九七三）。
(20)　20頁注（7）参照。
(21)　19頁注（6）参照。

蒲原有明《かんばらありあけ》

明治8（一八七五）～昭和27（一九五二）年

本名隼雄。東京麹町区隼町に生まれる。父忠蔵は佐賀鍋島藩出身で、維新後は建築家として兵部省・工部省で働く。母ツネは有明八歳の時に離別、後妻モトに育てられる。小学生の頃から文学に興味を持つが、明治二〇年東京府立尋常中学校（後の府立一中）に進学後、森鷗外らによる訳詩集『於母影』（『国民之友』明治二二年八月）や北村透谷『蓬莱曲』（養真堂、明治二四年五月）を読み、自らも詩作の筆を執り出す。明治二六年、第一高等学校入学に失敗するも、文学の勉強には語学が必要と国民英学会に入学する。そこで知り合った小林存や林田春潮、山岸荷葉とともに、同人雑誌『落穂双紙』を明治二七年一一月に刊行し、詩を発表した。しかし、文壇で名を知られるようになったのは、『読売新聞』の懸賞小説で当選作となった「大慈悲」（同紙明治三二年一月一日）によってであった。続いて小説「南蛮鉄」（『文芸倶楽部』明治三一年五月）を書くも、一方でキーツやシェリーといった詩人への憧れを強くしていた有明は、これ以後詩に戻ってゆく。「夏のうしほ」（『帝国文学』明治三一年九月）などを発表し、明治三三年には『新声』の新体詩選者になり、詩人としても知られてゆく。また、この頃ダンテ・ガブリエル・ロセッティの詩に強く影響を受け、ラフカディオ・ハーンの東大でのロセッティの講義ノートを友人に見せてもらったり、美術史家岩村透の家にロセッティの詩集『ハウス・オブ・ライフ』を読ませてもらいに連日通ったりしたのは、有名な話である。その後、処女詩集『草わかば』（新声社、明治三五年一月）、第二詩集『独絃哀歌』（白鳩社、明治三六年五月）と次々と刊行。第四詩集『有明集』（易風社、明治四一年一月）は、泣菫の『白羊宮』（注（40）参照）と並んで日本象徴詩の頂点とされる。しかし、同詩集は当時起こりつつあった自然主義詩に奉ずる青年たちの偶像破壊的な批判に遭い、以降有明は段々と詩壇から遠ざかってゆく。昭和二七年、急性肺炎により病没。

当時、象徴派の詩人として泣菫と並び称された有明だが、以下の書簡からは、敬意とともにお互いの詩を批評し合い、二人で実力を高め合う様子が伺えて興味深い。同じく書簡に見られる二人の間での洋書の貸し借りも同様のことが指摘できようが、それは近代日本の詩歌を研究する上で貴重な情報ともいえる。

（西山康一）

1　明*治33年1月30日

封書　巻紙　毛筆

〔受信者〕備中国／浅口郡連島村
　薄田淳介様
〔発信者〕東京市麹町区隼《ハヤブサ》町／八番地
　蒲原隼雄
　一月卅日
〔発信局印〕〔判読不能〕
〔受信局印〕備中西ノ浦　33・1・31　ハ便

御返事差申上候　ゆくりなくもありかたき御てがみは一昨日生田の君(1)の手より御請取申上候　こなたよりこそかねく〳〵御なつかしう存し居り　詩の上の御高説にても承り度心は山々に候ものから　何事も僻り勝ちの身の罪おそろしく候得共　此度御情厚き御詞賜り御嬉敷存じ上候扨静かに御歌《ウタ》誦し味ふ折に思ひ浮ぶ事は御郷里あたりの風色に有之候

「山森畠寺とほき牧場
　落る日行く雲帰る樵夫(2)」
「ゆふ暮島根に雲は帰り
　落る日抱いて其処に眠る(3)」
「かの銹山に年木伐る
　斧の響か・・・・・・
　・・・・・・・・・
　また雪負ふて峯に立てり(4)」
「吾今朝山に分け入りて
　谷の小かげ《ママ》に唯一羽
　・・・・・・・・・
　・・・・・・はゞかりぬ(5)」

其外情新なる叙景に御筆のにほひ慕はしくそんじ居候先々の鉄路往復の折瞥見したる外　中国の景に対してはめしひもおなしものなれども今御句の整ひたるに誘はれてそゝろに色々空想いたし候得は　世の愁さをも忘るゝ迄に有之候　御公刊の暮笛集(6)は精読仕候　ことに趣味深くおほえ候ものは「冬の歌」「村娘」「暮春の歌(7)」「鶺鴒の歌」「獲物」「秋懐」「鐘」「江戸川にて」「玉腕」「桐葉」「百合花」「揖保川」。「大原女」及「粉やの女房」の二首はキーツ(8)の歌の心をよくもかく迄和らげ給ひつるものかな

習字の様なる大きなる字体にて思ふ侭を書きつけ　余りに長く相成候故これにて筆とめ申候

尚々感興の胸裡に湧き出で候折には書面差上　併せて御

示教を仰ぎ度たのしみ居候　　　　　草々

一月卅日

隼雄

薄田淳介様／御許

「美術評論」(9)廿三号読み古しに候得共　御なくさみ迄に御送り申上候

「採菱女」(10)の一篇御めにとまり誠に拙き調御はつかしく存候　昨年の暮秋帰郷いたし居候折柄佐賀市の郊外にて見たるところを其侭書き聯ね申候ものとて歌とは申すにあたらず　題目はもろこし風に候得共　新しき流を汲む洋画家の漫画(11)なとにせまほしく情棄てられぬばかりの烏滸なる仕業に過きす候

注(1)　生田葵山のこと。作家篇45頁以下を参照。そこに挙げられた葵山の泣菫宛書簡を見ると、この少し前に葵山が有明を泣菫に紹介し、本書簡から有明と泣菫の交情が始まったことがわかる。

(2)　泣菫の詩「秋懐」の一節。以下、引用されているものは、すべて『暮笛集』（注（6）参照）収録作品の一節。

(3)　「雲」の一節。

(4)　「冬の歌」の一節。

(5)　「鷦鷯の歌」の一節。

(6)　泣菫の第一詩集。明治三二年一一月、金尾文淵堂刊。

(7)　正確には「暮春の賦」。

(8)　ジョン・キーツ（一七九五〜一八二一）のこと。イギリスの詩人。代表作に『レイミアその他・詩集』（一八二〇）等がある。

(9)　画報社が明治三〇年一一月から三三年三月まで刊行した美術雑誌。第二三号は明治三三年一月五日付の発行とされている。

(10)　『造士新聞』（明治三三年一月一四日）に掲載された蒲原有明の詩。「題目はもろこし風に候得共」というのは、漢詩の楽府題「採菱曲」を連想させることを指すか。

(11)　明治三〇年代になると、文芸雑誌・書籍に洋画家の挿絵（コマ絵）等を載せることが流行する。「漫画」という言葉には遊戯的な画作という意味とともに、そうした洋画家の動き――特に「新しき流ヲ汲む洋画家」という言葉から、当時新派として画壇に隆盛しつつあった黒田清輝や白馬会のことが背景にあるとも考えられようか。

2　明治33年2月15日*

封書　便箋　毛筆

〔受信者〕備中国浅口郡連島村
　薄田淳介様
〔発信者〕東京市麹町区隼／町八番地
　蒲原隼雄
〔破損〕月十五日
〔発信局印〕武蔵東京麹□　33・□・□〔判読不能〕
〔受信局印〕備中西ノ浦　33・2・17　イ便

御手紙とくに拝見致し居りなから御返事差上候事　斯く迄遅延仕り何トモ申訳無之義御寛容ニ奉願候
扨満谷ぬし(12)の蓮花図ニ就きて誠に思ひかけぬ御話承り「美術評論」を差上候事ハ何か深きゆかりのその裡に潜むにやともおもはれ　あやしく嬉しき感に打たれ申候　満谷ぬしの挿画にて「行春」(13)も近々御出版相成るよし其日の今より待たれ申候　腹蔵ナク申セバ「暮笛集」ノ表紙及挿画(14)には大ニあきたらず存居り候後トテ　此度満谷ぬしの御手腕定めしめでたからんト殊ニなつかしき希望を属《ママ》し申候

先便申上候生か偏癖ナル感情ノ言にも御留意被下難有存候　「暮笛集」ノ評言ハ世の評家諸子ノ筆ニテかれこれ有之候得共　多クハ読過致して物足らぬ様ナル心地ノミ被致口惜しく存候　はかなく浅々しき理性ノ判断よりも趣味議ノ判断ノ方　遙かに深ク美しきものなるをと何日も〳〵思ひ居候　不平ト申さは不平に有之候
八六（四四、三三、（二二二《マヽ》）(15)）調十四行ノ絶句ノ就《ママ》テ卑見御尋ネに相成候ゟ　御答ヘト申迄には当らす候得共少しく申述度候　もと〳〵こは御創体なれば此迄ノ御苦心のほど感佩ノ至りに不堪　「新著月刊」(16)にてはじめて公になし給ひたると「暮笛集」中に収め給ひたると此ほど比べ申候処　余ぼ《ママ》との御改刪の痕見えて渝らざる御熱誠ニ驚入候（こは「暮笛集」全体ノ御作に亘り候得共こゝには取出でゝ申上候）「秋懐」「江戸川」等吟誦致し居り不図感じ候ハ其最モ情の声に近き御処に有之(17)　八六調ノ特所はこゝにあるにやと存じ候　先日鉄幹ぬし(18)ともこの事を語り合ひ申候　ソンネツト風ノ十四行ニ限りたまひたるは此調に適して誠ニうれしく存候　尚此事に付テハ折もあらは可申上　此度御恵送被下候「二葉」(19)に御掲載
○「遺愁」ノ三に賦するは「遺愁」を「憂き曲」トなしたまは

むは調低きに過ぎて誠につらく感じ候
ノ「遺愁」篇中三と四とは殊ニ面白ク拝見致候　新詩形
欠乏ノ今日益々御尽力ノほど奉祈候　詩形ノ事をいつも
考へ出で候得は胸安らぬ心地ト相成　夢中ノ模索に過き
ぬ徒事に終り、少からず煩悶致居候のみ御憐察被下度候
尚「二葉」には御すゝめに従ひ本月中ニ何カ新しき作を
差上可申候得は　それ迄乍自侭御待被下度候
鷗(20)の歌一篇短かく拙き作には候得共「日本主義」に掲載
致ス事ト相成居候得は　十七日ノ発刊ニ付四五日中には
御送り可申上候
生田君とは一週間に一回位は顔ヲ合セ居候　此ころ不相
変意気旺ナルコトに有之候　御返事も不差上御詫申上テ
ト宜敷申入候得は　左様御思召被下度候

草々

二月十五日

隼雄

薄田泣菫様

注(12)　満谷国四郎（一八七四～一九三六、洋画家）のこと。泣菫の旧友（後に婚戚関係）で『ゆく春』（注（13）参照）・『白羊宮』（注（40）参照）ほか、泣菫の本の装丁や挿絵等に多く関わる。『美術評論』当該号を確認すると、満谷の《蓮池》が掲載されており、ここでいう「蓮花図」とはそれを指すと思われる。同作は同年パリ万博に出品して銅牌を得る、いわば満谷の記念碑的作品ともいえる。

(13)　泣菫の第二詩集『ゆく春』のこと。明治三四年一〇月、金尾文淵堂刊。

(14)　『暮笛集』第一版の装丁は四六横版・絹糸綴、挿絵は赤松麟作と丹羽黙仙。泣菫自身も第一版の装丁は気に入らなかったようで、第二版（明治三三年五月）、第三版（明治三九年五月）と各々装丁が変えられた。

(15)　ここの「マヽ」は有明自身によるもの。

(16)　丁酉文社が明治三〇年四月から三一年五月まで刊行した文芸雑誌。泣菫は最初同誌の新体詩募集に「花蜜蔵難見《はなみつにしてかくれてみえがたし》」を投稿し、それが明治三〇年五月号に掲載されて以降、同誌に立て続けに作品を出すことで世に名を知られてゆくことになる。

(17)　与謝野鉄幹（寛）のこと。162頁参照。

(18)　「花蜜蔵難見」（注（16）参照）に含まれる十三篇中十一篇が八六調・ソネット形式（十四行詩、泣菫はこれを「絶句」と呼ぶ）を取る。そこから泣菫は、わが詩壇において最初にソネット形式を試みた者とされる。

(19)　明治三二年一月から三四年六月（実質はその一年前）まで、金尾文淵堂から刊行された関西の文芸雑誌『ふた葉』のこと。泣菫も途中から、その新体詩欄編集を担当している。なお、この後有明は本月中に新作をそこに寄せると書くが、結局彼の作品が『ふた葉』に掲載されることはなかった。直後の「遺愁」への言及については、巻末解説227頁参照。

(20)　『日本主義』（明治三三年二月）に掲載された有明の詩「可怜《うまし》小汀《おばま》（鴎に寄する歌）」のこと。『日本主義』は、明治三〇年五月から三四年五月まで刊行された大日本協会の機関紙。

3　明*治33年6月6日〔年推定〕

封筒欠　巻紙　毛筆

拝啓　誠ニ限りナキ御無沙汰致候　御思召ノ程も恐入候
生が懈りノ罪ハ御ゆるし被下度候
何日ぞやは「二葉」御送り被下「南畝之人」小引[21]面白ク
拝見仕候　大作御完成御苦心御察申上候　「明星」二号
に「樹蔭にたちて[22]」の御歌の二節目の「薫吹く日の暁
谿間くゝる水に似て――」の句　最も驚かれ申候

扨御承知ノ雑誌、「活文壇[23]」の記者より嘱マレ小生本月
発刊ノ分、新体詩の選評致置候得共、少し事情も有之、
その一号のみにて断り申候処　彼方より人参り　それで
は困る、採択のみにて宜敷、集りたる原稿ハ郵送スベキ
ニヨリ是非共大兄ノ手ヲ煩し度候　御諾否ハ小生ヨリ伺
ひ呉レヨト申出候間　乍御面倒御返事被下度候　雑誌記
者ノ懇請もアリ御意見一応御伺申上候迄ニ止り候間　不
悪思召被下度候
たま〳〵御たより致スとてかゝる煩はしき事申上相済ぬ
義と存候
何モ後便に譲り申候

拝具

六月六日　隼雄

薄田泣菫様

二「行春」御校正ノ為大坂迄御出游ノ由[24]　与謝野君より
承り候　「暮笛集[25]」再版御よろこび申上候　表紙ノ体裁
前ノヨリハ立勝リテ見ラレ申候
小生モ明星四号ニハ何カ書キ可申[26]　短キモノ数篇素琴[27]ト
題し新小説へ廻し置き候

注

(21)『ふた葉』（明治三三年三月）に掲載。「小引」の後「春耕之巻」から「冬蔵之巻」まで続くことが、その詩に付された「目次」に予告されていたが、結局公刊されることはなかった。

(22)『明星』（明治三三年五月）に載った「闇夜樹畔に立ちて」のこと。なお、『明星』は明治三三年四月から四一年一一月まで刊行された、与謝野鉄幹の結成した新詩社の機関紙。

(23)明治三二年一一月から三四年六月まで、大学館から刊行された文芸誌。生田葵山も編集に携わっていた。有明はこの年一月から『新声』の新体詩壇選者になっており、そのため『活文壇』の方はこの一号だけで断ろうとしたか。

(24)三宅薫のことがあり（注（28）参照）、泣菫はこの年六月中旬から七月上旬の間に上阪、金尾文淵堂二階に寄宿することとなる。だが、本書簡からは、六月六日の段階で既に上阪が決まっていたことが伺える。

(25)『暮笛集』再版については注（14）参照。

(26)有明は「恋と死と」を『明星』第四号（明治三三年七月）に掲載している。

(27)『新小説』（明治三三年一〇月）に掲載された。なお、『新小説』（第二期）は、明治二九年七月から大正一五年一一月まで春陽堂から刊行された文芸誌。

4　明治*33年6月26日

封書　巻紙　毛筆

〔受信者〕備中国浅口郡連島〔破損〕

薄田淳介様

〔発信者〕〔判読不能〕

蒲原隼雄

〔発信局印〕〔判読不能〕

〔受信局印〕備中西ノ浦　33・6・27　ハ便

先般ハ失礼ナル御願申上置候処御返事賜り難有　貴意ハ悉細活文壇記者へ通じ置候(28)　扨此度故人北村透谷氏(29)ノ全集出版ノ挙アリ　島崎藤村君夫ガ為メニ信州ヨリ態々出京計画略整ヒ中候(30)

往年出版ノ透谷集(31)ニ漏レタルモノ長編ノ詩「蓬莱曲」ヲモ巻中ニ収ムルコトト相成候　本年ハ丁度透谷氏逝テヨリ七年の忌ニ当リ候由　星霜ノ流転迅速ニシテ往時ヲ追懐スレバ座ニ悲涙、不禁候　全集補訂ノ挙モ幽魂ヲ慰メ且ハ兄迄申上候得共　遺族ノ為メニ計ラレト言フニ有之

故人ノ遺孤房子今年九歳　遺伝ノ神経質ヲ矯メサセント
テ毎日鞦韆ニ上リテ嬉戯スルニ任セタリトハ島崎君ヨリ
此度聞ク処ニ有之候　悲痛ノ極ミニハ候ハズヤ
就而ハ洽ク追悼ノ詩文ヲ請ウテ幸ニ巻首ニ添フルヲ得ン
ト島崎君切ニ申居ラレ　大兄ニハ生ヨリ其趣旨ヲ述べテ
宜敷御願申上ゲテヨトノ依嘱有之候
御暇モ御座候ハヾ詩文共ニ可ナル由ニ候得は　何カ御執
筆被下来月中旬迄ニ信州北佐久郡小諸町馬場裏島崎春樹
君ノ許迄玉稿御送リ被下度(32)生カ蕪辞島崎君ノ意ヲ貫徹
セザランコトヲ恐レ候得は　宜敷御酙ミ取リノ程奉願候
右迄如此御座候　拝具
六月廿六日　隼雄
薄田淳介様

注(28)　ここでいう「御願」すなわち書簡3にあった『活文壇』新体詩選評役の交代依頼を、泣菫は辞退したと思われ、結局次号（明治三三年八月）の選評は有明が行っている。この時期、泣菫は妹のように面倒を見ていた隣家の幼馴染、三宅薫の婿取りのことで苦悶のうちにあった。また、『ふた葉』が『小天地』という、より規模の大きな雑誌に生まれ変わろうとしており、泣菫はその編集主任を任されて忙しくなろうとしている時期でもあった。
(29)　北村透谷（一八六八〜一八九四）は詩人・評論家。ここでいう『透谷全集』は明治三五年一〇月、星野天知編集代表、文武堂から発行。
(30)　58頁参照。
(31)　『透谷集』は明治二七年一〇月、星野天知編、文学会雑誌社から発行。ここでいうように『蓬莱曲』（養真堂、明治二四年五月）等、未収録作が多い。というのも天知の証言によれば、本集は遺稿断片散逸を防ぐ目的での刊行であり、そのため僅か三百部しか刷らなかったという。
(32)　『透谷全集』凡例に「諸友の詩文を請ふて巻頭に編入せんと企及せしが出版の時期切迫して其暇を与えず遺憾ながら僅かに編者の四文を以て止みぬ」とあるように、結局巻頭に挙げられたのは星野天知・戸川秋骨・平田禿木・島崎藤村の編者四名の序文だけだった。

5　明治34年12月15日*

封書　巻紙　毛筆

〔受信者〕大坂市東区南本町金尾／文淵堂内編集局ニテ
薄田淳介様
〔発信者〕東京市麹町隼町八
蒲原隼雄
十二月／十五日夜
〔発信局印〕〔判読不能〕34・12・15　后12-□

拝啓　年末御繁忙の御事ト御察申上候
扨今春御上京の節(33)ハ御話申上度色々有之ながら匆々に御別れいたし候次第　于今遺憾ニ存居候
其後はまた御無沙汰ニ打過ぎ申わけ無之候　何も小子疎懶の性の致す処　他意無之次第御酌量被成下度　与謝野兄と出会の折は毎々御うわさのみいたし居り候
先般御発行の詩集「行く春」拝見　御苦心の程感佩いたし本日発出の「明星」紙上聊か愚見相述置候(34)　慣れぬ評言をものして罪を得んかと憂慮此事ニ御座候　すべて御見ゆるし被下度候
御編輯の「小天地」は毎号拝見致居りながら金尾氏(35)にも貴兄にも未ダ御礼も不申上相済まざる義　何卒御寛裕被下度候　殊ニ彙報欄内にては度々拙作御推挙ニあげて被下光栄ニ奉存候　御執筆の御方へ宜敷御伝被下度候
先ハ右迄如此御座候

十二月十五日夜　拝具

隼雄

薄田淳介様

二　此度は金尾氏へ別段書状不差上候間　宜敷御鳳声奉願候

注(33)　この年四月に、泣菫は前年に入社した大阪毎日新聞の社用を兼ねて上京、有明の他にも後藤宙外や尾崎紅葉らに会っている。

(34)　『明星』（明治三四年一二月）に掲載された「『行く春』を読む」のことを指す。同号では『ゆく春』の出版記念として特集が組まれ、与謝野鉄幹の長詩をはじめ、有明・前田林外・羽川隠士（平尾不孤）・武田木兄（武田甲子太郎）・山崎紫紅の批評文が載る。

(35)　金尾文淵堂店主、金尾種次郎（一八七九～一九四七）のこと。

6 明治35年8月1日*

封書　巻紙　毛筆

〔受信者〕〔破損〕市東区南本町四ノ三十六／金尾文淵
内
薄田淳介様
〔発信者〕東京市麹町隼町八
蒲原隼雄
〔破損〕月一日
〔発信局印〕東京麹町　35・8・〔破損〕　后7.40
〔受信局印〕大阪　35・8・2　后5.20

拝啓　本日初めて土用中のここち致され申候
御起居如何候　御伺申上候
「哀笛」[36]早速御掲載の栄にあづかり御礼申上候　就ては
人なみかましき義には候得共　原稿文淵堂よりひととほ
りの御むくゐ申受けられまじくや　少々あてに致居事も
有之候間　何卒貴兄より堂主へ御相談被下度御願申上候
実は旅行のたしにも致度考居り候
要事のみ　　草々
八月一日　　隼雄
薄田淳介様

注(36)『小天地』（明治三五年七月）に載った有明の翻訳作品「哀笛」（アラルコン作）のこと。

7 明治35年9月20日*

葉書　毛筆

〔受信者〕大坂市東区南本町／四丁め金尾文渕堂内
薄田泣菫様
〔発信者〕東京／麹町隼町八番地
蒲原生
〔発信局印〕東京麹町　35・9・20　后1.50
〔受信局印〕〔判読不能〕3□・□・□　后□.□

拝啓　其后御無沙汰ニ打過き候段御ゆるし被下度　漸ク
秋冷相催候処御起居如何　就てはいつぞや御願申上置候
拙作「哀笛」の件　金尾氏の御都合御伺致度　再度厚顔
の至りニ候得共大兄より何卒宜敷様御相談被下度　偏ニ

御願申上候　草々

九月廿日

8　明*治36年6月5日

封書　便箋　毛筆

〔受信者〕〔破損〕
薄〔破損〕菫様／添別冊

〔発信者〕東京市麹町区隼町
蒲原有明
〔破損〕月五日

〔発信局印〕〔破損〕

〔受信局印〕大阪船場　36・6・6　后□・□

拝啓　近来非常の御無沙汰御寛恕被成下度候
新小説ニ明星ニ御作(37)拝見　抜群の御技倆誠に感嘆の至ニ不堪候　ことに「雷神の夢」の如き、かほどの長篇すでに珍らしきに始終の御高興御羨しく奉存候
別冊「独弦哀歌(38)」先月下旬出来　とくに御送り可申上候処　兎や角にて遅延仕候　御一読被下候ハヾ幸甚ニ御座候　仍又御批評願はれ候ハヾ更に嬉敷義に御座候　敬具

六月五日

有明

泣菫詞契

注(37)「金剛山の歌」(『新小説』明治三六年五月)、「雷神の夢」(『明星』同年六月)を指す。

(38)蒲原有明の第二詩集。明治三十六年五月、白鳩社刊。

9　明*治39年8月31日

封書　巻紙　毛筆

〔受信者〕備中国浅口郡連島村
薄田淳介様

〔発信者〕八月卅一日
東京市麹町隼町
蒲原隼雄

〔発信局印〕〔判読不能〕39・□・□　□0-□

〔受信局印〕備中西ノ浦　39・□・1　ロ便

一別以来(39)例の御不沙汰偏ニ御海恕の程奉希候　小生今日迄すつかり迷ひ込み思ふやうに制作も出来ざる次第不愉快ニ候　然し義理に責められ此ごろよりぽつ〳〵詩作罷

在候
御著「白羊宮」(40)に就てもそれらの為め　御やくそくにより愚見披陳可仕候処　意に任せず失礼仕り申訳無之候
御集のうちにて「望郷の歌」「人妻」短かきものにて「忘れぬまみ」「海のほとりにて」「新生」等殊に愛誦いたし居候
ベルレイヌ詩集(41)は近日中に御送り可申上候　実ハ御葉書により昨日長谷川天渓(42)君を訪づれ右詩集取りかへしまゐり候処　岩野君(43)是非にとて持ち帰られ候　仝君の方すみ次第直ニ御覧に供へ候含みに御座候　十日間位何卒御しのび被下度候　引手あまたのベルレイヌに候
「あやめ草」(44)第二集には御寄稿なかりし由　野口君(45)より承り候　さびしき事に候　来月下旬には発刊の運びと可相成候　このごろ「あやめ会」ニ関して野口岩野両君を中傷誹謗するもの有之驚入候　其もの新聞紙に誣妄の投書をなせし仕末等(46)は大兄の御耳に入れるも汚らはしき事に候　此両日間は昼夜それのみに奔走いたし候　野口岩野両君には誠に気の毒なる事件に候　追々真相も判明可致候
残暑なほ烈敷候処　御自愛専一ニ奉祈候　余は後便にゆづり候

敬具

八月卅一日　蒲原

薄田淳介様

注(39)　泣菫はこの年四月上旬に上京。その際、有明と岩野泡鳴（作家篇58頁参照）とともに、森鷗外（作家篇172頁参照）を訪ねている。
(40)　泣菫の第四詩集。明治三九年五月、金尾文淵堂刊。
(41)　有明の証言によると、明治三七年二月に田山花袋からガートルード・ホール・ブラウネル（一八六三～一九六一）による英訳本ヴェルレーヌ詩集（一八九五）を贈られたという。ここでいうのもそれか。巻末解説223頁以下を参照。
(42)　長谷川天渓（一八七六～一九四〇）は、早稲田系の自然主義評論家。
(43)　岩野泡鳴のこと。作家篇58頁参照。
(44)　この後出てくる「あやめ会」の詩集。確かに泣菫は第一集『あやめ草』（明治三九年六月、如山堂）に「夏の朝」を出しているが、第二集『豊旗雲』（同年一二月、左久良書房）には出していない。有明は第一集に「めぐみの影」

「追憶」、第二集に「やまうど」と両方に出している。なお、この後書かれるようなあやめ会の内紛により、第二集刊行が遅れたことが本書簡から伺われる。
(45) 野口米次郎のこと。84頁参照。
(46) 『万朝報』(明治三九年八月二六日付)に「あやめ会の内幕」という記事が載り、当時の詩壇を騒がす事態になる。詳しくは巻末解説247頁参照。

10 明治40年12月31日*

葉書 ペン
〔受信者〕 京都市上京区下長者町/室町通西入(北側)
薄田泣菫様
〔発信者〕 東京麹町隼町八番地
蒲原有明
〔発信局印〕 麹町 40・12・31 □□-9

御地にての泡鳴兄の気焔(47)聞きたきものとほほゑまれ候
扨小子病状ニ就て御心にかけさせられ難有奉存候 急性
腎臓炎にて一時ハ随分危く候処 思ひしよりも早く回復
今日にては病余の衰弱ノミと相成 引籠り療養罷在候(48)
最早大丈夫に候間 御安神被下度 新春ハ酒を廃して書
に親むも悪しかる間敷と存候 先ハ右迄 草々
十二月卅一日

注
(47) 『読売新聞』(明治四〇年一二月二七日付)に、泡鳴が一二月中旬に九州に旅立つとある。また、『文庫』(同年一二月一五日)には、同月二〇日の「岡山文庫誌友大会」が「西遊の岩野泡鳴氏歓迎会をも兼ぬる」とある。この西遊の途次、京都にも立ち寄って泣菫と語らったりしたか。あるいは、ここいう「御地」は泣菫の出身地岡山を指し、上記「岩野泡鳴氏歓迎会」での泡鳴の気焔をいっているか。
(48) ここにあるように有明はこの年一二月中旬、急性腎臓病を病み、最終的な床上げは翌年三月上旬だったという。

11 明治41年5月19日*

葉書 毛筆
〔受信者〕 京都市上京区下長者町/室町通り西入(北

側）
薄田淳介様
〔発信者〕佐賀県西松浦郡／大山村
蒲原隼雄
〔発信局印〕〔判読不能〕蔵宿　41・5・19　ロ便
〔受信局印〕京都　41・5・20　后3-4

小生先頃より帰国いたし居り候処　本日ヨリ上京ノ運ニ就き申候間　此度ハ御地に立寄り久々にて拝顔を可得、廿一日午前御訪門《ママ》可申上積りニいたし居候(49)故急キ右迄
草々
五月十九日

注(49)　この年三月下旬、有明は夫人の生家を訪ねがてら自らの出自でもある九州を遊覧、その帰途京都に立ち寄り、泣菫とともに高安月郊（一八六九～一九四四、劇作家・詩人）を訪ねている。

12　明治41年10月28日*

葉書　毛筆

〔受信者〕京都市上京区下長者町／室町通り西入（北側）
薄田淳介様
〔発信者〕東京市麹町隼町
蒲原隼雄
〔発信局印〕麹町　41・10・28　后1-2
〔受信局印〕京都　41・10・2□　后0-1

先般ハ「以太利亜抒情詩」「仏国詩選」御送り被下難有奉存候　少し宛耽読候まゝ余り長く相成候得共　此上半月計拝借願上候
ロオデンバツハ(50)及エレヂア(51)は本日別封にて御送りいたし置候　実ハロオデンバツハの方　取寄せたるばかりにて他に貸し居り候ものから只今までえんにん　何とも恐縮の至りニ御座候　御ゆつくり御覧被下度候
御執筆の小説(52)最早御脱稿の由　御苦心の事と奉存候　御序の折　月郊君(53)に宜敷願上候
十月廿八日

注(50)　ジョルジュ・ロデンバック（一八五五～一八九八、ベルギーの詩人・小説家）のこと。代表詩集『沈黙の支配』（一八九一）。
(51)　ジョゼ＝マリア・ド・エレディヤ（一八四二

〜一九〇五、フランスの詩人）のこと。代表詩集『戦勝牌』（一八九三）。矢野峰人の証言によれば（『蒲原有明研究』増補版、刀江書院、昭和三四年九月）、有明はこの『戦勝牌』の英訳本（一九〇〇）を、佐々木指月（一八八二〜一九四四、彫刻家・詩人）から贈られて所持していたという。

(52)　泣菫最初の小説発表は明治四二年四月の「鬼」（『新小説』）。本書簡とは多少時差があり、ここでいう「小説」がそれかは不明。

(53)　高安月郊のこと。注（49）参照。

13　明*治42年8月13日

絵葉書〔「厳冬中信州上諏訪畷ノ並木」の写真〕　毛筆

〔受信者〕　京都市上京区／下長者町室町通西入
　薄田淳介様

〔発信局印〕〔判読不能〕

〔受信局印〕京都　42・8・14　后4-5

越の赤倉、信の渋(54)、上諏訪に一浴を試ミ申候　妙高山腹の赤倉最も爽快にして渋に所謂湯治場の特色を見申候

　八月十三日

〔裏面写真の左肩に〕昨夜当上諏訪に一泊仕候　　有明

注(54)　この時の赤倉・渋の印象は、『随筆　飛雲抄』（注（60）参照）中に書き残されている。

14　大正14年4月2日

封書　便箋　ペン

〔受信者〕　兵庫県武庫郡西宮町川尻
　薄田淳介様

〔発信者〕　静岡市鷹匠町二ー四
　蒲原隼雄
　四月二日

〔発信局印〕〔判読不能〕14・4・2〔判読不能〕

拝啓　陳者　貴著詩集合巻御刊行(55)にて御恵贈を忝うし、ありがたく御礼申上ます。これ迄あまりに御ぶさたいたし、何から申上げてよろしきやら――併しながら、すべては御海容を希ふより外　致方はありません。此前御目にかゝりしよりすでに十七八年は打過ぎ居り、今更うちおどろかるゝことのみ多し。貴集のうち「ゆく春」は小子が青春のをり最も愛読したるものにして、御出版の当

時大兄より一本を贈られたるも、其後散逸、遺憾におもつてをりましたところ、此度はからずもまた誦読することを得てなつかしく、「夕暮海辺に立ちて」、「破甕の賦」「南畝の人小引」等、矢張そのかみ　うれしみしにほひそのまま染々と鑑賞いたされました。「白羊宮」のうちの数々の絶唱、たとへば「望郷の歌」「日ざかり」等のすぐれたるは申すまでもないことですが、大兄が我詩壇に於て真に独特の地位を占めらるゝものは、「葛城の神」「金剛山のうた」「天馳使のうた」等、叙事詠のものに依つてであらませう。これより後　大兄の詩を味読研究する人々にとつて、これ等の詩はいつも驚嘆の種となるにちがひありません。小子にはさう思はれます。以上は甚だ粗雑な云ひ方ですが、交膝閑談のつもりで書きしるしました。

仍又かねて高安君より承り及びしところによれば、近来御恙あらせられ、御起居少しく御不自由の御もやうにて御静養中のよし、然しながら御恵贈の書の扉に加へられたる御自署を拝見、大に意を強う致しました。小子はこ二十年間、転々として居を移し、大震に遭ひ、ゆくりなくも当市へ流れて参りしやうの次第にて、萍蓬の生のさびしさはさることながら、ただ年はとるものと、妙におもはれますのは、頭がますく明るくなって来たことのみです。此節は我邦の古典に没頭、数年来一寸思ひつきたる方面で研究に従事してをります。(56)先は御礼旁右迄　草々不盡（四月二日）　蒲原生

薄田淳介様／侍史

注(55)　この年二月、泣菫はこれまでの自作詩をまとめ、『泣菫詩集』として大阪毎日新聞社から刊行。

(56)　この頃の有明は、ほとんど詩壇から離れて「漁人名称考」（『日光』大正一三年六・八月）など、語源考証あるいは民俗学的著作を物している。

15　昭和9年1月4日*

葉書　毛筆

〔受信者〕西宮市分銅町／二十三　薄田淳介様

〔発信者〕静岡市鷹匠町／二ノ三　蒲原隼雄

〔発信局印〕静岡　9・1・4　后0-4

恭賀新年

　昭和九年一月

16　昭和9年9月22日*

〔受信者〕兵庫県西宮市／分銅町二三、　　葉書　ペン

　薄田淳介様

〔発信者〕静岡市鷹匠町二ノ三、

　蒲原隼雄

〔発信局印〕静岡　9・9・22　后0－□

昨朝颱風襲来(57)　御地方惨害のおもむき新聞報道により承知　たゞ〳〵驚いて居ります。殊に四天王寺塔(58)倒潰には胸が一方ならずさわきます。貴家は御無事とは想察いたしますが、仍御安泰を祈り上げて居ります。

先はとりあへず御見舞迄　早々不備

　九月廿二日朝

注(57)　この年九月二十一日午前五時頃、高知県室戸岬付近に上陸し、京阪地方を中心に甚大な被害をもたらした室戸台風のこと。死者行方不明三千三十六人を数えたという。

(58)　大阪市天王寺区にある寺院。推古天皇元年（五九三年）より聖徳太子によって創建されたという。室戸台風の際にその五重塔が倒壊、死者を出したことが当日の新聞号外等で伝えられた。

17　昭和10年7月14日*

〔受信者〕西宮市分銅町二三、　　葉書　ペン

　薄田淳介様

〔発信者〕静岡市鷹匠町二ノ三、

　蒲原隼雄

〔発信局印〕静岡　10・7・□　前8－12

当地震災(59)につき御見舞を賜り　ありがたく御礼申上候　幸ひに拙宅は被害些少　格別の事も無之候間御放念被成下度候

先は不取敢御礼迄　早々頓首

　昭和十年七月十四日夜

注(59)　この年七月十一日午後五時二十五分頃、静岡・清水両市中心に被害をもたらした静岡地震のこと。マグニチュード六・四だったとされる。

18　昭*和13年12月21日

〔受信者〕西宮市分銅町二十三、薄田淳介様　　葉書　ペン
〔発信者〕静岡市鷹匠町二ノ三、蒲原有明
〔発信局印〕静岡　13・12・21　后4-8

平素御無沙汰にのみ打過ぎ居候
此度旧稿整理刊行(60)の運びに至り候間　一部別送御目にかけ候　時代おくれのものに有之候　御座右に御留置被下候ハヾ幸甚に御座候
早々不備
昭和十三年／十二月廿一日

注(60)　有明はこの年十二月、『随筆　飛雲抄』を書物展望社から刊行している。

北原白秋《きたはらはくしゅう》

明治18（一八八五）〜昭和17（一九四二）年

本名隆吉。明治一八年一月二五日、福岡県柳川で海産物問屋を生業とし、当時は酒造業を営んでいた家に生れる。明治三〇（一八九七）年福岡県尋常中学伝習館（現、伝習館高校）に入学。この頃文学に目覚め、回覧雑誌を創ったほか、『文庫』などに短歌や詩を投稿。「林下の黙想」が河井酔茗選で『文庫』（明治三七年四月）に掲載される。中学を中退して上京し早稲田大学に入学。新詩社に参加し、『明星』の有力な同人として活躍するが、明治四一（一九〇八）年一月木下杢太郎、吉井勇、長田秀雄らとともに新詩社を連袂脱退。一二月には杢太郎らと「パンの会」を結成して『スバル』同人として参加。明治四二（一九〇九）年三月、第一詩集『邪宗門』（易風社）を上梓。杢太郎は「詩集『邪宗門』を評す」（『スバル』明治四二年五月）で高く評価した。同年一〇月『屋上庭園』を創刊。明治四四（一九一一）年六月、第二詩集『思ひ出』（東雲堂書店）を上梓。同年一〇月の『文章世界』「文界十傑」の「詩人」部門で一位となるなど、詩人としての名声を確立する。一一月には『朱欒』を創刊。志賀直哉などが小説を掲載した他、同誌からは大手拓次、室生犀星、萩原朔太郎などが登場した。

明治四五年七月、隣家の松下俊子と恋に落ち、夫から姦通罪で告訴、起訴されるというスキャンダルが発生。示談によって保釈されたが、精神的痛手を受ける。大正四（一九一五）年弟鉄雄と阿蘭陀書房を設立。のちにアルスとなり、白秋の著作ほか多くの刊行物を世に送り出した。大正七（一九一八）年七月『赤い鳥』が創刊され、自作童謡欄の選者となるとともに積極的に童謡を発表し、最初の童謡集『とんぼの眼玉』（アルス、大正八年一〇月）を刊行。昭和四（一九二九）年九月からアルスより『白秋全集』全十八巻の刊行が開始される。歌集も多く公刊し、昭和一〇（一九三五）年六月短歌雑誌『多磨』を創刊。昭和一二（一九三七）年、腎臓病糖尿病から眼底出血を起こし視力をほとんど失う。昭和一七（一九四二）年一一月二日没。

明治三九（一九〇六）年四月に泣菫は上京。五月六日の新詩社会合出席の際には白秋も同席し、その写真が『明星』（明治三九年六月）に掲載されている。二人の最初の出会いと思われる。

（掛野剛史）

1　明治45年1月16日

封書　便箋　ペン

〔封筒表〕摂津西の宮町字川尻
薄田淳介様
御侍史

〔封筒裏〕京橋区新富町七ー九　鈴木方
北原白秋
十六日

〔発信局印〕京橋　45・1・16　后□ー□

拝啓

その後御変りも遊ばされず候や　先達は御懇篤なる御返しいたゞきありがたく存上候　〝ザムボア〟(1)よき雑誌に致し度く心のみあせりながら　いろ〳〵の事情ありて思ふやうにもまゐりかね、ふがひなきさま御笑ひ被下度候　御同情に甘へ以後よろしく御たすけにあづかり度く存じ候　〆切は二十日頃にて御座候　今月は二十三日中まで御待ち申上候に付　詩にても御都合にていたゞき度しと存じ候　長きものならばなほさらありがたく存上候(2)　蒲原氏このせつ小生が毎度押しかけ候より　久しぶりにて詩が出来申候(3)　当節の氏はほとんど禅僧にて御座候　過去の事物に就て非常の興味を持たれ候やう見うけ候　折々つきくづしに参らではと腕白顔する提婆《だいば》も有之候

御近状如何に候や　折々御洩らし被下候はゞうれしく、小生愈自己の詩風を全然破壊すべき機運来りたるが如く存ぜられ候　過去のすべてが非常に好ましからず存ぜられ候、このせつ人の真摯なる試み特長を誤用して　全然漫画に作りあげる人おほく、情けなき事に候　感覚も同じきものを他人の手にてくりかへされては愚にもつかぬものに相成候やう存ぜられ候　何よりのぞましきは新しき興奮にて候　白樺にてはロダンの彫刻三個参り居、なほデッサン百枚ならびに写真数枚送附し来る手筈の由　同人諸氏の興奮は羨ましきほどに候(4)、

この頃詩をつくる人の中にておもしろからぬは　品格落ちて芸人気取りの人ふえ候ことにて候、遊びするのも、むかしの通人と同様に、三味さへ鳴ればすぐに習慣的に浮かれいで候　わかき人の気易さはまさに職人もすなるあさましさと存じ候　それにつけても白樺の人はなつかしく存じ候　なほこのせつの新らしき画家マチスにせよゴッホにせよゴオガンにせよいづれも真摯なる宗教的気分の満ちわたりたる心ある人の深く考ふべきところかと存ぜられ候

おもはぬぐち申上候　お笑ひ被下度候　いづれまた折をえて貴意をえたく存居候　艸々

十六日

北原隆吉

薄田淳介様

注（1）『朱欒（ザンボア）』は明治四四年一一月東雲堂書店より創刊。北原白秋編集で大正二年五月まで発行。後期浪漫派の舞台としての役割を担った。

（2）『朱欒』に泣菫の寄稿は確認できない。

（3）蒲原有明（25頁参照）の作品は『朱欒』創刊号（明治四四年一一月）に随筆「海の思想と誘惑」、二号（明治四四年一二月）に詩「えちうど」「ひとが」を掲載されている。

（4）明治四三年四月に創刊された雑誌『白樺』は、同人達が共鳴していたロダンの特集号として明治四三年一一月号を「ロダン号」として発行。同誌と浮世絵などをロダンに送ったところ、返信が来て、明治四四年一二月には彫刻作品三点が送られてきた。その時の同人の興奮ぶりは『白樺』明治四五年二月号などに書かれている。

2　大正14年5月28日〔年推定〕

封書　便箋　ペン

〔封筒表〕摂津西宮川尻
薄田淳介様

〔封筒裏〕相州小田原天神山
北原白秋
五月二十八日

〔発信局印〕小田原　□・5・28　□8-9

謹啓

ひさしく御無沙汰にうち過ぎまして申わけもございません　先達川田順氏[5]から承りましたが御病気の由この頃は御如何でいらつしやいますか　私の方は竹の新緑が明るくて梅の実がもう可なりに大きくなつて居ります　申おくれましたが大きな御詩集[6]をいたゞきましてまことに難有く御礼申上ます　藤村詩集有明詩集と並んで明治詩史の上に建てられた耀やかしい大金字塔であることは私から申までもございません　私自身にとりましても少年時代の思ひ出の中に暮笛集は燦然として耀いてゐます　ほとんど暗誦し得るくらゐに敬慕したものでした　かうし

て全集として改めて拝見いたしますと愈々ふかく感謝しずにはゐら《ママ》ないと同時に後進として礼讃の辞を献げなければ、また世にこの詩の本道を景仰させずには済まない私の責務を感じます　何れ機を見て必ず禿筆をとらしていたゞきます　このせつの詩乱雑にして詩人もまた粗暴の態がおほいやうに存じますのでなほさらだと存じます新風の子守唄をすでに明治の末期に作つておいでなのには驚きました　御詩集も有明集と同時にアルスから御願いたさせましたが、(7)それは御縁が無くて今でも私としては残念に存じて居ります　何れにしても今度の御上梓は難有いことでございました　再び御礼申上ます

拙著「季節の窓」と「子供の村」(8)御届いたさせました筈でございますが何とぞ御高教にあづかり度く御願申上ます

折角御大切になさいますやうに　艸々

五月二十八日

北原白秋

薄田淳介様／麗坐下

注(5)　川田順（16頁参照）。

(6)『泣菫詩集』（大阪毎日新聞社、大正一四年二月）のこと。書簡中にある『暮笛集』を含め『白羊宮』『二十五絃』『白玉姫』『ゆく春』から選ばれた詩に加え、単行本未収録の詩一八篇とが収録された。これまでの歩みを回想した「詩集の後に」のあとがきを付す。泣菫の詩業をまとめたはじめての全集だが、収録詩には相当な改稿がなされた。

(7)　アルスからは『有明詩集』（大正一一年六月）、『酔茗詩集』（大正一二年一月）など、大家となった詩人の全集的な詩集刊行がなされていた。

(8)『季節の恋』と『子供の村』はともにアルスより大正一四年五月刊行。

3　大正15年12月1日〔年月推定〕

封書　便箋　ペン

〔封筒表〕兵庫県西宮市分銅町二十三
薄田淳介様

〔封筒裏〕東京谷中天王寺町十八
北原白秋

〔発信局印〕〔切り取り〕

啓上
その後は御無沙汰して居りますが、御健康は御如何でございますか、愈々時雨季節に入りましたが御自愛願上ます
先日は「太陽は草の香がする」[9]難有く拝受しました御礼申上ます。またアルスから出さしていたゞいた事を感謝します
「近代風景」について御厚意賜る由[10]これまた厚く御礼申上ます。今後ともよろしく御願申上ます。なほこれはもつと早く御伺ひせねばならぬ筈のものでしたが、あまりに生活が混雑いたしましたため遅延して申訳がございませんが、今度小生の編纂で雄弁会から日本民謡作家集[11]と云ふのを上梓することになりました。その中に御作
ほほじろ
花売女
粉屋の女房
を拝借さしていただきたいのでございますがまげても御寛容の上御快諾願上ます。〃粉屋の女房〃は民謡体或は小唄風のものとも趣はちがつて居りますが、ああしたあたりから後に影響されたものが何かの形になつて再現されてゐることと存じますし、小生自身にとつても思ひ出のふかいものでありますので、是非にも抄さしていただきたかったのです。決して御迷惑になる事は致さないつもりですが、どうかよろしく御願いいたします　この集は中西梅花氏あたりから現在にいたる詩人の民謡或は小唄を蒐めましたので、文献としても貴重な系統を示すものと存じます。在京の方は月郊氏はじめどなたも御承知下さいました、四百五十頁位のものでございます。出来ましたら早速一本御左右まで御届けいたします。たゞ、この頃の人の作にちとどうかと思ふものもございますが、人を本位として集めましたので、幾分御見のがしを願上ます。

一日

北原隆吉

薄田淳介様

注(9)　『太陽は草の香がする』はアルスより大正一五年九月刊行。
(10)　『近代風景』は「北原白秋編輯」と銘打ってアルスより大正一五年一一月創刊。同誌に泣菫の寄稿は確認できない。
(11)　北原白秋編『日本民謡作家集』は大日本雄弁

会より昭和二年二月刊行。書簡中にある通り泣菫作品からは「ほほじろ」「粉屋の女房」「花売女」が収録。中西梅花から鏑木孝、藪田義雄、玉置光三、莇田仁、平木二六、佐藤八郎などの同時代に到る民謡を集めた四四七頁の本篇に「創作民謡年項」二七頁が付く。

4　昭和4年8月29日

封書　便箋　毛筆

〔封筒表〕兵庫県西宮市分銅市《ママ》二十三
薄田淳介様
〔封筒裏〕東京市外世田谷若林二三七番地
北原白秋〔以上印刷〕
〔発信局印〕□□　4・8・29　后8－10

啓上
その後は失礼いたして居ります　過月はまた御著大地礼讃(12)小生にまでも御寄贈を忝うしまことに難有く御礼申上げます　近日私もまた詩集海豹と雲(13)を上梓いたします事になりましたのでいづれ御清鑒を仰度存じて居ります
なほ申おくれましたが、改造社版の現代日本文学全集の詩史(14)の中では御目障りの点も多々あられた事と恐縮に存じて居ります
さてこの度時期尚早とは存じましたが、弟たちの懇望にまかせ全集十八巻の刊行(15)を計画いたし近く発表の予定で御座いますが、右につき拙詩に対する数行の御言葉(16)にても賜る事が御願できればこの上の光栄と存じますがまげても御承引のほど御願申上けます　先輩の方へのはおほかたアルスより御願ひして既にいたゞいてゐるやうでございますから、何分ともよろしく御願申上けます。
二には詩人協会の事(17)でございますが、初めより私は河井氏に御願ひして御承認のほどを御待ち申上げて居りましたが、これまた如何でございませうか。尊兄の御名が会の上にいかに重きをなすかといふ事について会のためにも小生より御願申上けます、御賛同願度存じます　色々世間に誤解があるやうでございますが、また仕事としてもあまり栄えばえしくなく何かの大革正をしなければなるまいと思ひますが、それ丈なほさら諸先輩の御監督をねがはしく存じます
なほ右は決して党派的のものでなく、詩壇全体の共済機関であります故にこの点も十分に御ふくみ置下さいまし。藤村晩翠有明諸先輩も御賛同でありますので既往の

詩史の上からも是非会の枢機の上に御立ち下さいますやう御願申上ます。遠方の事故小生におまかせ願へれば御迷惑になるやうの事は一切いたさぬ心は持して居りますので。このせつ新進たちの失礼や不遜の態度は苦々しきかぎりでありますが、右は心して清明に導度存じて居ります。先は御うかゞひまで

艸々不一

八月廿九日

北原白秋

薄田泣菫様／玉榻下

注

(12) 正しくは『大地讃頌』で創元社より昭和四年六月刊行。

(13)『海豹と雲』はアルスから昭和四年八月刊行。

(14) 改造社の「円本」である日本現代文学全集『現代日本詩集　現代日本漢詩集　第三七篇』(昭和四年四月)に「明治大正詩史概観」という解説を発表したもの。泣菫についても詳細に触れている。

(15) 昭和四年九月からアルスより刊行が開始された全十八巻の『白秋全集』。

(16)『白秋全集』は各新聞に広告を載せ、各氏の推薦文を掲載している。「読売新聞」(昭和四年九月一〇日)は一面の全面広告で泣菫も「高雅幽美の精神」と題した推薦文を寄せている。

(17) 詩人協会は島崎藤村、河井酔茗、野口米次郎、高村光太郎、北原白秋を発起人にして昭和三年一月二一日に設立。党派を超えた詩人の団体として活動すべく『詩人年鑑』や年鑑詩集を刊行したが、昭和六年一月二五日解散。

5　昭和8年11月12日

封書　便箋　ペン

〔封筒表〕西宮市分銅町
薄田淳介様

〔封筒裏〕東京市外砧村大蔵西山野
北原白秋
十一月十二日

〔発信局印〕□□　8・11・13　前8－12

謹啓

追々おさむくなつてまゐりますが御起居いかがでいらしやいませうか　先達は高著茶話全集上下(18)御恵贈にあづかりまして厚く御礼申上ます　まことに当代の御随筆と感

激いたしました　朝夕拝見さして戴いてをりますが今後とも御教を受くることの多大を感じてをります　実は成城学園紛糾[19]のためあれこれといたし少しも書斎におちつきませんために御礼も申おくれまことに申わけなく存じてをります　あしからず御ゆるし下さいますように　奥様にもよろしく御鳳声願上ます　いづれ最近の歌集をそのうちにお目にかけたく存じてをります　時せつ柄御加餐願上ます　敬具

十二日

北原白秋

薄田先生

注(18)『茶話全集』上下は昭和八年三月創元社より刊行。

(19) 昭和八年四月、成城学園の小原国芳校長をめぐって学校騒動が起こり、二派に別れて対立したことを指す。最終的に小原は玉川学園に移った。白秋は小原の教育思想に共鳴し子息を成城学園に通わせており、小原のために奔走した。

6　昭和9年5月13日

封書　便箋　ペン

〔封筒表〕西宮市分銅町
薄田泣菫様
〔封筒裏〕東京市外砧村にて
北原白秋
十三日夜
〔発信局印〕東京・砧　9・5・14　后4－8

謹啓

御高著独楽園[20]拝受いたしました　御礼申おくれ御ゆるし下さいまし　いつもながら忝く存上てをります　先達は白南風[21]御清鑒をけがし如何やと恐縮いたしてをります　何かと御教示に与るをえばこの上の幸はございませぬ　このせつの砧村は蛙が鳴きたてゝ夜もにほひふかく感じられます　その後は御健勝の事とは存じますが愈々御加餐のほど願上ます　奥様にもよろしく御鳳声下さいまし

敬具

五月十三日夜

北原白秋

泣菫先生／玉榻下

注(20)『独楽園』は創元社より昭和九年四月刊行された。
(21)『白南風』はアルスより昭和九年三月刊行された歌集。

7　昭*和9年9月26日

絵葉書　ペン

〔受信者〕西宮市分銅町
薄田泣菫先生
〔発信者〕東京市外砧村
北原白秋
二十六日
〔発信局印〕東京・砧　9・9・26　后0－□

拝啓
御さはりなき由の貴電拝受安心いたしました　この上とも御大切に願上ます。この写真は台湾の蕃界馬蘭社の盛装した娘たちですが、斉唱してくれました。牡丹湾で四日四晩吹きづめの颱風にあひ、青山を枯山に泣き腐すといふ比喩(22)がはつきりわかりました。

〔裏面　馬蘭社の女性に囲まれて写る白秋の写真〕
台東公会堂の集にて

注(22)　昭和九年六月二九日より白秋は台湾総督府文教局の招きに応じ、台湾に旅行した。各地を廻り七月一六日に屏東で講演会、一七日に牡丹湾近くの四重渓温泉に着いたがここで暴風雨に遭い立ち往生した。二四日に台東着。七月二五日に馬蘭社を見学している。八月二二日に帰国した。「青山を枯山に泣き腐す」は『古事記』でのスサノオの「其泣状者、青山如枯山泣枯、河海者悉泣乾（その泣く有様は青山が枯山になるまで泣き枯らし、海や河は悉く泣き乾いてしまった）」を踏まえたもの。

九条武子《くじょうたけこ》

明治20（一八八七）〜昭和3（一九二八）年

明治二〇年一〇月二〇日、京都西本願寺に、本願寺二一代明如《みょうにょ》宗主・大谷光尊の次女として生まれる。明治四二（一九〇九）年、男爵九条良致《よしむね》と結婚、ともに渡欧するが翌年単身帰国。大正二（一九一三）年より『心の花』に歌を発表、佐佐木信綱に師事。大正九（一九二〇）年六月、歌集『金鈴』（竹柏会）刊行。同年一二月、九条良致帰国、東京築地本願寺に住む。昭和二（一九二七）年七月、歌文集『無憂華』刊行、翌年二月七日病没。

満谷昭夫『泣菫残照』（前掲）によると、武子の「巻紙に墨筆でしたためられた手紙を額に表装されたもの」が満谷家に残され、「封筒がない」が「おそらく大正中期、祖父が大阪毎日の学芸部長をしていた頃」とされ、翻刻に「この間はまことに不出来なるものお送り申しあげ」「歌以外のもの公表されることに何やらおそろしきここちいたし候」とある。書簡1は同様に、泣菫からの原稿依頼に困惑しながら応じた経緯、心境を伝えている。

（加藤美奈子）

1　大正10年3月＊〔年月推定、日不詳〕

封筒欠　便箋　ペン

窮鳥懐に入れば何とか申す御同情もなく再三御ことわり申上候末御使者の某が勝利者のことくまつられ候日よりいくぢなくも肩に重荷のかけられ候心地にて候

御約束とは申なから私にとりてはまことにつらい御約束申上候こと万々御察し被下度候　時か時問題にされやすき女ゆゑとにもかくにも人目を引き候人の噂さも七十五日しばしの御猶予を願度候へども春宵記以来御話又ありて二年越しの今日のこと故に逃け場も亡せ場もこれなく候　消へ《ママ》も入り度き心地なからに御話に申上候此原稿(1)は京都のある友への便りの一節より私用をはぶき少しく訂正いたし置候ものしかるべく此上の御取捨は御意のまゝに願上候

武子

薄田様

注(1)　大正一〇年三月一三日付『大阪毎日日曜附録』掲載「京なるF夫人に送る　私信のうちより」の原稿と推定される。記事中の一首「あめつちに夜あり昼ありうつそ身の／ひとの此世も

同じさだめか」は、『心の花』（大正一〇年三月）掲載の武子の詠草「夢の国」にも所収されている（表記の異同あり）。

児玉花外《こだまかがい》

明治7（一八七四）〜昭和18（一九四三）年

明治七年七月七日、京都に生まれた。本名は伝八。詩人、小説家、評論家。父精斎は毛利藩士で勘定奉行であったが上洛、漢方医学、蘭方医学を学び開業医となる。明治一九（一八八六）年、同志社予備校に入学。強く影響を受けた校長新島襄の死後、仙台の東華学校に入学、同校の廃校により札幌農学校予科に転学する。明治二七（一八九四）年、上京して東京専門学校（現、早稲田大学）に入学し、坪内逍遙に指示し詩作に励んだが、明治三〇（一八九七）年、同校も中退し、京都に帰った。新婚の明治三二（一八九九）年六月、山田古柳、山本露葉との合著で詩集『風月万象』（文学同志会）を出版、翌年五月には河井酔茗、山本露葉と『わか草合集』（新声社）を出すなど、旺盛な詩作活動が認められる。この頃、片山潜を知り、次第に社会主義に対する理解を深めてゆき、明治三六（一九〇三）年四月六日に大阪中之島公会堂で開かれたわが国初の社会主義大会の会場で、花外は自作の「大塩中斎先生の霊に告ぐる歌」を朗吟した。同年九月に金尾文淵堂が発行した『社会主義詩集』は、日本で最初の発禁処分となったが、翌年にはこのことに対する知己からの同情を集めて附録とした『花外詩集』（金尾文淵堂）を発表した。明治四〇年代に入ると多方面に活躍。『源為朝』（千代田書房、明治四三年）といった史伝小説や『東京印象記』（金尾文淵堂、明治四四年）などの出版を行った。

大正三（一九一四）年、『秋田時事』の社長となった後藤宙外に随って秋田に行き同紙の編集に携わったが、半年で帰京した。詩壇、文壇に活躍した大正期だが、代表作の一つとなる明治大学校歌「白雲なびく」の作詞を手がけたのも大正一二（一九二三）年である。花外自身は、明治四〇年で詩業は終わり、同校歌を除くと「自分の呟きでしかない」と語ったと云われている。

昭和九（一九三四）年には病を得て入院したが、室生犀星が発起人となり詩人らに治療費の寄付を募り、見舞金を送っている。犀星は、花外が『新声』で新体詩の選者を務めていた際に見出された詩人で、犀星にとって花外は「先生」と呼ぶべき人であった。

なお、雑誌『小天地』への寄稿は、明治三四（一九〇一）年二月から明治三六（一九〇三）年一月の終刊までつづいた。

（庄司達也）

1　明治35年以前11月30日*　〔年推定[1]〕

封書　巻紙　毛筆

〔封筒表〕大坂市東区南本町心斎／橋筋東北角／金尾様方／薄田泣菫様
〔封筒裏〕京都府葛野郡花園村字／御室三十九番入／児玉花外／卅日朝
〔発信局印〕山城　□□□□　□・11・30　ハ便

拝啓　貴君には倍御清栄　常世の闇なる大坂の天地に星の如く花の如く輝き匂ひ玉ふ由慶賀の至りに御座候　次に小生其後流浪的生涯を続け今は敗亡の余　片田舎に啼き居り申候

拙詩二篇旧作に候へ共貴誌小天地に御掲載の栄を得ば幸甚に御座候[2]　尚向寒の候　御玉体御自重の程を祈り申候

頓首

卅日朝　花外

泣菫様

金尾様[3]にも宜敷く御鳳声奉願候

注
（1）本書簡の年代は不明だが、その内容が『小天地』への自作掲載の依頼であることから、ここに配した。『小天地』は、明治三六（一九〇三）年一月の刊行までが確認されている。
（2）この書簡が一一月に投函されていることから、ここで言及された花外の作品は、「雪に放ちし鼠」（明治三四年二月）、「海鴨」（明治三五年一月）、「木の葉の使者」（同二月）、「砂上対酌」（明治三六年一月）の四篇の何れかかも知れない。
（3）金尾種次郎（文淵堂）のこと。

2　明治39年4月25日*

葉書　毛筆

〔受信者〕京橋区五郎兵衛町／二十二　金尾方／薄田泣菫様
〔発信者〕小石川竹早町十一　中村方／児玉伝八
〔発信局印〕小石川　39・4・25　前10-11

御入京の由[4]何れ其内御面晤の機を得久振にて語るべく楽居り候

二十五日

注（4）　この月の上旬に上京し、旧交を温めたらしい。「同月上旬、珍しく上京し、文壇の知友から大いに歓迎された。一ヶ月ほどの短い間に、山本露葉、泡鳴、林外らと近県を旅行し、文芸協会に抱月を訪ねて逍遙に紹介されたり、新詩社の集会に列席したり、有明や泡鳴と共に森鷗外の観潮楼を訪問したり、また先年より文通を重ねていた綱島梁川と初めて対面したりした」（『近代文学研究叢書57』昭和女子大学近代文化研究所、昭和六〇年）。

3　明治39年5月28日*

葉書　毛筆

〔受信者〕　備中国浅口郡／連島村／薄田泣菫様
〔発信者〕　東京小石川竹早町十一　中村方　児玉生
〔発信局印〕　小石川　39・5・28
〔受信局印〕　備中　西ノ浦　39・5・30　ロ便

拝啓　久振の歓会忘じがたく候（5）、古園な廂より目を放たば東都の慶雲に兄か感如何、埃裡御も□ゝ僕を憐むや否や、高著「白羊宮」（6）ありかたく存す　早速礼状出さんと思ひしも旅中知れさりし故今如斯に候　何れ大坂《ママ》時事（7）に思ひ感じを染むるへく候

早々

注（5）　注（4）参照。「其内御面晤の機を得久振にて語るべく楽居り候」とあることが果たされた。
（6）　薄田泣菫の詩業を代表する詩集のこと。
（7）　『大阪時事新報』のことか。本書簡が投函されたその日、同紙には月下庵の筆名による「白羊宮を読む」が掲載された。

西條八十《さいじょうやそ》

明治25（一八九二）～昭和45（一九七〇）年

明治二五年一月一五日東京市牛込区に生れる。生家は質屋、のちに石鹸製造業を営んだ。明治三七（一九〇四）年早稲田中学入学。教員だった吉江喬松の影響を受け、早稲田大学に入学。三木露風が主宰した『未来』に参加し、日夏耿之介らと『仮面』『聖杯』を創刊。大正四（一九一五）年早稲田大学を卒業。第一詩集『砂金』（尚文堂書店、大正八年六月）を、翌年に訳詩集『白孔雀』（尚文堂書店、大正九年一月）に刊行。象徴詩人としての名前を確立する。一方『赤い鳥』などに童謡を盛んに発表。『鸚鵡と時計』（赤い鳥社、大正一〇年一月）にまとめられるなど童謡詩人としても活躍。大正一〇（一九二一）年に早稲田大学講師となり、後にフランスに留学し、ヴァレリーらと交流。「東京行進曲」「東京音頭」など、多くの歌謡曲や民謡を作詞しその詩は人口に膾炙した。『愛吟詩百篇』（交蘭社、昭和三年一一月）の中には、泣菫の詩が五篇取り上げられているが、これは三木露風と同じ数で、北原白秋の六篇についで二番目に多い。

（掛野剛史）

1　昭和9年9月28日*〔年推定〕

封書　便箋（丸善製）　ペン

〔封筒表〕兵庫県西宮市分銅二三
　薄田泣菫様

〔封筒裏〕東京市淀橋柏木三ノ四三三
　西條八十

〔発信局印〕□□　□・9・28　后4－8

拝啓

いつも御無沙汰のみ申し上げて居ります。

此度の大暴風雨(1)に御被害はございませんでしたでせうか。御伺ひ申し上げます。

先は不取敢右御見舞言上まで。敬具

九月二十八日

西條八十

薄田泣菫様

注(1)　昭和九年九月二一日に室戸岬西に上陸、京阪神地方を襲い大きな被害をもたらした室戸台風のことを指す。

島崎藤村《しまざきとうそん》

明治5（一八七二）～昭和18（一九四三）年

　明治五年二月一七日、長野県第八大区五小区馬籠村（現、岐阜県中津川市馬籠）に、馬籠宿の本陣、庄屋の末子として誕生。父正樹は一七代目の当主であった。詩人、小説家。本名春樹。明治学院普通学部本科（現、明治学院大学）に入学後、後に小諸義塾に藤村を招く木村熊治からキリスト教の洗礼を受ける。明治二四（一八九一）年に卒業した後は翻訳を『女学雑誌』に発表するなどしていたが、翌明治二五（一八九二）年からは明治女学校の教壇にも立った。明治二六（一八九三）年一月に創刊された『文学界』には同人として当初より参加、詩、小説、評論などジャンルを横断して作品を発表している。女学校での教え子との関係に悩み教職を辞して放浪した後、仙台の東北学院（現、東北学院大学）の教師となる。明治三〇（一八九七）年八月に刊行した第一詩集『若菜集』（春陽堂）は、近代叙情詩を代表する詩集として今日においても高い評価を得ている。以後の『一葉舟』（春陽堂、明治三一年六月）、『夏草』（同、明治三一年一二月）、『落梅集』（同、明治三四年八月）によって、その評価は揺るぎないものとなった。明治三二（一八九九）年に長野県北佐久郡小諸町（現、小諸市）にあった小諸義塾に赴任、明治三八（一九〇五）年までの六年間をこの地で送る。この間、文学者島崎藤村の内部では詩から散文への転換が図られたが、本書に収録された書簡群はこの時期のものであり、その意味でも貴重な資料となっている。すなわち、収載された四通の書簡からは、小諸での生活を自身の「旅」として仮構していた詩人藤村が散文作家として立とうとしている過渡期にあたる、その精神の有り様の一端が垣間見られるのである。

　明治三八年の上京後は、「破戒」（自費出版、明治三九年三月）の成功により自然主義作家としての揺るぎない名声を得た。代表作に「春」（『東京朝日新聞』、明治四一年四～八月）、「家」（『読売新聞』、明治四一年三月）、「新生」（『東京朝日新聞』、大正七年五～一〇月）、「夜明け前」（『中央公論』昭和四年四月～昭和一〇年一〇月）がある。

（庄司達也）

1　明治34・35年5月12日（1）〔年推定〕

封筒欠　巻紙　毛筆

かねて御発行の見事なる雑誌（2）御恵贈を辱ふし御礼も不申上今日まて御無沙汰致居候所御手紙を頂き且は喜ひ且は恥入候　蒲原氏（3）に面会致候折なとはいつも御噂申上居候に思ひかけすも御書面に接し拝姿の心地も致候　弥々御精励御様子かけなから羨ましく存居候　御在坂の諸先生もすくなからす候趣　朝夕の御交歓も左こそと思やられ候
当地（4）は山家のうちの山家と申すべき土地柄　三宅子（5）の去られてよりは語るべき友もなく刺激も薄けれは好める道とは申しなから自然詩文のかたもなけやり勝にて日々少年を相手とし碌々消光　殊に昨秋以来学校の方も手すくなに相成りいつかたへも御無沙汰のみ申上居候有様にて折角の御申遣を無にするわけには御座なく候得共事情ご推察御許したまはり度候　すでに立夏の候とは申しなからこの一週は春よりも寒く浅間（6）には雪もふり新緑の時候とは思はれぬほとに御座候
先はとりあへす御返事まてぶしつけなる文面御判読願上候

草々

五月十二日　　島崎生拝

薄田淳介様

注（1）注（5）にある三宅克巳の帰京を経ての書簡であることからの推定。
（2）『小天地』のこと。
（3）蒲原有明（一八七六～一九五二）。25頁参照。
（4）長野県の小諸のこと。藤村は、明治三二（一八九九）年、木村熊治が経営する小諸義塾に教師として赴任した。
（5）画家の三宅克巳のこと。明治三二年七月、藤村の推薦により小諸義塾の教師となる。翌年の秋には帰京してしまうが、それまでの間、藤村にとっては親しく交誼を重ねる大切な友であった。作品「千曲川のスケッチ」に、「水彩画家M君」として描かれている。
（6）浅間山のこと。「旅情」（『明星』明治三三年四月。後に「小諸なる古城のほとり」と改題）などにも描かれているように、藤村詩の世界では、小諸での日常の象徴となっている山である。

2　明治35年11月3日*

〔受信者〕大坂市東区南本町／心斎橋筋東南／文淵堂／薄田淳介様

封書　巻紙　毛筆

〔発信者〕信州北佐久郡小諸町／島崎迂生／十一月三日

〔発信局印〕信州小諸　35・11・5　ハ便

〔着信局印〕大阪船場　35・11・□　前9－□

かねて御約束申上置候小天地への寄稿の義につき一寸申上度候

実は与謝野氏への前約(7)を果したる上にて早速執筆致し遅くも今月二十日迄には御送り申上度存居候処明星への草稿思の外に長く相成りとてもこの二十日迄に御送稿は覚束なく候間御編輯の御都合もあらせらるゝところを違約は甚た心苦しき次第に御座候

来十二月二十日迄に御送り申上候様致度　右様御承知被下たく尤もそれまでにはかならず御間に合せ候様心算に御座候

頃日の秋雨　御地はいかゝに御座候や　この山家はにはかに肌寒く相成りさみしきなかめに御座候

一寸用事のみ申候　草々

十一月三日　藤生

泣菫詞兄／研北

注(7)「与謝野氏」は与謝野寛（鉄幹）のこと（162頁参照）。「前約」とは、明治三五年一一月号の『明星』に発表された「藁草履」のこと。次の一一日付の書簡で言及している。

3　明治35年11月11日*

〔受信者〕大坂市東区南本町／心斎橋筋東北角／文淵堂／薄田淳介様

封書　原稿用紙　毛筆

〔発信者〕信州北佐久郡小諸／島崎春樹／十一月十一日

〔発信局印〕信州小諸　35・11・11　ニ便(8)

〔着信局印〕大阪船場　35・11・13　后6.□0

御手紙拝見致候

しからは十二月五日迄に御送り申上候様に致し

題は「爺《おやじ》(9)」と致候
数の見つもりは二十字詰二十行の原稿紙にて凡そ四十枚
より五十枚までのうちと思召被下度精敷ことは申上かね
候得共明星に載せ候「藁草履」よりはすこし短きものと
の心配に御座候
用事のみ御返事まで

藤生

十一日

泣菫詞兄／研北

注(8)「十二日」とある印も押されている。
(9)『小天地』(明治三六年一月)に発表された小説。

4　明治36年1月5日*

封筒欠　半紙　毛筆

恭賀新年
旧臘は御手紙辱く拝見致し原稿料(10)として金十四円御送り
被下且つ御丁重なる御詞恐縮の至に奉存候　金尾氏(11)へも
よろしく御伝声相成度候
「爺」はとりいそぎ蕪雑なるものを認めまことにお叱り
を蒙るべきほどの短篇御許被下度候　本年は何か差上け
て御高志に酬ひ度と存居候むもこのことにつきては追て
可申上候
小天地未だ到着せず　新春のよそほひいかんと待居候

三十六年一月五日

藤村生

泣菫様

注(10)　書簡3にある「翁」の原稿料のこと。
(11)　金尾種次郎(文淵堂)のこと。

相馬御風《そうまぎょふう》

明治16（一八八三）～昭和25（一九五〇）年

本名昌治。詩人、歌人、評論家。明治一六年七月一〇日新潟県西頸城郡糸魚川町（現、糸魚川市）に生れる。家は代々社寺建築を生業にし、父はのちに糸魚川町長を務めた。高田中学校入学前後に短歌に親しみはじめ、『新声』などに投稿し、この頃より御風の号を使用する。第三高等学校受験のため京都に赴き、与謝野鉄幹主宰の新詩社に入会。『明星』に短歌を発表。明治三五（一九〇二）年、東京専門学校文科予科に入学後も『明星』にはほぼ毎号稿を寄せるが、翌年一〇月を以て新詩社を脱退し、前田林外、岩野泡鳴らと東京純文社を結成、詩歌を中心とした雑誌『白百合』を創刊した。歌集『睡蓮』（東京純文社、明治三八年一〇月）を自費出版。

明治三九（一九〇六）年七月早稲田大学を卒業して、島村抱月の下、この年に復刊された雑誌『早稲田文学』の編集に参加。人見東明、野口雨情、三木露風らとともに「早稲田詩社」を結成し、口語自由詩運動を進め、同誌に「自ら欺ける詩界」（明治四一年二月）、「詩界の根本的革新」（明治四一年三月）と立て続けて発表した。「『有明集』を読む」（明治四一年三月）では、有明の詩を「遊戯詩」として「全く新しい詩の起こるべき時期」に至ったと断じ、自身も実作として「痩犬」（『早稲田文学』明治四一年五月）を発表。詩壇における自然主義論を展開した。短歌と詩を集めた『御風詩集』（新潮社、明治四一年六月）を刊行。明治四四（一九一一）年には早稲田大学講師となり、欧洲近代文芸思潮などを講じた。

第一評論集『黎明期の文学』（新潮社、大正元年九月）を刊行し、評論家としての活躍を見せていた矢先の大正五（一九一六）年二月、心境告白の書『還元録』（春陽堂）を刊行。「此の告白を境界」に「宗教的自修の生活」に入るべく文壇から引退し、糸魚川に戻る。以後は新潟出身の良寛の研究に打ち込み、大正七（一九一八）年には『大愚良寛』（春陽堂）を刊行。また昭和五（一九三〇）年一〇月には個人雑誌『野を歩む者』を創刊。以後、亡くなる昭和二五（一九五〇）年五月八日の前月に至るまで九〇号の刊行を続けた。

「早稲田大学校歌」をはじめとして、多くの校歌を作詞したことでも知られる。

（掛野剛史）

1　明*治38年11月8日

封書　巻紙　毛筆

〔封筒表〕備中国浅口郡連島
　薄田淳介様
〔封筒裏〕東京小石川区関口駒井町一、三上方
　相馬昌治
　十一月八日
〔発信局印〕東京小石川　38・11・9　前0－10
〔着信局印〕備中西ノ浦　38・11・11　イ便

御感懐ふかゝるべき公孫樹(1)うつ《ママ》しき頃とも相成候　都は霜さへ白き昨日今日の寒さ　御地もさそかしと存じ上候御障りも御座なく候哉　さて甚だあつがましき次第に候へ共　過日御高覧に供し候腰折集睡蓮(2)につきて推して御高教仰ぎたき懇望に有之候　もとより御手に上るさへ光栄たるべきをさるにてもさし出がましき至りに候が　幼きながらに一味の向上やみかたく　生れて幸うすき身のせめてはと思ふはかなきのぞみはたゞ〳〵ほそき詩の糸を命の小生に候へば　ひろき御心にいれさせたまひて何とぞ行く末の御示導偏に願はしきに候右の心御くみとり被下候はゞ何とぞ御厳正なる御高教仰ぎたく　恥をしのひて御願申し上ぐる次第に有之候
右御願まで申上度　乱筆かくの如くに候
餘は時節柄御自愛御専一にそれのみ祈よし　もし御高教賜はりし上にかねてそを白百合誌上に載するやう(3)の事をも得ば光栄更に身にあまる事と存じ候
早々
十一月八日夜　御風
泣菫様／御侍史

注(1)『小天地』(明治三五年一月)に発表され、後『二十五絃』(春陽堂、明治三八年五月)に収録された詩「公孫樹下に立ちて」を踏まえてのもの。
(2) 相馬御風のはじめての著作である歌集『睡蓮』(純文社、明治三八年一〇月)のこと。
(3)『白百合』(明治三八年一二月)に掲載されたのは(小杉)乃帆流「『睡蓮』を読む」と(細越)夏村「『睡蓮』を読みて」の二篇で、泣菫のものは掲載されていない。

2　明治39年10月5日*

封書　巻紙　毛筆

〔封筒表〕備中国浅口郡連島村
薄田泣菫様　御侍史
〔封筒裏〕東京市牛込区市谷薬王寺前町二十番地
早稲田文学社〔以上判〕
相馬御風
十月五日
〔発信局印〕□□　39・10・□　后4－□
〔受信局印〕備中西ノ浦　39・10・7　イ便

その後は御無音にのみ打ち過ぎ居候
誠に申わけも無之候　時下ます〳〵御清栄何よりの御事に奉存候
さて此度早稲田文学の臨時刊行として「少年文庫」(4)なるもの発刊致す計画にて目下編輯中に有之候　付ては甚だ恐れ入り候へ共　本月の新小説に御掲載のうちにあるやうの童謡(5)一二篇御恵送願ふわけに参らす候哉　尚重ね〳〵我が侭の申分に候へ共　来月一日発行のものに候へば　来る十二三日頃までに落手致すやうに御送り願はれ候ば比肩もなき仕合に存じ候
右取急ぎ御願まで　乱筆御ゆるし被下度候　不一
十月五日　相馬生
薄田様／御侍史

注(4)　早稲田文学社編『少年文庫　壱の巻』(金尾文淵堂、明治三九年一一月)を指す。泣菫は「子守節(益山謙吾作曲)」「子守唄」を掲載した。
(5)　明治三九年一〇月の『新小説』に「小曲数章」として発表した「歌道楽のさるかに」「愛児を遺してみまかられたるかたに」「まるばやなぎ」「女王」「みやまざる」「明星」を指す。

3　大正元年12月26日*〔年推定〕

封書　便箋　ペン

〔封筒表〕大阪市東区大川町
大阪毎日新聞編輯局内
薄田泣菫様
〔封筒裏〕東京市小石川区高田豊川町二十八

相馬昌治
〔発信局印〕〔切り取り〕

拝復
その後はいつも御ぶさたにのみ打ち過ぎ誠に申しわけも無之候
過日は島村先生(6)を経て玉稿早稲田文学へ頂戴仕り(7)　誠に辱なく御礼申上候　なほ御下命被下候拙稿そのうち是非〳〵差出し申すべき間(8)　何卒よろしきやう御取計らひ被下度　なほ折々御手すきの折早稲田文学の為めに玉稿御恵投賜り度　折入て御願申上候　取急ぎ右御返事まで
時節柄御自愛専一事に祈上候

十二月廿六日

相馬生

薄田様

注(6)　島村抱月（一八七一～一九一八）のこと。劇作家、批評家。本名滝太郎。かつて泣菫の出世作「花密蔵難見」（『新著月刊』明治三〇年五月）に好意的な評価をした。明治三九年に泣菫が二度目に上京した際には抱月を訪問している。

(7)　『早稲田文学』（大正二年一月）に掲載した「老爺（ストリンドベルヒ）」を指す。

(8)　「大阪毎日新聞」への寄稿は、「名家の嗜好」（大正二年七月二〇日）というアンケートへの回答だけである。

高浜虚子《たかはまきょし》

明治7（一八七四）～昭和34（一九五九）年

本名清。明治七年二月二二日、松山市長町新丁に池内庄四郎政忠（後に信夫）と柳《りゅう》の四男として生まれる。政忠は伊予松山藩の剣術監かつ祐筆を勤め、和歌・謡曲のたしなみもあった。明治一五年、祖母の死去に伴い、後継者のいない祖母の実家高浜家に入り、同姓を名乗る。明治二〇年、松山高等小学校から伊予尋常中学に入学、幸田露伴・坪内逍遥・森鷗外の小説を読み、小説家を志す。ここで河東碧梧桐と出会い、さらに翌年彼を通して正岡子規を知る。その夏に帰省した子規と面会し、その後子規から「虚子」の号を授かる。明治二五年、京都の第三高等中学校に入学。翌年碧梧桐も入ってくるが、一年後に同校予科は解散となり、碧梧桐とともに仙台の第二高等中学校へ転校。だが、一ヶ月で二人とも退学し、上京して新海非風宅に入る（碧梧桐は子規宅）。明治二八年、虚子は逍遥のいる東京専門学校（現、早稲田大学）に通い出すが、欠席がちであった。一方で陸羯南の紹介により、雑誌『日本人』の俳句選者となり俳話を連載し出す。この年、松山中学校教師をしていた漱石とも、対面を果たしている。明治三一年、前年より柳原極堂が松山で『ほとゝぎす』（『ホトトギス』）を出すも経営難に陥ったため、虚子が東京に引き取り発行人となる。以後、同誌の維持発展に虚子は終生つくすこととなる。特に写実主義を散文の領域にまで推し進めようとしていた子規と連動し、「浅草寺くさぐさ」（明治三一年一〇月～三二年三月）を虚子が同誌に発表して以降、漱石「吾輩は猫である」（明治三八年一月～三九年八月）など、同誌の脱俳句雑誌化が進められるが俳人たちの反発を買い、碧梧桐とも袂を分かつことになる。その後も新傾向の俳句運動を展開する碧梧桐に対抗して守旧派の立場を貫きながら、『ホトトギス』の維持発展に努める。同誌からは飯田蛇笏・村上鬼城・水原秋桜子・山口誓子・中村草田男などの俳人のほか、漱石・伊藤左千夫・長塚節・鈴木三重吉・野上弥生子など小説の分野でも活躍する人物を輩出する。昭和二六年、『ホトトギス』雑詠選者を息子年尾に譲り、昭和三四年四月一日脳溢血で亡くなる。

虚子の泣菫宛書簡からは、泣菫の原稿依頼に対して、感興に任せてほぼ即興で文章を書き上げる彼の天才的な文才が垣間見れる。また、泣菫の『茶話』と併せて読むことで、二人の温かい交情も伺える。

（西山康一）

1 大正元年10月14日*

絵葉書〔裏面「伊予松山市街 THE MATSUYAMA CITY AT IYO.」の写真〕 ペン
〔受信者〕大阪東区大川町／大坂毎日新聞社
薄田淳介様
〔発信者〕相州鎌倉／由井ヶ浜
高浜清
〔発信局印〕〔判読不能〕 1・10・14 〔判読不能〕

拝復 平素ハ御無音のみ御海容被下度候 扨御下命の件 少し気の利いたものなど丶考へゐては到底出来る機会無しと存じ、御手紙拝見の熱のさめぬうちに出鱈目をした丶めて御送申上候(1)。御来旨を空しくせぬといふだけの意味にて御送り申上候につき御取捨の点に御心配無きやう奉願候

匆々敬具

注（1）『大阪毎日新聞』（大正元年一〇月二〇日）に掲載された「話」が、これに該当すると思われる。

2 大正元年11月18日*

葉書 ペン
〔受信者〕大坂東区大川町／五十五／大坂毎日新聞社／学芸部
薄田淳介様
〔発信者〕カマクラ由井ヶ浜
高浜清
〔発信局印〕鎌倉1・11・18 后□-□

拝啓 此間ハ拙稿に対し御謝礼(2)を頂戴し たしかに落掌仕候。御礼申上候。丁度あの頃から気分悪しく本月初めより臥床仕候(3) 為此気になり乍ら御受取延引仕候 御許被下度候。
乍延引右御受迄

敬具

注（2） 注（1）にあげた「話」の原稿料と思われる。
（3） 虚子はこの頃、腸を病んで血便に苦しんでいたという。

3　大正元年11月23日*〔年推定〕

葉書　ペン

〔受信者〕大坂市東区大川町／五十五／大坂毎日新聞
社学芸部
薄田淳介様
〔発信者〕鎌倉由井ヶ浜
高浜清
〔発信局印〕〔判読不能〕11・23　后9－10

拝復　病気御見舞被下奉謝候
もう全快と申しても宜敷御安心被下度候。二三段乃至四段迄の小説[4]委細敬承仕候。例によりてつまらぬもの相したゝめ十二月五六日頃には御届可申上候。不取敢御返事迄
敬具

十一月二十三日

此手紙を書いて後ち、早速原稿紙に向ひ別封相したゝめ候につき御送り申上候。御取扱御勝手に願上候。

注（4）　この依頼に応えた小説が、『大阪毎日新聞』（大正二年一月二日）に掲載された「母」と思われる。

4　大正元年12月17日*

葉書　ペン

〔受信者〕大坂東区大川町／五十五／大阪毎日新聞社
／文芸部
薄田淳介様
〔発信局印〕芝　1・12・18　后3－4

拝復　原稿料金七円也[5]たしかに落掌仕候　不取敢右御受迄
匆々不一

大正元年十二月十七日
鎌倉由井ヶ浜
高浜清

注（5）　注（4）にあげた「母」の原稿料と思われる。

5　年月日不明*

絵葉書〔「鎌倉由井ヶ浜飯島ヶ崎ノ涼味 View of Ishimagasaki, Kamakura.」の写真〕　毛筆
〔受信者〕　兵庫県武庫／西宮町川尻
　薄田淳介様
〔発信者〕　鎌倉にて〔寄書〕
〔発信局印〕〔判読不能〕

本日久々振で当地に来り　旧蹟名勝を探り愉快を覚候
　本山(6)

谷々の残花
寺々の若葉哉
　迂巷(7)

〔以下、裏面の写真の上に〕
　虚子
残桜に
茶話(8)の事も
出でにけり

注(6)　本山彦一（一八五三～一九三二・別号松陰）か。明治三六年から没するまで大阪毎日新聞（途中から毎日新聞）社長を勤めた。

(7)　池松迂巷（一八七五～一九二二・本名常雄）か。子規や漱石に俳句を学び、九州俳壇革新の草分け的存在といわれる。

(8)　泣菫の『茶話』（『大阪毎日新聞』大正四年二月～『サンデー毎日』昭和五年一月（途中発表先を何度か変更））を指すのだろう。ちなみに、虚子は『茶話』において「高浜虚子」（『大阪毎日新聞』大正五年一二月七日夕刊）、「虚子短冊に酔ふ」（同紙大正八年五月二四日夕刊）の二回において話題にされている。

茅野《ちの》蕭々《しょうしょう》

明治16（一八八三）〜昭和21（一九四六）年

本名儀太郎。明治一六年三月一八日、長野県諏訪郡上諏訪に、茅野猶太郎の長男として生まれる。諏訪中学卒業後、一高に入学、在学中に『明星』（明治三六年三月）に暮雨（後に蕭々）の号で短歌を発表した。明治三三（一九〇〇）年一一月に新詩社に加わり、『明星』に短歌を発表していた増田雅子（明治一三年〜昭和二一年）は、明治三七（一九〇四）年二月に大阪から上京、新詩社で蕭々と出会った。雅子は、翌年一月、与謝野晶子・山川登美子と共に『恋衣』を出版、同書には「詩人薄田泣菫の君に捧げまつる」という献辞がある。明治四〇（一九〇七）年に馬場孤蝶の媒酌で雅子と結婚、蕭々は、翌年七月、東京帝国大学独逸文学科を卒業した。同年九月、第三高等学校独語科講師となり、書簡7にも見える成瀬清（無極）と同時期に、雅子を伴い京都に赴任。翌年五月、同校教授。この頃、京都在住の泣菫に宛てて与謝野寛が蕭々を紹介している（「この度新詩社中の茅野蕭々氏第三高等学校へ赴任致候間　小生同様御交際被下度　同氏は独逸文学の人にて詩人に候」（与謝野寛書簡34）。明治四二（一九〇九）年一月、『スバル』創刊、雅子と共に寄稿。翌年の書簡4・5に泣菫の寄稿を求める内容が見えるが、『スバル』第二号（明治四二年二月）掲載の詩「温室」を最後に、泣菫の詩作の発表は確認されない。大正六（一九一七）年三月、蕭々は第三高等学校を辞して上京、慶應義塾に赴任、九（一九二〇）年四月、同大学文学部教授となり、翌々年四月より日本女子大学校教授を兼務した。大正一二年二月、ドイツに留学、翌年二月には、雅子が渡欧、欧州各地を旅行した。書簡8は旅中のイタリアからの絵はがきで、「思つた程乞食が居りません」は、泣菫の「伊太利《いたりあ》の……青地《あをぢ》襤褸《つゞれ》の乞食《かたゐ》らが」（「公孫樹下に立ちて」）を想起しているのではないかと思われる。大正一四（一九二五）年帰国後、『ファウスト物語』（大正一五年）、『リルケ詩抄』（昭和二年）、『若いヱルテルの悩み』（昭和三年）等、訳書を刊行、昭和七（一九三二）年、『ゲョエテ研究』により文学博士の学位を受けた。昭和一一（一九三六）年、『独逸浪漫主義』を刊行、昭和一九（一九四四）年、慶應義塾を辞し、同大名誉教授となる。昭和二一（一九四六）年八月二九日、死去。同年翌月二日、雅子死去。

（加藤美奈子）

1　明治42年7月6日[*]

葉書　毛筆

〔受信者〕市内下長者町室町西ニ入ル
　薄田淳介様
〔発信者〕新町上立売上ル／七月六日
　茅野儀太郎
〔発信局印〕京都西陣　42・7・6　后5−6
〔受信局印〕京都　42・7・6　后5−7

拝復
一昨日は失礼致し候　御尋ねの
賀来熊次郎氏[(1)]は　寺町通今出川西入ニ筋
　塔の段梅木町三九七
吉村友喜氏[(2)]は　浄土寺町字小山四番地
に御座候　不取敢御返事のみ
　早々頓首

注(1)　賀来熊次郎（一八六〇〜一九三九）大分県生まれ。明治二一年、第五高等中学校の独語教師に就任、五高ドイツ語科の基礎固めと発展に尽くした。明治三一年、第三高等学校に転任。
(2)　吉村友喜『英語模範答案』（明治出版社、大正四年六月）に、「第三高等学校教授文学士」とある。

2　明治42年8月6日[*]

絵葉書（信州諏訪湖畔ヨリ富岳ノ遠望）毛筆

〔受信者〕京都市上京区／室町下長者町西ニ入ル
　薄田淳介様
〔発信者〕長野県諏方郡／上諏方町
　茅野儀太郎
〔発信局印〕〔判読不能〕
〔受信局印〕京都　42・8・6

拝啓
先日廿四日夜行にて京都を出発去る廿九日当地に着致候　其前に一度御訪問致すべきの処多忙にて失礼致候
昨今湖の風秋の如くに御座候
　匆々

3　明治42年8月23日*

絵葉書（白狐稲荷宮）　ペン

〔受信者〕京都市室町／下長者町西へ入ル
　薄田泣菫様
〔発信者〕長野県上諏方町
　茅野儀太郎／廿三日夜
〔発信局印〕〔判読不能〕
〔受信局印〕京都　42・8・24　后10－11

其女(3)を拝見致し候　湯浅さんが目の前に見える様な心持が致候　それに反して作者御自身は一寸も御出馬なきやうに候がこれは御変□□なされ候故にや　小生帰郷以来馬鹿が一層馬鹿になりて、ぶらり〳〵とたゞ小学校の子供のやうに暮らし居り候　痩せてるのは親ゆづりと見えて少しも肥え申さず。この端書をかき乍ら貴下の頬肉のゆたかに波うてる様を思浮べ申候

注(3)　グラント・アレン著、島村抱月訳『其の女』（服部書店、明治四〇年二月）か。

4　明治43年1月7日*

封書　巻紙　毛筆

〔封筒表〕備中国浅口郡連嶋村
　薄田淳介様／親展
〔封筒裏〕京都新町上立売上ル／一月七日
　茅野儀太郎
〔発信局印〕京都西陣　43・1・7　后8－9
〔受信局印〕岡山西ノ浦　43・1・8　后2－5

拝復
この程は御手紙下され有り難く存じ候　何かと御多用の由これまで余りのんきに遊び居たるむくいと御断念なさるより致し方あるまじく候　所謂年貢の収め時の参りしわけに候はむ　尤も其代にほんとの年貢を沢山御取込みなされしこと〻存じ候へば差引大分の利得にてほく〳〵なされ居ること〻存じ候
御作の時間無し等とかこたる〻やうに候へ共小生が此手紙した〻め居る訳には最う今日を如何にして暮らさんかと思ひあぐみ居給ふことならむと存じ候　節期を過ごせば田舎は火の消えたる様になり候べし　籠に粟あり徐ろ

に林間を逍遥して詩を思ふ等は廿世紀の今日貴殿を外にしては小説の中にでも無ければ　そんなうまいことは御座無く候　小説も駄訳のやうに下落してはもう兎てもそんな境地は出て参らず候　呵々
「昴」(4)への御稿御多忙の時とて決して御無理とは存し不中候へ共　この言わけ続けて三四度承るやうに存じ候　仰せらる丶方が承る身より尚更に御苦しきことならむ等と虫のよき　されど同情に充てることを考へ居り候　次号には是非御奮発下され度願入り候
暮より正月にかけて当地もことの外暖く一陽来復をおもはしめ候　本年よりは旧暦が無くなり候故太陽暦が大に勉強して居る処と存じ候
春になりてより何処へも参らず蟄居致し居り候　小生は人間が好きなだけ又人間が嫌に御座候　それ故大勢でコンベンシヨンに満ちたる所謂会話をすることが性にあはず候にや　訪問を怠りがちに御座候
「渦巻」(5)を読みて何だか新大関の土俵入を見るやうに存じ候　力の入り居るところと　かたくなつて居る処と
御賢察うかゞひ度候
中後れ居り候が御老父様の御容体常に御宜敷由賀し奉り候御令嬢御令閨御変りも無きこと丶存じ居り候　土地馴れぬ珍らしさにかへて　のんびりしたる田舎の御生活御両人の為めには定めし健康上御宜敷きこと丶御察し申上げ候
何卒よろしく御鳳声下され度願入候　猶申上げ度きこと多きやうに候へ共先はこれにて擱筆致し候　草々不備

正月七日　　儀太郎

薄田様／荊妻よりも宜敷申上候

注(4)『スバル』(明治四二年二月)掲載の詩「温室」以降、掲載は確認されていない。
(5)上田敏の小説『うづまき』(明治四三年一月一日〜三月二日『国民新聞』に連載、同年六月、大倉書店より刊行)か。

5　明*治43年2月6日

封書　巻紙　毛筆

〔封筒表〕備中国浅口郡連嶌村
薄田淳介様／御侍史
〔封筒裏〕京都市新町上立売上ル
四十三年二月六日

茅野儀太郎
〔発信局印〕〔欠損〕・6　后1－2
〔受信局印〕岡山西ノ浦　43・2・7　前0－5

拝啓　其後は御無沙汰致し居り候　承り候へば御病気なりし由　数日来の厳寒にまたぶり返し等なされずやと御案し申上げ候　それでも御地は南に下り居り候だけ当地等に比しては余程御暮しなされ安きこと丶存じ居り候

御出京は幾時頃に候や書言を待ちて九日会を開かむ等の話より〳〵御座候　大学生などにも希望者ありとかにてまた例の古書交換をなさむかと申居候　一日も速く御上京待入候　寒さの故にや正月来家内に病人たえず困り候尤もいづれも軽症にて　さして心配はいらず候へ共其為めに小生の時間を奪はる丶こと多くイヤになり申候　又さういふ時に限りて妙にあせり心地になり候がをかしく病は心を養ふのよすがにも候へば御吟懐に包み御豊富のこと丶遥察致候

それにつけても例の「昴」[6]の方　来月号へは是非々々何か頂戴致度偏に願入候　禿筆なる上に手が冷たく御覧の通りの字体失礼御ゆるし下され度　また〳〵暖かき午后を撰びて　細々と可申進　家人にせかれ取急ぎ御無沙汰の御わびのみ如斯に御座候

乍末筆御令閨へも宜敷御鳳声願入候　早々頓首

二月六日夜　儀太郎

薄田様／御侍曹

注(6)　注（4）参照。

6　大正元年11月4日*

絵葉書（（松江名所）津田松原ノ景（太田写真館発行））ペン
〔受信者〕大阪市東区大川町／大阪毎日新聞社内
薄田淳介様
〔発信者〕京都市河原町荒神口上ル／西入
茅野儀太郎
〔発信局印〕荒神口　1・11・4　后10－11

拝復　御手紙拝見致し候　原稿料六圓と確に落手、御礼申上候

去月三十日学校の旅行にて出雲地方へ参り候　旅行ぎらひなる白村氏[7]も同行、裏日本の方をチヨツピリ見て参り

候　　　　　　　　　　　　　　　頓首

注(7)　厨川白村（一八八〇～一九二三）明治四〇年
より第三高等学校教授。

7　大正2年10月9日

〔封筒表〕摂津国西の宮町字川尻　　封書　巻紙　毛筆
薄田淳介様／願用
〔封筒裏〕京都市河原町荒神口上ル／西入／十月九日
茅野儀太郎
〔発信局印〕荒〔欠損－荒神口か〕2・10・9　后5－8
〔受信局印〕西宮　2・10・9　后10－12

拝啓　秋冷の砌益々御多祥賀上候　扨乍突然ズウデルマンの「名誉」英訳御手許に有之候はゞ二三ヶ月拝借相願度候へ共如何に御座候や　実は友人成瀬氏(8)入用の由にて諸所を探し候も未だに見当らず当惑の内にて万一御手許にも候はゞ借覧の儀相願ひ度しとの話に有之候甚だ恐縮ながら御持合も候はゞ　小生あてにて御送附にあづかり度奉願上候

尚又ホフマンスタアル作小戯曲の英訳御持合せのものも候はゞこれまた暫時御借用願度く候へ共　如何に候や先は右御願のみ　いづれ其中御拝眉の栄を得度存じ居り候

御令閨へ荊妻より宜敷く申上げ候　　艸々頓首

十月九日　　　　　　　　茅野儀太郎

薄田淳介様

注(8)　成瀬清（一八八四～一九五八）号、無極。独文学者。明治四〇年東大独文科を卒業、翌年七月、第三高等学校に赴任。

8　大正14年4月12日*

絵葉書（Pisa－Facciata della Cattedrale）ペン
〔受信者〕Signore J. Susukida／Osaka／Japan
兵庫県、西の宮、字川尻
薄田淳介様
御奥様
〔発信者〕四月十二日　茅野蕭々
〔発信局印〕PISA　13・25

久しく御無沙汰をいたしました。雅子を連れて伊太利へ来ました。(9)今までのところ思つた程乞食が居りません。此の小さい田舎町の薄黄な壁に緑青色の窓の扉がついた家が、春の日を浴びてなか〳〵きれいです。御病気の一日もはやく御快復を祈ります

四月十二日

茅野蕭々

菜の花か黄に咲きつゝも伊太利の斜塔にちかき　山辺に見ゆ(10)

ともかく御めにかゝらずに来て了ひましたおゆるし下さいまし　はるかに御健康を祈ります

雅

注(9)　蕭々は、大正一三年二月、独逸文学、独逸語研究のために渡欧、翌年二月、雅子も渡欧し、蕭々とともに欧州各地を旅行した。

(10)　『茅野雅子全歌集』（おうふう、平成二四年一月）には、「伊太利アッシシの聖堂にて」などの詞書で各誌に発表された欧州での旅詠が見えるが、同歌は所収されていない。

土井晩翠《どい（つちい）ばんすい》

明治4（一八七一）～昭和27（一九五二）年

明治四年一〇月二三日、仙台市北鍛冶町九〇三番屋敷に、父林七、母あいのもと、八人姉弟の長男として生まれる。本名は林吉。土井《つちい》家は二七二年続く旧家で富裕な質商であり、晩翠は一〇代目の継嗣であった。父は素封家庄司家から婿養子として入り、挙芳と号して和歌俳諧をたしなむ読書家で、外祖父も数千巻の蔵書、著書をもつ学問好きであった。こうした環境に加え、立町小学校教師、佐藤時彦に漢籍を教わり強い感化を受けた。十四、五歳の頃『新体詩抄』（明治一五年八月刊）を愛読、西洋詩に傾倒する土台となった。小学校卒業後は、通信教育により英語の独学を開始、明治一八年に仙台英学塾に通学を許され、明治三一年、第二高等中学校（後、第二高等学校）に入学、詩作を始める。

明治二七年、東京帝国大学文科大学英文科に入学。二八年一月に『帝国文学』創刊。翌年、編集委員に推挙されて、以後、同誌を足場に詩人としての本格的な創作が始まる。大学を卒業後、大学院に籍を置き、引き続き詩作に耽る。また高山樗牛が評論「晩翠の詩」を『太陽』（明治三〇年一二月）に発表、一躍、晩翠の名が注目され、三二年四月、第一詩集『天地有情』を博文館から出版、島崎藤村とともに詩壇に双立の地歩を占めた。三二年一二月、妻を得て翌年二月に第二高等学校教授として着任。明治三四年三月、東京音楽学校編『中学唱歌』に「荒城の月」が収録される。これは同校の依頼に応じて晩翠が作詞し、さらに滝廉太郎が曲を付したもので、以後、今日まで国民歌謡のように愛唱されている。

五月、第二詩集『暁鐘』（有千閣・佐養書店）を出版。六月、教職を辞してヨーロッパ遊学の旅に出発。イギリス、フランス、イタリア、ドイツなどを歴訪し、明治三七年一一月に帰国する。三八年四月より第二高等学校に復職。三九年六月、外遊に取材した『東海遊子吟』（大日本図書）を刊行。また二高の校歌をはじめとして、全国多数の校歌、社歌、団歌などを依頼に応じて作詞した。昭和九年、第二高等学校教授の職を退く。昭和一五年一一月にギリシャ語からの原語完全訳『イーリアス』（冨山房）を、一七年一二月に『オヂュッセーア』の韻文完全訳（同）を出版した。晩年は妻子を失い、仙台空襲に被災するなど孤独の影が濃かった。昭和二七年一〇月一九日、急性肺炎により逝去。

（片山宏行）

1　明治36年*〔年推定〕

封筒欠　絵葉書2葉〔1枚目＝セント・パウロの門とカイオ・セスティオのピラミッド。2枚目＝プラティーノ・カーサの家の城壁〕ペン
〔受信者〕薄田泣菫様
〔発信者〕ローマ　土井林吉

未だ御目にかゝらず候へとも
一筆　御免被下度、
昨日ローマ南郊に遊び
英の二大詩人[1]のあとを弔ひ候
別封の花[2]は
Keats[3]の墓よりつみとりしものに候
君が平生欽仰し給ふ処と承候故
かたみとして　はるかに送りまゐらす
墓は此図の　ピラミッドの左に隠れて
一つの塀を隔て、
はるかにShelley[4]のそれと
毎に思を替はしつゝある□□被存候

―――○―――

大帝国に千年の廃墟
バイロン[5]のいはゆる　＃
＃[6]"A ruin! But What a ruin!"[7]
野花春草一として
感慨の種ならざるは　無之候

―――○―――

小生　三四ケ月　此地に滞在可仕事
御用も有之候はゞ仰付被下度候

匆々不一

〔別紙〕押し花「『きいつ』墓畔の菫花／土井晩翠氏伊太利よりおくる[8]」

注(1)　注（3）（4）のキーツとシェリー。
(2)　本書状は絵葉書二枚に書かれ、別に菫の押し花を薄紙に包んでともに封書で送付されたと思われる。泣菫は最愛の書であったキーツの詩集に詠まれる菫の花をみずからのペンネームに用いた。
(3)　ジョン・キーツ（一七九五―一八二一）。イギリス一九世紀を代表するロマン派詩人。キーツの日本詩壇における影響は大きく、ことに泣菫は生涯にわたって作品と思想の両面に影

響を受けた。墓はローマ郊外のプロテスタント墓地にある。

（4）パーシー・ビッシュ・シェリー（一七九二—一八二二）。イギリスロマン派の抒情詩人。自由主義を貫き波乱万丈のうちに短い人生を閉じた。日本では明治末年から大正時代にかけて、デモクラシーの気運のなかでことに注目を浴びた。遺骨はキーツの眠るプロテスタント墓地の一画に葬られた。

（5）ジョージ・ゴードン・バイロン（一七八八—一八二四）。イギリスの詩人。因習的なイギリスの習俗に反発して、自我の自由な高揚を求めた。ギリシャ独立の義勇軍の総司令官として戦ったが病をえて戦地で没した。

（6）一枚目末尾と二枚目冒頭の「#」は原本通り。

（7）『遺公子ハロルドの巡礼』第四巻第一四三連、ローマ、コロセウムでのハロルド瞑想のさいの言葉「一つの廃墟ではあるが、何たる廃墟だ」。晩翠は本作を後年『チャイルド・ハロウドの巡礼』（外語研究社、昭和八年四月）として翻訳。同箇所は「一つの廃虚——さりながら何等の廃虚！」と訳している。

（8）この覚書は泣菫の筆跡かと思われる。

2　明治36年7月3日*

絵葉書〔ダンテの肖像画〕[9]　ペン

〔受信者〕Via America In Japone
Monsieur Susukida
Osaka Japan
大阪市　金尾文淵堂内
薄田泣菫様

〔発信局印〕FIRENZE 15 7?03 □□〔判読不能〕
NE □□ JUL 26 1903
SANFRANCISCO. CAL. STA. D JUL 30 8–PM 1903
OSAKA 19 AUG 03 JAPAN

〔受信局印〕大阪船場36－8－19　后2.40

フローレンスより[10]　一筆おたより申上ぐ
土井生
炎暑に　苦しみ候まゝすぐ瑞士[11]に赴き
此地より　おたより　可申上候

注(9) ダンテは内乱によりフィレンツェから追放された。
(10) Florence（英）＝フィレンツェ（伊）。イタリア中部トスカーナ州の州都。
(11) スイス。

3　明*治38年1月8日

絵葉書（Genove–La Rue du Mont–Blanc）ペン
〔受信者〕備中国　浅口郡　連嶋村
薄田泣菫様
〔発信者〕仙台市　大町　三丁め
土井林吉
〔発信局印〕陸前仙台　38・1・9　ニ便
〔受信局印〕備中西ノ浦　38・1・12　イ便

新年の　御賀詞　忝拝受仕候
昨年《さくねん》帰朝(12)仕り候ひしが
遂只今迄　御無音　御ゆるし下され度候
新たなる年を　共ニ御文筆の　ます〳〵健ならんことハ
小生のつゝしんで　祈る処に御座候。
〇上図ハ名高きゼネワ(13)の　市ニ候
前方に　見ゆるか「白雪峰(14)」ニ候
曽遊のあといと丶懐しく候　匆々
仙台市　大町　三丁め
土井林吉　一月八日

注(12) 明治三八年一一月。
(13) ジェノバ
(14) モンブラン

4　明*治38年5月23日

絵葉書（田子の浦の不二）ペン
〔受信者〕備中国浅口郡連島村
薄田泣菫様
〔発信者〕仙台市大町　土井林吉
〔発信局印〕陸前仙台　38・5・21　ホ便
〔受信局印〕備中西ノ浦　38・5・23　ハ便

はるかに「二十五弦(15)」の神韻御恵与被下
誠にうれしく〳〵　御礼申し上げます。
精錬の御作、素より、わるか□に筈なく

是よりすぐ拝誦の上、心付き候ことあらば御□□迄に入
れるで御座いませう
先は右御礼のみ　かしこ
林吉

注(15)『二十五絃』（春陽堂、明治三七年五月一〇日）のこと。

5　明*治39年5月22日

絵葉書　ペン

〔受信者〕東京市京橋区五郎兵衛町　金尾文淵堂書店
ニテ
薄田泣菫様
〔発信者〕土井生
〔発信局印〕陸前仙台　39・5・19　ホ便
〔受信局印〕備中西ノ浦　39・5・22　ハ便

「白羊宮」(16)御恵与被下緑蔭(17)の吟誦此上もなく切に感謝いたし候。八百矢嶋の夏のすがた御来訪いかゞ
土井生

注(16)『白羊宮』（金尾文淵堂、明治三九年五月七日）。
(17)宮城県松島湾の島々。古来より日本三景に数えられる多島美の名勝。地元仙台に避暑に来て松島の眺めを御覧になりませんか、という誘い。

土岐善麿《ときぜんまろ》

明治18（一八八五）〜昭和55（一九八〇）年

明治一八年六月八日、東京市浅草区松清町の真宗大谷派等光寺に、父善静、母観世の次男として生まれる。善静は学僧で、俳号を湖月と称した。一〇歳、浅草尋常高等小学校に編入。父について和歌、俳諧、連歌を学び、東京府立第一中学校（現、日比谷高校）に進学。級友と短歌同好会〈皐月会〉を組織、『学友会雑誌』に文章、短歌、俳句などを投稿する。三七（一九〇四）年九月、早稲田大学英文科に入学。同級の若山牧水、北原白秋らと交友し、翌年、金子薫園が主宰する〈白菊会〉に加わる。牧水らと〈北斗会〉を結び、回覧雑誌を作る。

四一（一九〇八）年七月、早大を卒業、読売新聞社に入社、翌年、中村寅吉の三女鷹子と結婚。この前年より号を哀果と改める。四三（一九一〇）年、先輩の杉村楚人冠を通じて堺利彦を知り、堺を通じて大杉栄、荒畑寒村らとも交友し思想的な転機をむかえる。四月、第一歌集『NAKIWARAI』を（ROMAJI-HIROME-KWAI）から自費出版した。ヘボン式ローマ字による一首三行書きのユニークな歌集として注目され、東京朝日新聞社で校正係をしていた石川啄木が匿名で同紙に批評、これが機縁となり四四（一九一一）年一月、善麿と啄木のあいだに交遊がひらけた。二人で社会思想啓蒙の雑誌創刊を企図するも啄木発病のため断念、同じ一月には大逆事件で幸徳秋水らが死刑となる。翌年二月、第二歌集『黄昏に』（東雲堂）を刊行。同年四月、啄木逝去。大正二（一九一三）年九月、文芸誌『生活と芸術』を創刊、歌壇に、〈生活派〉とよばれるグループを形成して、新時代文学の先駆的役割をはたす。荒畑寒村や大杉栄らの思想家も加えて多彩な活動を示したが、次第に社会思想誌の性格が強くなり、善麿が思想的行き詰まりを感じて、大正五（一九一六）年六月をもって終刊した。これを転機に「哀果」の筆名と三行書きをやめ、歌風も変化する。

大正七（一九一八）年八月、東京朝日新聞社に転じてからは、作歌活動の他に万葉集の研究、またエスペラント学会理事をつとめ、新作能に表現の場を広げるなど、次第に心境の変化をみせ、戦中戦後はもっぱら学問に足場を移していった。昭和五五（一九八〇）年四月一五日、九五歳で没した。

（片山宏行）

1　明治40年6月28日*

絵葉書　ペン

〔受信者〕京都市上京区室町下長者西入北側
薄田淳介様
〔発信者〕郡山にて　　土岐善麿
〔受信局印〕京都荒神口　40・6・29　后2-3

先日は参上失礼仕候。

翌日御紹介被下候高安氏(1)を訪問いたし種々高説を承り候。辱く存じ候。宇治二泊、今日当地にまゐり水木氏宅に寄泊致し候。昨日は導かれて旧都の跡を尋ね申すべく、君が恋心を奉る業平作《ママ》の観音にも西大寺(2)にて逢候。まつりの□きかへ楽しみ居候。

御令閨様(3)へも宜敷願上候。

二十八日夜

注(1)　高安月郊、劇作家・詩人。（一八六九〜一九四四）。
(2)　奈良市西大寺芝町にある真言律宗の総本山。南都七大寺の一つ。七六四年、孝謙上皇の発願により創建。如意輪観世音菩薩像、十一面観世音菩薩像などを祀る。
(3)　薄田修子。24頁注（16）参照。

野口米次郎《のぐちよねじろう》　明治8（一八七五）〜昭和22（一九四七）年

詩人、評論家。明治八年一二月八日、愛知県津島村（現、津島市）に生れる。明治二二（一八八九）年愛知県尋常中学（現、旭丘高校）に入学するが、翌年退学し上京。成立学舎や慶応義塾に学ぶ。明治二六（一八九三年）年単身渡米し、サンフランシスコの日本語新聞社などで働く中、同地の詩人ウォーキン・ミラーの知遇を得る。ホイットマンやポーの詩に親しむなかで、英文で詩作をはじめ、現地の雑誌『Lark』へ詩の投稿を重ね、『Seen abd Unseen』（1896）を出版。続けて第二詩集『The Voice of the Valley』（1897）を刊行。明治三一（一八九八）年五月には個人雑誌『The Twilight』を創刊するが、二号で廃刊となり、シカゴを経てニューヨークへと移る。明治三五（一九〇二）年秋にはロンドンへと渡り、現地で第三詩集『From the Eastern Sea』（1903）を自費出版した。この詩集はハーディや、アーサー・シモンズたちから好評を受けるとともに、日本でも富山房から刊行された。その後アメリカに戻り、明治三七（一九〇四）年九月、日露戦争の通信員として日本に帰国、『帰朝の記』（春陽堂、明治三七年一二月）を刊行するなど海外文壇の体験記を発表。また慶応大学英文科の教授となる。明治三九（一九〇六）年三月、日米英の詩人組織として、あやめ会を結成し、海外からは二十名の詩人が参加。日本からは岩野泡鳴、蒲原有明を中心に、児玉花外、高安月郊、河井酔茗らが参加。泣菫も加わった。合同詩集『あやめ草』（如山堂、明治三九年六月）を刊行するが、会員内で内紛が起こり、第二集を出して立ち消えとなった。

大正二（一九一三）年二月、オックスフォード大学から講演の招聘を受けて渡英。大正八（一九一九）年にも講演旅行のためアメリカ全土を廻った。帰国後、日本語詩を作りはじめ、『二重国籍者の詩』（玄文社詩歌部、大正一〇年一二月）を上梓。この頃タゴールと知り合い、インドへの関心を寄せるようになるとともに、『光琳と乾山』（第一書房、大正一五年四月）など日本文化についての評論も多く残した。戦時下には『強い力弱い力』（第一書房、昭和一四年一一月）など時局色の強い書物も刊行した。昭和二二（一九四七）年七月一三日没。彫刻家のイサムノグチは実子。

（掛野剛史）

1　明治39年8月22日 *

〔封筒表〕備中浅口郡連島村
　薄田泣菫様　　　　封書　巻紙　毛筆
〔封筒裏〕小石川区久堅町八十一
　野口米二《ママ》郎
　二十二日
〔発信局印〕小石川　39・8・22　前10－11
〔着信局印〕備中西ノ浦　39・8・23　ハ便

拝呈　此の三四日は暑気非常にて候如何御消光に有之候や伺申上候　小生も無事　昨日岩野氏日光より帰来　小生を訪問せられ　例に依つて快談　夕景に入り申候　当地の話は別に報ずるの異動なし
却説　豊旗雲(1)（あやめ会詩集二号の名称）に対する原稿更に来らず（閉口したね）故に止むを不得　しめ切り申候　如何なる故なるかと一同不思議に感じ居申候　別に他意ありての事にはあらざる可候　詩無き故の事なる可候と　小生は申置き申候　今回の号には白星泡鳴上田敏小山内有明月郊露葉酔茗の八氏にて　林外花外は詩を送り申さず候(2)
而して再三で恐縮の至りには候へとも　先日御依頼申上げたる小生の兄高木(3)の亡妻に関する小篇何にか頂戴致したく　一箇人に関して別に公にする事にては無御座候故何事もよろしく三四行御書き被下まじくや　到着次第当地のものと印刷して親類中に配布せんと計画いたし居候故　実は急き居候　何にも面倒なものを欲するにては無御座　唯三四行のセンチメントにて沢山に存上候　御願まで
　　　　　　　　　　　　匆々
　二十二日　　　　　　　米次郎
薄田兄
如山堂とのトラブル(4)は遠方の君に聞せるにも不及と存候故　実は遠慮致候　つまり如山堂は売れぬ故出版が出来ぬとの事、今回は佐久良書房に候

注(1)　野口米次郎、岩野泡鳴、蒲原有明が中心になって国際的な詩の結社として設立されたあやめ会は合同詩集として『あやめ草』（如山堂、明治三九年六月）刊行の後、『豊旗雲《とよはた》』（佐久

良書房、明治四〇年一月）を刊行したが、そこに至るまでにさまざまなトラブルがあった（巻末解説参照）。

（2）刊行された『豊旗雲』には、記載された八名と野口米次郎を加えた九名のうち、平木白星の作品は掲載されておらず、実際に収録された日本人作家は八名。

（3）高木家の養子となった野口米次郎の次兄藤太郎のこと。

（4）あやめ会の第一詩集を刊行した如山堂との間には第二集の刊行を巡ってトラブルとなり、「文界短信」（『万朝報』明治三九年九月三日）で社主の今津隆治が、出版元を変更することについて、野口が「道理上正当なる手続きを履まれ居らざる」という声明を出すまでに発展した。

2　明*治39年9月2日

〔封筒表〕　備中浅口郡連島村
　薄田泣菫様
封書　巻紙　毛筆
〔封筒裏〕　東京市小石川区久堅町八十一、野口方　あやめ会〔以上朱判〕
野口米二《ママ》郎
二日
〔発信局印〕　小石川　39・9・2　后4－5

拝呈　一体全体君からは手紙更に来らず　思ふに何事か君は余に関し或はあやめ会其物に対して誤解して居るのではあるまいかと余のみにならず諸君も思ふ故、手紙は余り書くのを好まぬ小生も、是に簡短に事情を報道するのである　薄田君、前田君(5)には驚き入つたよ、君は万朝の記事(6)を見たかね、其記事は此の正誤文(7)であきらかになるのであらうと思ふから　言ふの必要が無い此の記事は前田君から出て、其他読売等へも会は全滅詩集は出無いなど丶中傷的捏造説と《ママ》流布してあるき、多分君へも何にかいつて遣つたのであろうと思ふ、余が読売に出した如山堂との関係(8)は君読んで呉れたかね、あんな事は書きたく無いけれど余の立場として万止むを得無いから同情の眼を以て許して呉れ玉へ、而して昨夜上野の精養軒で前田氏をして、あやめ会に対する謝罪文を万朝読売両新聞に掲載せしむることと契はしめた　而して前田其人は除名せんとしたけれども　餘りに気の毒でもあるからとて脱会を許すといふことにな

つた、其の次第は此の二三日の読売(9)でホボ御承知になることであろふと思ふ、
何んといふ驚き入つた人た《ママ》が小生等は理解せられないと驚いている、岩野は日光に居る、余は相州の鎌倉地方にいる、上田君は余りに熱心でない、蒲原君はどうでもよいと思つて破甕の目的を達しやうと思ふた所が、ドッコイ、そうはいかぬ、皆のもの一同で、会は案外強固であるから彼林外は一驚を喫した、
謝罪状を契かはしめた時の彼の顔を君に見せたい位であつた、余もサンザ新聞紙上で一集の原稿料を押領《ママ》したたなど、書かれて大閉口　察して呉れ玉へ、
あの頼んだ詩は出来たかね　何んでもい丶よ、短いものでい丶から五六行書いて呉れ玉はずや、
願ひます、
是非手紙を　送つて呉れ玉へ

二日　　匆々

米二《ママ》郎

薄田兄

二伸

嬉しいよ君も忘れて居ては呉れ無かつたのだね、此の手紙を書いて封筒に入れやうと思つていると　郵郵屋《ママ》が君の手紙を持つて来た、気が通つたともいふのだろうね、兎に角難有い、東京などには居る所ぢや無いよ、変手古な奴等がいるからね、又、詩難有い　早速兄に送つてやつて喜ばせるとしよう

注
(5) 前田林外（113頁参照）。
(6)「あやめ会の内幕」（『万朝報』明治三九年八月二六日）のこと。あやめ会について「同会は殆ど某英詩人の機関」であり、第一集の原稿料は「悉く何処へか雲隠れした」と扇情的な書きぶりで野口を批判したもの。「よみうり抄」（『読売新聞』明治三九年八月二六日）でも「佐久良書房はあやめ会第二詩集『豊旗雲』の出版を見合はせた」と書かれた。
(7) 本書簡には、上田敏、小山内薫、蒲原有明、岩野泡鳴の連名によるものと、野口米次郎による、ともに訂正を求める投書が掲載された『万朝報』（明治三九年九月一日）の切り抜きが同封されている。
(8) 野口米次郎「あやめ会対如山堂紛擾」（『読売新聞』明治三九年九月一日~四日）を指す。
(9)「よみうり抄」（『読売新聞』明治三九年九月五

日）では会員と如山堂主人、佐久良書房主人が会合した結果、前田林外に「謝罪状を同会へ出すように上田敏氏より反省を促したり」と報じられている。

3　大正5年1月20日*〔年推定〕

封書　原稿用紙　ペン

〔封筒表〕大阪市大阪毎日新聞社編輯
薄田淳介様
〔封筒裏〕東京市外中野字原八六五
野口米次郎
一月二十日
〔発信局印〕〔破損〕□・1・22　前0－3

其後は失礼仕候　小生の原稿にて大阪毎日に已に掲載せられたるのは何々に候や承知仕りたく　尤も該原稿は別々のものゝ如くに見へ候へども　各自相連続し居るものなれば　何卒引きつゞいて御掲載被下すは折角のもの其価値少しと存候

小生はウキトマン主義の破産(10)と英語の破壊(11)の二篇は紙上に於て拝見せるが　其他のものにて掲載せられたるもの有之候や　御一報を乞ふ

よろしく

一月二十日　　米次郎

薄田大兄

又過日の紙上に掲載せられたる小生の写真(12)は小生より大兄に送れるものに候や　大に相違して居る様に思はれ申候　過日郵送せる写真御不用なれは小生へ御返却願上候

注(10)「ウキットマン主義の破産」は『大阪毎日新聞』紙面では確認できなかった。
(11) 野口米次郎「英語の破壊と米国語」（『大阪毎日新聞』大正五年一月一日）を指す。
(12) 注（11）の文章が掲載された紙面には野口米次郎の肖像写真が掲載されている。

4　大正6年11月13日*

封書　便箋　ペン

89　野口米次郎

〔封筒表〕　大阪市大阪毎日新聞社学芸部
　薄田淳介様
　東京市外中野字原
　野口米次郎
　十一月十三日夜
〔発信局印〕四谷　6・11・14　前9−10

前略昨夜は電報難有……
実は風邪であつたので後《ママ》れまして失礼。約束の長さで一文書く（感想文）積りの所が、思ふ様にいかないので二文を書きます。この一文をこの手紙と一所に郵送します。又次きの一文[13]は明日書く積りです。出来次第直ぐ郵送します。左様なら
　十一月十三日夜　米次郎
薄田兄

注(13)　この「一文」が何を指すのか現在のところ不明。

服部嘉香《はっとりかこう》

明治19(一八八六)～昭和50(一九七五)年

本名嘉香《よしか》。幼名浜二郎。別号楠山。明治一九年四月四日、服部吉陳《よしのぶ》とむめの長男として生まれる。吉陳は伊予松山藩に出仕、維新後は工部省に勤める。東京市日本橋区浜町二丁目一七番地の旧藩主久松伯邸内に嘉香は生まれるのだが、父の隠遁に伴い四歳で松山に移る。明治三七年七月、早稲田大学予科に入学、翌年九月に大学部英文科に進学する。同級には北原白秋、若山牧水、土岐善麿、三木露風、人見東明などの詩歌人が集う。既に松山中学の頃から諸雑誌に詩を投稿していたが、早稲田に入ってからは『文庫』を中心により活発に投稿、明治三八年六月の文庫派の詞華集『青海波』(河井酔茗編、内外出版教会)に「秘め曲」が採られる。明治四〇年六月には、酔茗と横瀬夜雨を中心に詩草社が成立するとそれに協力、自然主義詩の走りとされる「火葬場」(六月)などを寄稿する。同時に、「所謂自然派」(九月)や「言文一致の詩」(一〇月)等の詩論を同誌に掲載。特に後者は、当時起きていた文語定型詩から口語自由詩への転換の記念碑的作品、川路柳虹「塵溜」(『詩人』同年九月)をいち早く評価したものであり、島村抱月や相馬御風の詩論等とともに、当時の自然主義詩・口語自由詩運動の中で重要な役割を果すが、彼は詩作以上に詩論を得意とした。明治四一年に大学卒業前後から早稲田文学社・東京毎日新聞・冨山房等で働く。大正二年、早稲田大学講師となるも、大正六年に早稲田騒動の結果に不満を抱き辞職。一時、関西大学に勤めるが、昭和一二年早稲田に復職。昭和三一年の定年まで勤める。この間、大正二年には前年結成した詩歌研究会の機関誌『現代詩文』を創刊。詩作の他、韻文あるいは国語問題について論じる。昭和二五年には『詩世紀』を主宰刊行、後進の育成に当る。第一詩集『幻影の花びら』(長谷川書房、昭和二八年四月)、詩論集『口語詩小史』(昭森社、昭和三八年一二月)等の著作がある。

泣菫文庫に残る嘉香の書簡一通は、ラブレターの如く泣菫への愛情と憧憬が詰まっている。自然主義詩・口語自由詩運動を推し進めた嘉香が、文語象徴詩で知られる泣菫にこうした態度で接しているのは興味深い。さらに、そうした運動の中心人物であった嘉香の文壇や海外文学に対する見解が伺えるのは、近代詩研究上、重要な情報であるといえよう。

(西山康一)

1　明*治42年6月3日

封書　原稿用紙（十ノ二十　松屋製）　封筒毛筆・本文
ペン（朱字）
〔受信者〕京都市上京区長者《ママ》／町室町通西入
薄田泣菫様　親□
〔発信者〕東京府下大久保村／百人町一四五
服部嘉香
六月三日
〔発信局印〕内藤新宿　42・□・□　后1－2
〔受信局印〕京都　42・6・4　后3－4

いつぞや京都へまゐりました節は大変失礼しました。お邪魔をして済まないと思つてゐます。

あれから郷里の松山へ帰り、徴兵検査を受け、第二国民兵といふに編入され、かへりに、又、神戸、大阪、沼津、静岡などに一二泊づゝして二十二日に帰宅しました。それからは不在中の用事が沢山堆積してゐましてお手紙も上げませんでした。

小生は今度の旅行中で一番嬉しかつた事はあなたにお目にかゝつた事です。小生は苟もお世辞なんかは申たくありません、真実に感じて嬉しかつた事を告白します。御面会の節にも忌憚なく直言しまたつ《ママ》けが、小生はアンな男です。今までお作を始終見てゐまして、想像した泣菫氏とは違つて、最もなつかしい人のやうに思はれ出しました。もう一度お目にかゝりたい、二度でも、三度でも。声の内に何となく透明なチヤームのあるのがいつまでも頭に残つてゐます。そしてあなたの詩が例の公孫樹の（1）詩などに見える調子が、何故今日まで続かなかつたかと感念□思ひました。

奔放な咏嘆讃美。「公孫樹下に立ちて」の詩を読み返して今更ながら、目のキリッとした若い詩人を思ひ浮べます。此頃のお作に、情緒の複雑になつたのは勿論うれしい事ですが、あれほどの「透明」の無いのは残念です。

一番嬉しかつた事はあなたにお目にかゝつた時でした。京都では大変忙しいのですが、四時間も五時間もお邪間《ママ》をしたのは、自らにも辛い時間の浪費でしたが、どうもあの時は帰れませんでした。あれから上田（2）さんをお訪ねしてお話を筆記しましたが、筆記しながらもあなたの声が耳に残つて、変テコな筆記ばかりしました。それにあなたの眉と目と、口元と、――小生の注意したのはそれでした――ちら〱ノートの上に浮んで来て大変困りました。丸で女性のラヴのやうです。
実はあなたの夫人を見た時は何となくあなたが男姓《ママ》だといふ事がはっきり意識されて困りました。小生はあなたを女性と思ひたかつた、そしてラヴがしたかつたのです。男として男に対して其の人を崇拝せんにはあまりに我執の念を持つてゐる小生は、女性に対するやうなラヴ――浅い囚はれ――を感じたかつたのです。あなたの夫人を見る度に、あなたが男だ！　と、妙に頭にこだはつたのは、可笑しな話ですが実際でした。

根底のある人、背景のある人、これらは少からぬ畏敬を表示する言葉です。小生はあなたの詩そのものよりも其の背景の人格をより多く好ましく思ふ事になるでせう。詩に対する批評は厳正です。然し人格に対しては全く没入するかもしれません。

正直に申せばあなたのお身の上も少しは噂で伺つてゐました、それがあなたにお目にかゝつてから大変面白い事と思はれました。

あちらの小説なり詩なりを読まれた時の感じ、味ひを、なるべく度々伺ひたいと思つてゐます。紹介とか批評とかは誰でもするでせうが、本当に感じた我等の同感なり反感なりを正直に述べる人が今の文壇に無いやうです。あちらの人の批評なり註釈なりを離れて、自分自ら――日本人として――の批評なり解釈なりを与へるのは、之からの文壇で必要では無いでせうか。要不要に動く訳ではありませんが、小生はさうしたいと思つてゐます、密かに、私かに読んでゐる人にして初めて本当の鑑賞がある筈です。

何を書きました事やら。女の恋文のやうですが、一番うれしかつたのはあなたを初めて識つた時です。

作を書かれてはいかゞです。あなたの「泣菫小品[3]」は見ました、そして「東京毎日」で批評を書きました、「最近の創作界[4]」といふ中で。
「毎日」は帰つてみたら、「納本残数を超過してゐるから進呈は今少し待つてくれ」と事務所で申ます、失敬ですが、又お目にかける事と思ひますから、時に書いて頂きたいものです。それから先日伺つたお話、あれも忙しい

〱で未だ書きません、で、大分ディテールズを忘れてゐます、どうも済みませんが、要点だけでも、又百五十行ぐらゐの一文にしてなりとも是非書いて頂けませんか、是非〱お願します。〔上部欄外に〕デカダンの新解釈の事です。

ほんとにあなたは早口でした。追っかけられるやうな感じがしましたっけ。どうかあなたに書いて頂けませんか。忘れたといふのは無責任ですが、十日あまりもいろんな処を歩き廻つて、帰つてから塵の中でペンを走らしてゐたので、つい纏つて書けませんから、どうかよろしく、よろしく願ひます。

メレディス[5]は死にましたね、スウィンバーン[6]も死にました。併し彼等の死ぬるのは何とも思ひません、罪な話ですが、メレディスなんかは殊に何とも思ひません。

文芸革新会[7]の連中、大変な勢ではありませんか。新小説[8]はどうでせう。馬鹿々々しい。

五月十五日の「秀才文壇」に「実感詩論[9]」といふのを書きました、是非見て頂きたいと思つてゐます。

詩の批評といふを、小生は大変面白いと思つてます、今は英国の詩論史を早稲田の研究科で調べてゐます。

指が痛い、失礼します。夜露の雨滴が、例の、テン、テンと、さびしさうに落ちてゐます。大久保村の音楽です。□の声を詩に書くつもりです。出来たらばお目にかけませう。小生の詩は拙いと、人から云はれてゐますけれども。

長く書くと小指が痛いものですね。今日は三十枚ばかり何やかや書いたのです。

　二日夜

　　むしろ三日午前の三時

　　　　　　　　嘉香

泣菫様

小生が《ママ》赤い色が好きです。赤い色は透明な、そしてごく細かい際立た《ママ》つた印象を与へる色です。赤インクでは読むのに辛いものですが、どうか小生の趣味に――只何とない趣味――に盲従して下さい。

注（1）「公孫樹下に立ちて」（『小天地』・『中学世界』、ともに明治35年1月に同時発表）のこと。
（2）上田敏のこと。4頁参照。
（3）明治四二年五月一二日、隆文館から『小品叢書』第三篇として刊行されたもの。
（4）『東京毎日新聞』（明治四二年五月二九日）に掲載。『泣菫小品』（注（3）参照）について論じている。
（5）ジョージ・メレディス（一八二八～一九〇九）。イギリスの詩人・小説家。詩の代表作は物語詩『モダン・ラブ』Modern Love（一八六二）。日本では夏目漱石なども、その影響を受けている。
（6）アルジャーノン・C・スウィンバーン（一八三七～一九〇九）。イギリスの詩人・評論家。第一詩集『詩とバラッド』Poem and Ballads（一八六六）は、〈肉体派の詩人〉と呼ばれるほど当時衝撃をもたらす。
（7）明治四二年三月、当時文壇を風靡していた自然主義文学への反発から、樋口龍峡、登張竹風、笹川臨風、後藤宙外、中島孤島、泉鏡花などにより結成された文学団体。同人たちによる例会と地方講演が主な活動だった。
（8）第二期『新小説』（春陽堂、明治二九年七月～大正一五年一一月）のこと。本来無党派的文芸雑誌だったが、後藤宙外が編集担当になった頃から、彼の反自然主義的な態度が本誌全体のスタンスとして捉えられがちだった。
（9）確かに本年五月十五日の『秀才文壇』に掲載されている。内容は、フランス象徴主義詩人を自らの自然主義的な見解に引き寄せて、「実感の解放」を当代の日本の詩に求め論じたもの。

人見東明《ひとみとうめい》

明治16（一八八三）～昭和49（一九七四）年

本名円吉（筆名には東村・清浦青鳥など）。戸籍上、明治一六年一月十六日、岡山県上道郡宇野村（現、岡山市西川原）に生まれた（ただし、本人の証言では前年に東京で生まれた）。西中儀之三郎と登美の二男として生まれるが、後に代々池田家に仕える人見姓を名乗るようになったという。雄島尋常・高等小学校（現、岡山市立宇野小学校）から岡山の私立関西中学（現、関西高校）にあがり、明治三六年五月、早稲田大学高等予科（文科）に入学。同級に北原白秋、若山牧水、土岐善麿、服部嘉香、加藤介春、原田譲二などがいた。この頃から『文庫』に投稿した詩が掲載され、その選者河井酔茗の知遇を得ることになる。明治三八年一一月、片上天絃や加藤介春・原田譲二らとともに東京韻文社を結成、学友麻生茂の援助のもと韻文専門誌『白鳩』を刊行する。『白鳩』は半年後に廃刊になるが、その後明治四〇年三月に母校の師島村抱月の勧めで、相馬御風、三木露風、加藤介春、野口雨情とともに早稲田詩社を結成。『早稲田文学』を中心に、多くの雑誌に詩を寄稿する。だが、同詩社も一年くらいで自然消滅となるが、この頃から河井酔茗の後を受けて『文庫』詩欄の、さらには『新婦人』新体詩欄、『秀才文壇』新体詩欄の選者になったり、あるいは赤司繁太郎・木下尚江らと『新天地』を（明治四一年一一月）、さらには加藤介春、福田夕咲、三富朽葉らと自由詩社を結成して『自然と印象』を創刊（明治四二年五月）するなど、詩人として、特に口語自由詩の推進のため、八面六臂の活躍を見せる。明治四四年六月、第一詩集『夜の舞踏』（扶桑社）を刊行、当時同年同月に出た北原白秋の『思ひ出』（東雲堂書店）と並び称された。だが、大正三年一二月、第二詩集『恋ごころ』（金風社）を出す頃には、著作はだんだんと散文に移ってゆき、また大正九年九月には松本赳、阪本由五郎らと日本女子高等学院（現、昭和女子大）を設立するなど、教育・研究の方面に向かってゆく。昭和四九年二月四日死去。

泣菫が難解な文語を駆使して、日本の象徴主義の第一人者となったのに対し、東明は口語自由詩運動を推進した中心人物で、文学史的には対極に位置づけられる二人だが、東明の泣菫宛書簡からは同郷の先輩詩人として泣菫に敬意を払い、かつとても頼りにしていたことが伺える。

（西山康一）

1　明*治38年9月28日

封書　巻紙　毛筆

〔受信者〕岡山県浅口郡連島村
　薄田泣菫様　御伝頼書
〔発信者〕東京市牛込区榎町三十六番地
　東京韻文社〔以上印鑑〕
　九月二十八日
〔発信局印〕東京牛込　38・9・2□　后2.20

謹啓　陳者
益々御清栄奉賀候
詩壇漸く旺盛の運に至り候へども惜むべし二三の大家をのぞくの外は芸術的良心なく聖愛に導かるるなく。俗人詩を賦して徒らに名を楽むの徒。
或はまた。
詩人が節角の若心になりし玉什に対して誠意なく奇しきことのみ叙述して読者をあざむかんとするの批評家らしき者あり。文壇のこと　まことに慨嘆に堪えざる義にて候。
この間
菲才を顧ずして少しく希望するところあり　この大勢に抗し奮闘せまほしく候て鳴許がましくも陣頭に立たんと決定致し候(1)　去る六月の候より計営に止みなかりしが漸く頃日に至り万事整頓最早内顧の憂なきやう基礎を固め候故　愈々来る十一月三日初号刊行のことと決定致し候かへりみれば修養あるなく詩才あるなく　元と一種の凡骨に候へば自家虚名を博せんとの野心非ず　只だ願くば明治韻文壇の機関雑《ママ》たるを得ば小生の満足するところに候
主として韻文に関する議論批評、創作翻訳のみにて純然たる詩専門雑誌に候へば　従て維持困難なる今よりの覚悟にて候
右の次第にて甚だ礼をかへりみざるぶしつけ様には候へども詩に憬るる若き人がかしま立ち　せめては平常畏服せる大家の玉稿もて初号を花々しく飾り出でまほしく切なる願に候
御多忙中甚だ恐れ入り候へど一道の光明なげ(2)与へると思召して　来る十月十日ごろ迄でに御玉作御恵送被下度伏して願奉候
　雑誌名は『白鳩』四六二倍版約五十ページに候へばことに韻文のみと限り候故紙面余白多き故　なり丈げ《ママ》

御長篇御恵送のこと伏して御願申上候
九月二十八日
人見円吉
薄田淳介様

追白
酔茗兄(3)には昨日会ふを得　御伝言のよし伝へをき　何れ
河井兄より御手紙差し上ぐ由申居り候
はる雨兄(4)故里の母大病にて帰郷中　一昨日快方に趣き当地に帰京の由　本日書面之在り候故何れ近々の中会ひその由伝へ申すべく候
二十八日
人見
泣菫様

注(1)　明治三八年一一月、東明は原田譲二、加藤介春らとともに東京韻文社を結成し、学友麻生茂の援助のもと韻文専門誌『白鳩』を刊行する。『白鳩』は六号（明治三九年五月）まで続いて廃刊になる。
(2)　ここでいう『白鳩』創刊号に泣菫作品が見られないが、第二号（明治三八年一二月）には泣菫詩「海のおもひで」が掲載されている。また、その後も泣菫は、同誌に「詩歌二章」（明治三九年二月）を載せている。
(3)　河井酔茗のこと。14頁参照。
(4)　中村吉蔵（春雨）のこと。作家篇146頁参照。

2　明治*40年5月8日

封書　巻紙　毛筆
〔受信者〕京都市寺町通り／鞍馬下る高徳寺町
薄田淳介様　親展
〔発信者〕東京府下西大久保村／六二八
人見円吉
五月八日
〔発信局印〕〔破損〕40・5・8　后11–12
〔受信局印〕京都荒神口　40・5・10　前5–6

その後は失礼しました、
今度私等が文庫を編輯することになりました(5)、従来の面目を一新してみたいと思つてゐます、付いてはお忙い時に申上げ兼ねます(6)が　短いものでもよろしいから今月中に何にか一篇頂きたいのですが如何でしやうか　お許し

下さいますなら非常に幸です、どうかくれぐ\もお願ひ申します

五月八日　　円吉

薄田泣菫様

注（5）「文庫」から独立して詩草社を興して『詩人』を刊行しようとしていた河井酔茗に代って、この時東明が『文庫』新体詩欄の担当に就任した。

（6）泣菫はこの時期、前年に結婚した修を連れて帰省したり、取材旅行で大和に行ったりと忙しかったためか、この依頼には応じていないようである。ちなみに、『文庫』に載った泣菫作品としては、注（10）・（13）・（18）にあげた三作品が確認されている。

3　明治40年8月5日*

封書　巻紙　毛筆

〔受信者〕京都市長者《ママ》町室町通り／西へ入る

薄田淳介様　親展

〔発信者〕東京市小石川区高田老松町／四十七

人見円吉

四十年八月五日

〔発信局印〕小石川　40・8・5　□3−4

〔受信局印〕〔判読不能〕　□・8・6　□2−□

謹啓

その後は御無沙汰にうちすぎ　まことに失礼致し候　さて御忙しきところを毎々御無理ばかりにて申上ぐるも恐れ入り候へども　九月一日発行の「文庫」増刊号のみ[7]は小生が編輯することと相成り候に付き　御高作により誌上を飾り度く存じ居り候に付き　一篇御寄稿下されまじくや　右御伺ひ申上げ候若し御許し下され候はゞ来る十二三日頃迄でに御送附為し下され度く　伏して御願申上げ候　今回のみは御ききとどけに相成らんこと深く希望致し候

数日前表記のところへ移り申候

八月五日　　円吉

薄田淳介様

注（7）確かに明治四〇年九月一日付で『文庫』「新秋号」が「定期増刊」として発行されている

が、同号に泣菫作品の掲載は見られない。
が、この二ヵ月後の『文庫』には寄稿している。注（10）参照。

4　明*治40年9月16日

封書　巻紙　毛筆

〔受信者〕京都下長者町室町通り／西入
薄田淳介様　親展
〔発信者〕東京市小石川区高田老松町／四十七
人見円吉
九月十六日
〔発信局印〕□□川　40・9・1□　后0-1
〔受信局印〕〔判読不能〕

謹啓
その後はまことに失礼致し候　如何被遊候や　御伺ひ申上げ候
兼ねて敬慕致しをり候梁川先生(8)御不幸ありし由やうやく今朝の新聞にて承知致し候　その記事を見るにさへ胸苦しさをおぼえ　涙のこぼるるを知り申候　げに痛ましきが中にも先生の死ほど身に滲みたるものは御坐なく候　一度お目にもかかりたる事もあれば　その感も痛切にて堪えがたき悲痛にをち入り申候　明日の葬式には式末に加はり　せめては故人を偲び度きものと存じ候
何れは十月の文庫(9)にも　之れ迄で先生に就て感じ思ひたるままを赤裸々にかき度きものと存じ候
さて何時もなから御無理ばかりにて　われとわれながらあつかましさに恥じ入り候次第には候へども　来る十一月三日には「文庫」の増刊号を発刊致す事に致し候故その号には是非御高作(10)にて誌上を飾り度く存じをり候間何分にもよろしく御願申上げ候　十月十日ごろまでに何にか一篇御寄送にあづかり度く　今より御願申上げ候
先月十九日より二週間ばかり帰岡致し候とき(11)　帰途御伺ひ致し度く思ひをりしも相にく急用出来候ため　そのまま帰京致さざるを得ざりしを甚だ遺憾と存じ候

九月十六日　　円吉

薄田淳介様

注（8）　綱島梁川（一八七三～一九〇七・思想家）のこと。自らの神秘的宗教体験を記した「予が

見神の実験」（『新人』明治三八年七月）等が反響を呼ぶ。泣菫とは明治三五年から文通しており、三九年四月の泣菫上京の際には梁川宅を訪れている。ここで語られる梁川の死の際にも、泣菫は「綱島梁川君を弔ふ」（『詩人』明治四〇年一〇月）を書いて追悼している。巻末解説232頁の注（2）参照。

（9）当時、東明が梁川について追悼文を書いた形跡は残っていない。『文庫』では、明治四〇年一〇月一五日号に無署名「綱島先生逝く」という短文、明治四〇年一二月一五日号に梁川日記からの引用が見られるが、いずれも埋草的なものである。

（10）『文庫』（明治四〇年一一月三日）に、泣菫は「蛞蝓」を寄稿している。

（11）この帰郷の際、東明は同じく岡山出身の原田譲二（注（20）参照）とともに、岡山の文芸雑誌『白虹』の歓迎を受けて懇親会に出席したことが、同誌（明治四〇年九月）「編輯便より」に紹介されている。

5　明*治40年9月20日

封書　巻紙　毛筆

〔受信者〕京都下長者町通り室町／通り西入
薄田淳介様　親展
〔発信者〕東京市小石川区高田老松町／四十七
人見円吉
九月二十日
〔発信局印〕小石川　40・9・20　后0－1
〔受信局印〕〔判読不能〕□・□・21〔判読不能〕

謹啓
御多忙のところ御無理のみ申上げ候て甚だ恐れ入り候、
何卒よろしく御願申上げ候
梁川先生葬送の日は雨降りしきりて　ことさら淋しさを身に滲みておぼえ候　会するものはさして多きにはあらざりしかども　何れも心から先生を思ひ慕へる人々の如く感ぜられて感懐も一入にて候、されど海老名氏(12)が追悼説教の、先生の魂を祭るとしてはあまりに形式になづめるが慨はしく存じ候
三年前に初めてお目にかかり　三年後の十七日には雑司ヶ谷の墓地にて雨降りしきる夕べ、柩の中たる先生に最後の告別をなせしときの痛み、思ふさへ悲しく候
秋冷やや肌に冷けき折柄　御養生遊されんこと祈り上げ

候

九月二十日

円吉

薄田淳介様／御侍史

注(12)　海老名弾正（一八五六～一九三七、宗教家）のこと。当時海老名は本郷教会の牧師で、梁川の葬儀はその遺言により海老名の司式により同教会で営まれた。明治二九年、梁川が肺患療養のために訪れた神戸で、当地の牧師だった海老名に出会って以降、梁川は海老名から強い影響を受けたとされる。

6　明治40年11月21日*

封書　巻紙　毛筆

〔受信者〕京都市下長者町／室町通り西へ入り
薄田淳介様　親展

〔発信者〕東京市小石川区高田老松町／四十七
人見円吉
十一月二十一日

〔発信局印〕牛込　40・11・21　后0-1

〔受信局印〕京□□□口　40・11・22　后0-1

謹啓
その後はまことに失礼致し候　別にお変りもなくわたらせられ候や　御伺ひ申上げ候
さて甚だ軽少にてお恥しく候へども　ほんの心ばかりに薄謝を呈し候まま御笑納なし下され度く候　なほこの後とも御たすけに相成り度く願ひ上げ候
実は今春「文庫」が小生の手に入り候よりは詩の方のみには何とかして努力したきものと　つくしをり候へども何分にも小生等のみにては　どんぐりの背比べにて少しも見栄え致さず　勢ひ先輩の御助力を仰ぐより方之なく候
もし童謡の御作(13)あらせられ候はゞ新年号へ御恵与を仰がれまじくや、たつて御願申上げ候

十一月二十一日

円吉

薄田淳介様

注(13)　『文庫』（明治41年1月1日）に、泣菫は「しんぐさんぐ」を寄稿している。当時泣菫はこ

うした童謡形式のものを多く書いていた。

7　明*治41年2月19日

封書　巻紙　毛筆

〔受信者〕京都市下長者町室町／通り西入る
薄田淳介様　親展
〔発信者〕東京市小石川区高田老松町／四十七
人見円吉
二月十九日
〔発信局印〕牛込　41・2・□　前□－□
〔受信局印〕京都西陣　41・2・21　前□－7
京都荒神口　41・2・21　前10－11

謹啓
その後は失礼致し候
別にお変りもなく遊され候由奉賀候　当地は二三日前より寒さ加り　鉢に氷を見るやうになり申候
詩人月旦[14]を見てふき出し申候　表面の事実しか見得ぬ凡評家の存在を詩界のため悲しみ申候　論の根底からくつがへして見たきほどに候へども　徒事なる事と思ひて止み申候
あまりベルレーヌ[15]が評判よきため　とりよして読みて太《はなはだ》〳〵失望致し候　あれをかつぐ人の心が知れず候　感じも、思想も共に小生等には古いやうに候　唯だ服すべきは表より裏に移る転機の妙のみと存じ候　若し学ぶき（ママ）所ありとすれば唯だその一点のみと存じ候　他は全体の調子から見て「有明集」[16]に少し輪をかけた位いのものと存じ候　「有明集」と申せば合評[17]にて大分にくまれ候やうに候　小生等の勢力？　をそぐために離間策をほどこすなどと申す話を耳に致し候　面白きは所謂る文人の小胆なる事と存じ候可愛い児となるよりは　にくまれ〳〵通して見たきやうに候
さて御稿[18]は月末までに御送附下され度く　御願ひ申上げ候　毎度御無理のみにて恐れ入り候へども何分にもよろしく御願申上げ候
今夏の帰省には是非御訪ね致し度く　加藤[19]、原田[20]とも申しをり候。
右は御願まで
二月十九日
円吉
薄田様

注

(14) 「現代詩人月旦　第二　薄田泣菫」(『学生タイムス』明治四〇年七月一五日)のことか。そこでは、泣菫が「いくら技巧が巧くなつても、其熱情が無くなつては、彼の詩の何処に採るところがあらう」と批判されている。東明は泣菫を慰めかたがた、ここでこの記事を嘲笑しているか。

(15) ポール・ヴェルレーヌ(一八四四〜一八九六)。フランスの詩人。象徴主義の先駆者の一人とされる。上田敏『海潮音』(本郷書院、明治三八年一〇月)でもその詩三篇が紹介され、当時の日本の文壇にも強く影響を及ぼした。巻末解説223頁以下を参照。

(16) 蒲原有明(25頁参照)の第四詩集のタイトル。明治四一年一月、易風社刊。創作詩四十編ほか翻訳詩四篇を収録する。本書と泣菫『白羊宮』(36頁注(40)参照)は、日本象徴詩集の最高峰とされる。

(17) 『文庫』(明治四一年二月一日)では「「有明集」合評」と題して、東明の他、松原至文、藪白明、福田夕咲、加藤介春が『有明集』への批評を載せている。巻末解説226頁以下を参照。

(18) 『文庫』(明治四一年三月一五日)に、泣菫は「膃肭臍売」を寄稿している。

(19) 加藤介春(一八八五〜一九四六、詩人)のこと。東明とは早稲田で知り合い、その後も東京韻文社、早稲田詩社、自由詩社などで行動をともにした。

(20) 原田譲二(一八八五〜一九六四、詩人・新聞記者)のこと。東明と同じく岡山出身で、東明や介春とともに早稲田出身で東京韻文社を結成している。

日夏耿之介《ひなつこうのすけ》

明治23（一八九〇）～昭和46（一九七一）年

詩人・英文学者。本名は樋口国登《くにと》。筆名は夏黄眠、溝五位、石上好古など。明治四一（一九〇八）年、早稲田大学予科に入学。大正元（一九一二）年、西條八十や長谷川潔らと詩誌『聖杯』を発行（のち『仮面』と改題）。大正三（一九一四）年、早稲田大学英文科を卒業。大正四（一九一五）年、『仮面』が廃刊となり、富田砕花や白鳥省吾らと詩誌『詩人』を創刊。大正六（一九一七）年に第一詩集『転身の頌』（光風館書店）を、大正一〇（一九二一）年には第二詩集『黒衣聖母』（アルス）を出版した。大正一一（一九二二）年、早稲田大学文学部講師に就任。翻訳にも力を入れ、五月に訳詩集『英国神秘詩鈔』（アルス）を、六月にフランシス＝グリアソンの訳書『近代神秘説』（新潮社）を刊行した。また、一〇月より『中央公論』に日本の近代詩についての研究を載せ始める。のちに、これらをもとに『明治大正詩史』上下二巻（昭和四年、新潮社）をまとめた。なお、『明治大正詩史』は普及版（昭和一一年、新潮社）、増補改訂版（昭和二三～二四年、創元社）が出され、昭和二四（一九四九）年、第一回読売文学賞を受賞した。大正一三（一九二三）年、同人誌『東邦芸術』を創刊（のち『奢灞都』と改題）。大正一五（一九二六）年より『日夏耿之介定本詩集』全三巻（第一書房）を刊行する。昭和三（一九二八）年、堀口大学や西條八十と詩誌『汎天苑《パンテオン》』を創刊したが、翌年『汎天苑』が廃刊となり、次いで『游牧記』（昭和四年）、『戯苑』（昭和七～八年）、『半仙戯』（昭和八～九年）を監修した。昭和八（一九三三）年、詩集『咒文』（戯苑発售処）を出版。次第に詩作よりも評論や研究が盛んになり、『鷗外文学』（昭和一九年、実業之日本社）をはじめ、多くの著書を執筆した。昭和二六（一九五一）年、矢野峰人・三好達治・中野重治・山宮允と監修した『日本現代詩大系』全一〇巻（昭和二五年、河出書房）が毎日新聞社出版文化賞を受賞。昭和二七（一九五二）年には、『明治浪漫文学史』（昭和二六年、中央公論社）と『日夏耿之介全詩集』（昭和二七年、創元社）で日本芸術院賞を受けた。同年、青山学院大学教授に就任、昭和四六（一九七一）年六月一三日、死去。

泣菫文庫の日夏耿之介書簡から、日夏が泣菫を詩人として尊敬し、その功績を顕彰しようと尽力していたことがわかる。

（荒井真理亜）

1　大正15年5月18日*

封筒　巻紙　毛筆

〔封筒表〕大阪市外西ノ宮市／川尻
　薄田淳介様／親展
〔封筒裏〕東京市外阿佐ヶ谷／六九六
　日夏耿之介
　五月十八日
〔発信局印〕□□　15・5・□　后1-2

啓上
如何御消光被遊候哉
本日は御高著泣菫文集(1)御恵贈　毎々の御厚情奉深謝候
　早速被読　例の如く興味ぶかく読了仕候　小生監修小
誌サバト(2)誌上に於て御紹介仕度心胆に有之候(3)
　不取敢ず(ママ)御礼申上候　　艸々
　五月十八日　　日夏耿之介
薄田老台／梧右

注(1)　『泣菫文集』は、大正一五（一九二六）年五月に大阪毎日新聞社・東京日日新聞社より刊行された。
(2)　日夏耿之介が監修していた同人雑誌『奢灞《さば》都《と》』。大正一三年八月～昭和二年三月。全一三冊。創刊時は「東邦芸術」という題だったが、大正一四年二月に「奢灞都」と改題された。
(3)　大正一五年七月発行の『奢灞都』に掲載された夏黄眠の「病中記」に、『泣菫文集』の紹介がある。

2　大正15年9月23日*〔年推定〕

封筒　巻紙　毛筆

〔封筒表〕兵庫県西宮市／川尻
　薄田淳介様
〔封筒裏〕東市(ママ)郊外阿佐ヶ谷／八七三
　日夏耿之介
　九月二十三日
〔発信局印〕中野　□・9・23　后□-4

啓上　新涼の候　御左右如何候や
本日は御高著随筆集(4)御恵贈玉はり　毎々の御厚情奉感

佩候
　折しも小雑誌サバト〆切当日とて早速紹介文[5]だけ綴りをき候　異日折を見て責任ある批評をサバト誌上にて具陳致し御叱正を仰ぎたく存じをり候
　不取敢ず《ママ》御厚礼申述候　拝具
　九月廿三日　日夏耿之介
泣菫先生／梧右

注（4）　薄田泣菫著『太陽は草の香がする』（アルス、大正一五年九月）であろう。
（5）　大正一五年一一月発行の『奢灞都』に掲載された石上好古の「玉石同匱」に、『太陽は草の香がする』の批評がある。

3　大*正15年10月9日

封筒　巻紙　毛筆

〔封筒表〕兵庫県西宮市／川尻
薄田淳介様／梧右
〔封筒裏〕東京市外阿佐谷／八七三
日夏耿之介
十月九日

〔発信局印〕中野　15・10・10〔判読不能〕

啓上　御無音仕候　頃日御厚志御恵贈の随筆集拝読　早速小冊子サバトに寸評仕候[6]も其後持病思はしからず　他の新聞雑誌に妄評を掲ぐる健康状態相続かず　心に相かけをり候処、サバト同人の一人Ｊ・Ｖ・Ｌと申すが　御高著拝読　小生宛寸評を寄せ参り候につき、貴台の御手を経て大阪毎日、並に毎日関係の週刊等に寄稿御採用を賜ば当人の至幸に存候事情に御座候[7]　別封乍無躾御手許迄御送附候条　宜敷御高配玉はらば小生も亦望外の悦びに御坐候
　尚又御都合悪しき節は乍御面倒様御返送玉はり度　合せて御願申上候　用件のみ　頓首
日夏耿之介
泣菫先生／梧右

再伸
　拙稿キーツ伝[8]　来春上梓の運び、其節は御手許迄郵送致させ度御叱正の程待上候

注（6）　注（5）に同じ。

（7）　J・V・Lの寸評は未詳。
（8）　該当する著書は未詳。

4　昭和[*]4年8月12日

封筒　便箋　ペン

〔封筒表〕西宮市分銅町
　薄田泣菫様／梧右
〔封筒裏〕東京市外／阿佐谷八七三
　日夏耿之介
　八月十二日
〔発信局印〕淀橋　4・8・13　后4－6

啓上。大暑中御健康如何ですか、暫らく御無音申上ました、
　雑誌游牧記(9)（十八日、発行の予定ですが）の事業として明治古典彙刻といふ叢刊を発行し、装幀史上の貢献を試みたい所存にて貴台のいつぞや拝借した「あゝ大和にしあらましかば」の原稿を写真模刻し、それにその詩と望郷の歌とを活版にて附録せしめ小生の解題を附し、百二十五部限定にて同叢書第一篇として発刊せしめたき計画ですが、御承知の吾々素人の仕事故稿料又は印税は差上られませぬが、書物としてはいさゝか誇るに足る（正価に比して）ものを完成せしめたい念願故、右叢書に入れる事の御許可を願ひたいと存じます、折返し御返翰(10)下さらば至幸に存じます。幸にして貴詩を第一篇に入れる事が出来れば藤村有明敏鷗外(11)等貴党の趣味の物をつゞいて続刊したいと存じます。
用件のみ　拝具
　八月十二日夜　日夏耿之介
泣菫先生／梧右

二伸　一、印税の代りに書物五部を差上る事の條件を御承引希上たいと存じます。
一、游牧記第二号に広告したき故(12)　何卒御返翰折返し希上ます。
一、望郷の歌の御原稿あらば何卒それも御恩借希上ます。

注（9）　日夏耿之介が監修した同人雑誌。昭和四年八月～一二月。全四冊。六一八部限定。
（10）　『日夏耿之介宛書簡集―学匠詩人の交友圏―飯田市美術博物館所蔵』（飯田市美術博物館、平成一四年七月）には、この書簡の返信にあた

る昭和四年八月一八日付日夏耿之介宛薄田泣菫書簡が収録されている。巻末解説219頁参照。
(11) 島崎藤村、蒲原有明、上田敏、森鷗外。
(12) 「明治古典彙刻」の広告は、『游牧記』第二号にもそれ以降の号にも掲載されていない。同誌には挟み込みの近刊予告があったようだが、未見。

5　昭和4年11月15日*〔年推定〕

封筒　原稿用紙（MARUZEN 20×20）　ペン

〔封筒表〕西宮市分銅町二三
薄田淳介様

〔封筒裏〕東京市外／阿佐谷八七三
日夏耿之介
十一月十五日

〔発信局印〕中野　□・11・16　前10－12

啓上　拙著[13]差上候処御褒辞玉はり汗顔の至に御坐候、今回の下巻は早稲田の先生方はじめ方々にて散々の不評[14]にて小主観の妄評を恣まにせる悪書との趣にて、一方ならず意気消沈、自分一人は、日本にても文学史的なる文学史があつてもよい位なハラにて精々無遠慮に申上候処、何せよ、老齢の方々は何んのオレ達の時代の文学がそんなものであるものかとのお叱りにて、儕輩の詩人は罵評を逞せし憎き奴とて大変息巻き荒き為体の由にて閉口やら悲観やらもうこんな割の合はぬ事は一切手を出すまじく、朧げなる外国文学の「研究」とやらでお茶をにごした方　学者方の片端にも入れらるゝ僥倖も得べければと頓悟一番、コケの後思案と御嗤笑希上度、今までの御原稿や挿画御恩借やらとりまぜ改めて厚く御礼迄申述度　乱筆御用捨希上候　拝具

十一月十五日夜　日夏生

泣菫先生

注(13) 『明治大正詩史　巻ノ下』（新潮社、昭和四年一〇月）であろう。
(14) 昭和四年一一月二四日付『読売新聞』に、川路柳虹「日夏耿之介に与ふ―明治大正詩史の迷妄をただす―」と日夏耿之介「川路柳虹氏に答ふ―作家の書いた文学史の真実性―」が掲載された。さらに、堀口大学も「第三の声―川路日夏二氏論争の傍に」（『読売新聞』昭和四年一一月三〇日、一二月四日）を書き、日夏との絶交について語っている。

6　昭和13年10月7日*〔年推定〕

封筒　巻紙　毛筆

〔封筒表〕西宮市分銅町二二三
薄田淳介様／侍者
〔封筒裏〕東京杉並区／阿佐谷四ノ四五五
日夏耿之介
十月七日
〔発信局印〕〔判読不能〕

啓上
御清康賀上候　頃日創元社主来翰　泣菫全集上梓の趣(15)、之われらのかねて心待ちに待ちたる事に有之　何卒色々の方面に於て十分に功を成すやう心より祈奉り候
草々頓首
十月七日　日夏耿之介
薄田泣菫様／法前
来月号婦人ノ友(16)に何かのお役の端にもやと泣菫詩集の解説めいたるものを書き申候　再白

注(15)『薄田泣菫全集』全八巻（創元社、昭和一三年一〇月～昭和一四年七月）。
(16)　日夏耿之介「泣菫の浪漫的古典詩」（『婦人の友』昭和一三年一一月）。

7　昭和13年11月7日*

封筒　巻紙　毛筆

〔封筒表〕西宮市分銅町二二三
薄田泣菫様
法前
〔封筒裏〕東京市杉並区／阿佐谷四ノ四五五
日夏耿之介
十一月七日
〔発信局印〕□□　13・11・7〔判読不能〕

虔啓　初冬の候　彌に御清祥賀上候
扨書肆冨山房より刊行の百科文庫双書中に貴著白羊宮を初板《ママ》本のまゝの体裁にて印行し、それに解題及著者の思出を附して発兌いたしたき趣にて小生に解題を伝預且小生を介して御承諾を冀度所存の由に有之　御存意の程伺上候、御了諾を願へれば改めて冨山房よりお願ひの書を

差上可段取に有之　何卒御高見おきかせ冀上候、全集如何の御様子にや、今月号婦人ノ友にて過見拝陳いたし申候(17)

当用而已

十一月七日　日夏耿之介

拝上

薄田泣菫様／法前

注(17)　注(16)に同じ。

8　昭和13年11月11日*

速達　封筒　便箋　ペン

〔封筒表〕西宮市分銅町二三
薄田淳介様／法前
〔封筒裏〕東京阿佐谷四ノ四五五
日夏耿之介
□月□一日
〔発信局印〕阿佐ヶ谷　13・11・11　前8－12
〔着信局印〕西宮　13・11・12　前8－12

虔啓　前便御落手と存じます、貴台と同時に蒲原さん(18)にも同様に旧有明集をと音信いたしましたる処、同氏は旧有明集は余りに非道いもの故それをその侭生前に出板《ママ》する気持にはなれぬといふお返事で厶いました、

本屋の意向は、それに藤村さん(19)を加へて先以て三冊出したい素志でありましたので爰に計画が一頓挫を来しましたので、何れ計画者としての楠山正雄君(20)とも相談の末に、もつと融通の利く他の計画と変更いたさねば跛行的計画となつて了ふ外あるまいと考へ、一先づ前便以て申上ましたる計画をとり消し更に新趣向を樹て、改めて冨山房より直接お願ひ申す事となると存じます故　何卒御了承賜り度　要用而已　不取敢得貴意ます。

早々頓首

十一月十一日　日夏耿之介　拝

薄田泣菫様／侍者

注(18)　蒲原有明。25頁参照。
(19)　島崎藤村。58頁参照。
(20)　楠山正雄（一八八四～一九五〇）。演劇評論家・児童文学者。当時、冨山房に勤めていた。

【参考書簡】

1　薄田修子宛*　昭和28年2月24日

封筒　原稿用紙（10×20）ペン
〔封筒表〕西宮市甲子園九番町
田代一八　満谷様内
薄田修子様／貴酬
〔封筒裏〕東京都杉並区／阿佐ヶ谷四ノ四五五
日夏耿之介
電（39）四九九八（印）
念四
〔発信局印〕杉並　28・2・24　後0―6

覆啓　御返翰申上ます、

白羊宮が歴史的傑作神品集で、あゝ大和にし、と、望郷の歌との二篇が代表作品ですから、振かな附、自筆稿があれば申分なく、之にまさる何物もありません。

（活字形説は一応理窟がありますが、自然石と活字の調和如何といふことを考へると否定しなくてはならず、又泣菫翁の詩品は高雅高調で、活字にしても判らぬ者には絶待《ママ》に判らぬ詩です、判る人には自筆を用ゐれば此上ない喜でせう。判らぬ人に対する方法としては、詩碑ゑはかきを市で発売して、活字でテキスト全篇を印刷したものを詩碑のある所（近傍でも）で売捌いたらい、でせう　この活字説は私は絶対に大反対です。）

それで、あゝ大和にしなら第一節を、望郷なら第三節がふさはしいと考へます、短い佳品もありますがやはり代表作を以てするが建碑の精神にふさはしいと考へられます、(21)

建碑の場所は私が知らぬ所故何とも申上けられない、

只　一、俗でない所、二、碑と場所とがマッチする所、三　意味の深い所、この三ツの標準でおきめになつてしかるべしと存じます、

一県に泣菫碑が二ツ三ツあつて当然故、公孫樹の詩は公孫樹の現品のある場所にそれはそれとして別に立てるがよろしいと存じます、(22)

又、遺宅保存(23)は当然の事で、詩碑、建設と同時に具体化して頂きたく存じます、遺宅を保存と確定したら、あながちそこへ碑を立てる事を固執するにも及ばぬ事で、遺宅保全にその地方の人に全力をつくして貰ひたいと存じます、（但し遺宅と碑と相まつて非常に美しくふさはしいならそれはそれでけつかうと存じます）

右くさ〳〵御返事のみ。御子息御転職の趣(24)　御上京の砌

御来話下さい、

二月念四　　　　　日夏耿之介

薄田夫人／台覧

注(21)　昭和二九年一一月二三日、倉敷市連島町西之浦の厄神社に薄田泣菫詩碑が建立された。泣菫の自筆原稿をもとに「あゝ大和にしあらましかば」の第一節が備前焼の陶板に焼きつけられている。

(22)　薄田泣菫詩碑「公孫樹下に立ちて」は、昭和四〇年一一月二八日、岡山県津山市井口の長法寺に建てられた。

(23)　倉敷市連島町連島にあった薄田泣菫の生家は、平成一五年より一般公開されている。

(24)　泣菫の長男・薄田桂が昭和二八年一月に毎日新聞大阪本社整理部顧問に就任している。

前田《まえだ》林外《りんがい》

元治元（一八六四）〜昭和21（一九四六）年

元治元年三月三日、播磨国青山村（現、兵庫県姫路市）の農家に生まれる。本名儀作。詩人。大阪に出てキリスト教系の中学校である泰西学館に入学、その後は神戸の貿易会社に勤めるなどし、海外にも渡航した。明治二〇（一八八七）年、東京専門学校（現、早稲田大学）英語普通科に入学、卒業後に再び同校文学科に入学。その後、仏蘭西語専修学校、外国語学校露語専修科（現、東京外国語大学）を卒業。明治三三（一九〇〇）年東京新詩社に参加し、機関誌『明星』では創刊号より作品を発表。明治三六（一九〇三）年一一月には、岩野泡鳴と共に東京純文社を結成し、機関誌『白百合』を創刊した。明治末期にあった民謡の流行時には、『日本民謡全集』（本郷書院、明治四〇年三月）同『続編』（同年一一月）を編集するなど、その普及にとって重要な役割を果たした。詩業を代表する詩集に『夏花少女』（東京純文社、明治三八年三月）、『花妻』（如山堂、明治三九年六月）、歌集に『野の花』（交蘭社、昭和三年）、『極楽鳥』（若桜会、昭和一一年）などがある。

（庄司達也）

1　明治36年11月6日*

葉書　毛筆

〔受信者〕京都岡崎満願寺東裏／小林様御内
薄田泣菫様
〔発信者〕東京神田区三崎町三ｰ一／前田林外
〔発信局印〕〔判読不能〕
〔着信局印〕山城・京都荒神口　36・11・6　□便

御清穆の御越奉賀の初号「白百合」(1)艸々の印刷不体裁この上も無きこと御失笑被下候事と存じ候　生らは初め新体詩ばかり接して月刊にせんとも思ひ、この仲夏同人いろ〳〵相談せしも時期未だ熟せざるやうにも感じ　遂にかやうの程と相成申候　然れでも飽くまで「新体詩」の機関を以て任じ徐々にその方向に進み度と存じ候　大兄何卒御助成被成下度二号には是非共一篇御寄贈賜はり度願上げ候(2)　生しるべありて室町に幼時一寸と居りしことあり又浪花は二年間ばかりの在る地にて(3)今村敬天(4)岩野泡鳴(5)二氏も同窓のよし東都にてわかり申候　右は御依頼まで

艸々不備

十一月六日

注（1）林外が岩野泡鳴、相馬御風らと東京純文社を結成して明治三六（一九〇三）一一月に発行した雑誌。それ以前、林外は『明星』の創刊号から参加していたが、与謝野鉄幹との間に不和が生じ、東京新詩社を退会した。

（2）薄田泣菫はこの呼び掛けに直ぐには答えなかったようだ。一年後の明治三七年一二月発行の『白百合』に、「霜月の一日」「死」を発表している。

（3）林外は、十代の頃に親元から独立をして大阪で過ごし、泰西学館に学んだことがあった。

（4）詩人。本名野田良治。別号に敬天牧童（一八七五～一九六九）。東京専門学校（現、早稲田大学）を卒業後、外交官として朝鮮、フィリピン、メキシコ、ペルーなどの各地に赴任。明治四二年にブラジル勤務となり、以後、昭和一〇年の退官までこの地で過ごす。戦後は『日葡辞書』の編纂に尽力。詩集に『短笛長鞭』（明治三四、美育社）、児玉花外が序文を書いた『青春之詩』（明治三五、美育社）などがある。

（5）小説家、評論家（一八七三～一九二〇）。自然主義の作家として知られる。「同窓のよし」とは、東京専門学校の卒業生であることか。

2 ＊明治37年1月6日〔年推定〕(6)

〔受信者〕京都、上京区岡崎町／満願寺、東裏、小林様方　葉書　毛筆
薄田泣菫様
〔発信者〕林外生
〔発信局印〕東京□□□　3□・1・6　前10－□
〔受信局印〕山城　京都荒神口　□□□　ロ便

御無事御迎年の御こと〻存じ候次第「白百合」になにか一篇御寄贈賜はり度偏に奉願上候
尚ほ〳〵少々春暖にも相成候はゞ一度御出京如何　陋屋ながら何日にて在宅はいたし可申候　余は後便に申越らむ

艸々

林外生

注（6）宛先の住所が京都であること、泣菫の『白百合』への初めての寄稿が明治三七年一二月のこと（前掲注（2）参照）などからの推定。

3　明*治38年11月14日

〔封筒表〕岡山県備中国浅口郡連嶋村
薄田淳介様／侍史
封書　巻紙　毛筆
〔封筒裏〕東京神田区三崎町三ー一／前田儀作／拝
一一月十四日
〔発信局印〕神田　38・11・□　后0ー□
〔着信局印〕備中　西ノ浦　38・11・16　ハ便

拝啓　追々寒気に向ひ候所益々御多祥恭賀の至に御座候
過日京阪に御滞在被遊候よし　同地方も現下大兄はじめ
花外(7)兄等も去られ候ことゆゑ爾来なにとなく寂寞の様子
と見受け申候　如何に御ざ候哉
さて雑誌「白百合」等毎々一方ならぬ御厚情生等一同深
く感謝仕候(8)　来年一月一日には「新春号」として特別刊
行いたし度と存じ候まゝ御多忙中恐縮に候へ共短詩にて
も一篇御寄贈たまはり度偏に奉願上候(9)
先は御依頼まで　余は得鴻万縷申上候
艸々

十一月十四日　　林外生

泣菫様／侍史

追申　時下とかく不順がち　折角御自愛祈上候
象徴詩問題なか〳〵盛に相成り申候　一昨夜三田家訪問
いたし候所　丁度象徴詩の噂最中に御ざ候らし候　読売(10)
の山《ママ》吹郊人は角田浩々氏(11)とのことに御ざ候　定めて御承
知のことと存じ候
片山正雄氏(12)本月「帝国文学」で又々なにかかくとの事に
候「象徴の詩はこれ迄東方にもありしが象徴主義を主張
せる象徴詩はこれなし」との主意とか　これは一昨夜帝
国文学会編輯所へ遊びに参り承り候話に候　マダ〳〵ど
こまで余炎あがるや不測候
呵々

注(7)　児玉花外。54頁参照。
(8)　注（1）（2）参照。泣菫は、前掲「霜月の一日」の発表以降、三月に「神無月の一夜」、「おもだか」を、一〇月に「月見草の歌へる」を発表している。
(9)　泣菫は、明治三九（一九〇六）年一月の『白百合』に「酸《シヨウ》」を発表、林外らの求めに応じた。

(10)『読売新聞』のこと。
(11)角田浩々歌客。本名角田勤一郎。詩人、文芸評論家、新聞記者。発表紙によって異なる号、筆名を使用した。「山吹」は「伊吹」の誤り。
(12)片山孤村（一八七九〜一九三三）。ドイツ文学者、評論家。「本月『帝国文学』で又々なにかかく」とは、六月から九月までの間、同誌に「神経質の文学」を連載していたことを受けての記述である。ちなみに、一二月発行の同誌には片山の「続神経質の文学」が掲載されている。

4　明治39年7月11日*

封書　巻紙　毛筆

〔封筒表〕岡山県備中国浅口郡連嶋村
薄田淳介様／親展
〔封筒裏〕東京神田三崎町／三ー一
前田林外／七月十一日
〔発信局印〕神田　39・7・11　前10ー11
〔着信局印〕備中　西ノ浦　39・7・12　ハ便

拝啓　その後はトント御無沙汰いたし候　十数日賜カタルの為め苦悩いたし候へどもふりつゞきし五月雨も晴れ病魔もさり申候　筆硯ます〳〵御健勝　文苑のため敬賀此事に候
「あやめ草」(13)に対する世間批評も一向面白からず　特に内部も花外兄の確聞するところ小生の実見によると面白からず
先は仝紙上の発刊の辞は泡鳴の執筆のよしなるがコレでは会員から出したのではなく「小生感ずる所あり此あやめ草を刊行す云々は右諸氏の詩を紹介す」といふやうの文句なり
ヨネ野口に我輩は紹介してもらうやうになつて居り候　小生等は編輯は野口氏一人に托したが「小生感ずる所ありともといふやうにして彼に紹介してもらうことではなかつたので他人は知らず小生の従来の懐抱に背馳せり又花外も敏(14)も薫(15)も露葉(16)もダレも知らぬことであらうが（大兄も御承知なからん）有明泡鳴ヨネ三氏の発起団結よりしてなりしことゆゑ三人より知る人はなからんと存じ候が「あやめ草」は如山堂より原稿料金参拾円を受領して居る　花外に一昨夜話せしに花外も知らずに居り候　小生此頃詩集発行上より如山堂主と面会すること屡々に候ひて(17)ダン〳〵此内部の消息も知れ申候　発刊の辞の泡鳴

原稿料受領等もあまり面白からずと存じ候　是意如何又如山堂の話によると大阪の書店へスコシバカリ送リシ外地方はトントデナイ「東北はイカンとき丶しに東北へは一冊もでず又注文もなしと落胆一方ならず候」将来する気かとき丶しに　原稿料ナシニして画も入れず四六版にして内容を豊富にし五号活字にでもして紙もワルキもの使用してヤレバトニカク　アノマ丶では発行する勇気は更に無し候との事　原稿料を出したか出したりとの事によりダン〳〵腐敗の兆見へ申候

元来泡鳴は我社純文社で「盗」をして告訴こそせずにゆるしてあれど刑事上の罪人であるゆゑ小生は服《ママ》中では詩人と見ず　常に「盗」と見て居り候「汝は盗人《ドルボウ》なり」との小生の書面での譴責に一言も彼は弁明する能はざりしは気の毒に候

然しながらヨネ野口が今此等盗人と組んで原稿料を花外薫敏等にも知らさざるに居るは言語道断と存じ候　貴意如何

小生花外等は此会がコノマ丶ナラバ以後は脱会するか原稿を送らぬつもりに候

貴意如何

非常の乱筆御用捨被下度又御一読の上は火中願上候(18)

七月十一日　　林外拝

泣菫様

「葛城の神」(19)二回辱中で拝読　全快の上ゆつくりと拝読いたし度候

「白羊宮」の詳評は次号に掲げ可申候(20)

注

(13) 野口米次郎が主唱して結成された「あやめ会」が刊行した雑誌。林外も明治三九（一九〇六）年三月から参加した。

(14) 上田敏（一八七四～一九一六）。評論家、詩人、外国文学者。4頁参照。

(15) 小山内薫（一八八一～一九二八）。劇作家、演出家。自由劇場を組織し、日本の新劇運動の基礎を築いた。

(16) 山本露葉（一八七九～一九二八）。詩人、小説家。本名三郎。筆号にみやま、三山などがある。東京根岸（現、台東区）の生まれ。はじめ慶應義塾（現、慶應義塾大学）に学び、後に東京専門学校（現、早稲田大学）に移るも、中退。春風会を起ち上げ『もしほ草』を創刊。児玉花外らと詩集『風月万象』（文学同志会、明治三二年六月）を出し詩壇に登場した。

(17)「詩集発行上より」とは、林外が明治三九年六月に如山堂書店から刊行した第二詩集『花妻』のことを指す。
(18) 林外には、あやめ会の内紛についての文章として、「野口米次郎君に答ふ」（『白百合』明治三九年九月）、「『あやめ会の内情』について」（『文庫』同年一〇月）などがある。
(19) 泣菫が『早稲田文学』（明治三九年七月）に発表した作品。正しくは「葛城之神」。
(20)『白百合』（明治三九年八月）に「のぼ流」の署名で「『白羊宮』を読む」が掲載されている。

5　明*治39年7月25日

葉書　毛筆

〔受信者〕備中国浅口郡連嶋村／薄田淳介様
〔発信者〕東京市神田区三崎町三ー一／前田儀作
〔発信局印〕神田　39・7・24　前10－11
〔着信局印〕備中　西ノ浦　39・7・25　ハ便

前略　おはがき只今拝承　小生病軀の上より湯本温泉に過日来湯し居り候處そこは絃歌旅館に充ち到底永く滞在しがたくして帰家仕候(21)　かの件発案は泡鳴(22)有明の二氏野口氏之を諾し三氏の計画と存じ候　上野精養軒で会合せしは先づ発会式の如き体で編輯は野口氏に一任するとのことのみで外に何等話なし　書肆には野口氏交渉（発会成前に）せしよしで発会成は如山落ち候」小生過日旅行せんとするとき野口氏来訪、如山と手をきり第二は佐久良書房より発行すること丶なりしよしに候（泡鳴氏交渉のよし）　氏とのやり方が詩の尊厳と詩人の品位を毀損せねばよいが野口氏泡鳴氏らは詩の前に自重せねばならぬと思ふ）恰もよし相馬氏(23)が次号集会であやめ会を攻撃するとのことに候　野口氏も大閉口いたし居り候二号でよしたいと申居り候
梁川氏危篤のよしに候(24)　小生未だ見舞す《ママ》候へども今度はムツカシイとの事に候

注(21) 明治三九年八月発行の『白百合』の「社告」に、「前田林外氏は東北旅行中発病、去月下旬一端帰京せしが二日頃療養の為め箱根蘆の湖へ赴くべし」とある。
(22)「泡鳴」は岩野泡鳴（注（5）参照）。「有明」は蒲原有明のこと。
(23) 相馬御風。62頁参照。書簡中にあるとおり、「野口米次郎君に与ふ」を『白百合』（明治三

九年一〇月）に発表している。これは、御風が「△×生」の筆名で同誌八月号に「『あやめ草』を読む」を発表したことに対し、野口が九月号で反駁したため、今度は「相馬御風」の名で発表したものである。なお、注（18）にあるように、九月号では野口の反駁文の直後に前田林外「野口米次郎君に答ふ」も載せられている。

（24）綱島梁川（一八七三～一九〇七）。宗教思想家、評論家。本名栄一郎。『小天地』には創刊号から「賛助員」として参加した。若くして肺結核に罹患。明治四〇年九月一四日に三五歳で亡くなっている。

三木天遊《みきてんゆう》　明治8（一八七五）～大正12（一九二三）年

兵庫県赤穂町（現、赤穂市）で、明治八年に生まれる。本名猶松。詩人、小説家。別号に天友、未奇庵、雪衣、楽天遊など。祖父は海運業を営み、藩主に匹敵するほどの財を築いた。父は村政に関わっていたが、天遊の五歳の時に大阪に転居し、薬種業と茶問屋を開業した。東京専門学校（現、早稲田大学）に学び、坪内逍遥の指導を受ける。『早稲田文学』、『文藝界』等に詩作を発表。その後、大阪に戻り、薄田泣菫、菊池幽芳、平尾不孤などと交わり、関西青年文学会を結成し、『よしあし草』の創刊に関わった。明治三〇（一八九七）年一〇月に『小天地』が創刊されると活躍の舞台をそこに移した。明治三五（一九〇二）年自ら『小柴舟』を創刊し、詩、短歌、評論、小説など多彩な展開を見せた。晩年は文壇とも没交渉であったという。大正一二（一九二三）年九月一日を境に消息が不明となったことから、関東大震災にて遭難死したとされている。繁野天來との共著詩集『松虫鈴虫』（東華堂、明治三〇年）、小説『鈴舟』（春陽堂、同年）などがある。

（庄司達也）

1　大正2年1月2日*〔年月推定〕(1)

封書　巻紙　毛筆

〔封筒表〕薄田様／三木生

〔封筒裏〕金尾君に□□　二日

新年おめでたう
常ひころより失礼に候　□小生昨日来風邪の気味にて打臥せり　御光来を願ひ置きし遣　右の通に付不悪御思召可被下候
先は好便故一筆

てんいう

きうきん様

毎日へ入社の由(2)　忝もめでたし

注(1)　本書簡は持たせ文でもあり、年、月が不明だが、書簡中に新年の挨拶があること、薄田泣菫の大阪毎日新聞社への入社に触れていることから、大正二（一九一三）年一月の発信と推定した。

(2)　泣菫は、大正元（一九一二）年八月に大阪毎日新聞社に入社している。

三木露風《みきろふう》

明治22（一八八九）〜昭和39（一九六四）年

明治二二年六月二三日、兵庫県（現、兵庫県龍野市）に生まれた。本名は操。別号に蘿風。幼い時に父の放蕩のため母が実家に帰り、それ以後祖父方の家で育てられる。幼い頃から『少国民』、『文庫』、『新声』などに散文や新体詩を投稿し採用される。岡山県にあった私立中学校関谷黌に学んだが退学、その記念にと詩歌集『夏姫』を自費出版する（血汐会、明治三八年七月）。明治三九年に生田長江に推され『芸苑』に寄稿。同時期、加藤介春、野口雨情らの早稲田詩社の結成に加わっている。この頃既に、『早稲田文学』、『中央公論』、『文章世界』などに寄稿しており、旺盛な創作活動を展開していた。

詩集『廃園』（光華書房、明治四二年九月）の刊行により詩壇での地位を獲得する。明治四五（一九一二）年には北原白秋との合著『朱欒』でさらに評価が高まった。大正に入っても勢いはつづき、日本の象徴詩を代表する、また自身の代表作ともなる『白き手の猟人』（東雲堂書店、大正二年九月）、『露風集』（同、同年一二月）などが刊行された。翌大正三年二月、西條八十、柳沢健らと未来社を興し、東雲堂から雑誌『未来』を創刊した。翌四年には、河井酔茗らにしたがい上田敏、野口米次郎らと共にマンダラ詩社の結成に参加する。この時期、北海道函館のトラピスト修道院を初めて訪ね、大正六（一九一七）年七月には再訪している。

大正七（一九一八）年一月に鈴木三重吉が創刊した『赤い鳥』に童謡を発表している。大正九（一九二〇）年、トラピスト修道院に文学、美術などの科目を担当する教員として着任する。また、この年に牧神会を組織し、雑誌『牧神』を創刊、齋藤勇などと活発に創作活動を行った。大正一一（一九二二）年には妻と共に受洗し、霊名をパウロと称した。執筆活動も幅広く展開し、童謡集、詩集、修道院生活を綴った随筆集など多岐にわたっている。昭和二（一九二七）年一月には、ローマ教皇からシュバリエ＝サン＝セプクル勲章、ホーリーナイトの称号が与えられた。昭和三（一九二八）年には月刊詩集「高踏」を創刊、毎号「詩の言葉」を連載し、衰えぬ創作欲を見せた。昭和三八（一九六三）年紫綬褒章を受章。翌昭和三九（一九六四）年、交通事故により死去、享年七六歳であった。

（庄司達也）

1　明治43年以前11月23日*〔年推定(1)〕

封書　封筒欠　原稿用紙（株式会社　隆文館用箋）ペン

謹啓　時下益々御清祥奉賀候　偖甚だ突然ながら雑誌新声(2)事来春一月号を以て聊か面目を改め度と存じ種々苦心在罷候て就ては御多忙中寔に恐縮の至りに御座候へ共何卒玉稿詩一篇御寄稿被下間敷候や　折入りて御願に及び候

追而原稿は新年印刷物取急ぎのため来月五日頃に〆切度と存候へば何分に御高察被下二三頃迄に頂戴仕り度失礼ながら書面を以て御願申上候　匆々不備

十一月二十三日　三木露風

薄田泣菫様／侍史

注（1）　雑誌『新声』への寄稿を求めていることから、ここに配した。注（2）参照。

（2）　新声社が創刊し、後に隆文館が発行した文芸雑誌。明治二九（一八九六）七月に創刊、同四三（一九一〇）年に終刊した。詩の方面では蒲原有明の選した新体詩に特色を認めることができる。詩壇への登竜門の一つとなった。

2　大正6年5月31日*

封書　巻紙　毛筆

〔封筒表〕摂津国西ノ宮町／川尻／薄田淳介様

〔封筒裏〕東京市外池袋／四七五／三木操

〔破損〕月卅一日

〔発信局印〕三田　6・5・31　后10－12

〔着信局印〕西宮　6・6・2　前0－□

拝啓

其後　心ならず寔に御無沙汰いたして居ります　御海容願上げます　さて此頃詩の方は返つて混乱の有様にて貴□の前にも甚だ愧おる次第に存じます　御承知の「未来」(3)は手薄な物ではありますがともかく詩を中にしてやつてまゐります　長い目を見てと思つて居ります　宝塚の方の□□に居る原田潤(4)それから石井(5)と申す男も自分はよく存じてをります　それであなたの歌劇のテキ

スト⑹の事をいつぞやから聞きました　若しも其御作を自分共の「未来」に掲載を御許し願へますまいか　然ういふことが願へれば此上もなく仕合せたと存じましてこの手紙を書くことに致しました　新聞なぞに既に御発表になつたものかと思ひます　既にさうでありましても新に歌詞をおかへになる節も或は思召によつて無いとも限りませんし又さうでなくとも新聞に一二度御発表になつた物を詩の雑誌に御発表下すつても差閊へはなき様に存じます　どうか此事を御聞入れのほどを折入つてお願申上げます　次に又御感想の一端でも此雑誌の為にお洩らし下さいますれば元よりそれは望外の悦びでございます　併せてお願をしてみます　走筆お宥を請ふ

敬具

五月卅一日　露風

薄田泣菫様／御侍史

注(3)『未来』は、三木露風が西條八十、柳沢健らと起こした未来社が、大正三年二月に東雲堂から創刊した詩を中心とした機関誌。象徴主義に傾倒する詩人に加え、山田耕筰などの作曲家が参加したことに特徴がある。

(4)「原田潤」は歌手、作曲家、指揮者。昭和二一（一九四六）年没。東京音楽学校を明治三九年年に卒業する。大正五年に宝塚歌劇に入団。同八年に宝塚歌劇の宝塚学校を創設する際に、教師として招かれた。その後、松竹が松竹少女歌劇団を結成する際に移籍した。戦時下には、児玉花外の作詞による「大原の陥落」の作曲者としても知られる。

(5)舞踏家の石井漠のことか。明治一九（一八八六）年～昭和四五（一九七〇）年。本名、石井忠純。明治四四年、帝劇歌劇部第一期生となる。大正五年には、山田耕筰の移動劇団「新劇場」に参加した。原田潤と同じく、一時期宝塚歌劇に教師として関わっていた。

(6)未詳。

3　*大正8年8月13日

封書　巻紙　毛筆

〔封筒表〕大阪市／大阪毎日新聞社／薄田淳介様

〔封筒裏〕東京市外雑司ヶ谷亀原一番／三木操／八月十三日

〔発信局印〕〔破損〕8・14〔破損〕-4

〔着信局印〕大阪中央　8・8・15　后0-1

拝啓
大阪では帰る迄に今一度お目にかゝり度いと存じました
が折がなくて残念でした
演奏会のあつた翌日山田(7)と六甲山(8)へ登りそこで一夜を明
し自分丈京都へ来て京都に一泊して後帰京しました　秋
までにはもう一度行き度いと思つてゐます
小説(9)は十回程纏めてから初めにそれ丈をお送《ママ》したい考で
す
秋から出す「詩と散文(10)」初号に御寄稿をお願いたします
これは折入つてどうかお願いいたします
八月十三日
露風
薄田泣菫様／侍史

注(7)　山田耕筰のこと。作曲家、指揮者。
(8)　「六甲山」は、神戸市の北側にある山。六甲山地の最高峰、標高は九三一メートル。行楽地として賑わう。
(9)　未詳。
(10)　『詩と散文』は発行されたことが確認されていない雑誌である。この翌年（大正九年）一月、三木露風は、山田耕筰らと詩と音楽の同人誌『牧神』を刊行する。ただし、この雑誌には泣菫の創作は掲載されていない。

4　大正10年7月1日*〔年推定(11)〕

封書　便箋　ペン

〔封筒表〕〔大〕阪市東区大川町／〔大〕阪毎日新聞社編輯局／薄田淳介様
〔封筒裏〕北海道上磯郡当別／トラピスト修道院　三木操／七月一日

謹啓
先週火曜日の夜　東京にてアルスに会つた時　泣菫詩集
を出版いたし度き希望ありて手紙を其日に出したとのこ
とを聞き　よろこびました　自分からもおすゝめして見
ようと申しましたがかれこれして今日に及びました　歴
史的の詩人の作品を後に伝へる栄誉をアルスが負ひ度い
といふのぞみは尤もに思ひます　どうか此意気を□して
切望を御容れになり全詩集を御纏めになりますやう御
すゝめ申上げます

春陽堂から出て居ます詩集[12]の版権につき先年御しらせしましたやうに当時あの店の重な地位に居た本多氏に話をして一日二日経てから差支ないといふ返事に接したことがあります、昔から御関係の密接な金尾[13]はいかゞですか、全作集となると他の場合と異り以前部分的に出てゐるもの、版権は顧みないでも宜しいやうになつてゐると思ひます　残る所は情誼上の問題ですが金尾さんが直ぐ出さないやうですとアルスに御委せ可然く存じます　最早其話は決つてゐるかどうか分りませんがともかく申上げて置きます
山田耕作君[14]に会ひましたら大阪の話が出ました、薄田さんの御蔭を蒙つてゐることが大きいと申してゐました
御健勝を祈ります　　敬具

七月一日　　露風

泣菫様／御侍史

注（11）後出の書簡5の内容からの推定。
（12）泣菫の第三詩集『二十五絃』（春陽堂、明治三十八年五月）のこと。なお、後出の「本多氏」は未詳。
（13）金尾種次郎（文淵堂）のこと。
（14）注（7）参照。

5　大正10年8月7日〔年推定[15]〕

封書　巻紙　毛筆

〔封筒表〕大阪市東区大川町／大阪毎日新聞社
薄田淳介様
〔封筒裏〕北海道上磯郡当別／トラピスト修道院
三木操／八月七日
〔発信局印〕〔判読不能〕〔破損〕□・8・9〔判読不能〕

啓上
炎暑の折柄御壮健で御座いますか伺ひます
八月三日の大毎夕刊「きのふけふ」[16]といふ欄に出てゐる小生に関する記事を読んで苦笑いたしました　あゝいふことは謬伝だといふ事丈申上て置きます
今日アルス[17]からまだ泣菫全集の御承諾を得ないで心配だと申して参りました　そこらが薄田サンらしいと思つたりしました　併し御作は此際全部を御纏めになります様に御すゝめ申上ます

二十五弦《ママ》や白羊宮[18]の如き立派なクラシックを湮滅させて
了ふ様なことがあつてはならないと思ひます
御自分でなさらなければ理解のある与謝野[19]さんにでも編
纂を御依頼になつてはどうかと思ひます
是非共全集を御薦め申上げます

敬具

八月七日

三木露風

薄田様／御侍史

注(15)　本書簡は年が不明であるが、『大阪毎日新聞』「きのふけふ」の記事（注（16）参照）に言及していることから、大正一〇年と推定した。

(16)　『大阪毎日新聞』（夕刊）一面に掲載されていた短信コラムのこと。書簡にある日付の記事には、三木露風が伊藤（柳原）白蓮に「今後十年間毎月十円」を手切れ金として払うことを求めていることが載せられている。

(17)　アルスは、北原白秋の弟北原鉄雄が経営した出版社。

(18)　『二十五絃』は泣菫の第三詩集、注（9）参照。『白羊宮』は明治三九（一九〇六）年五月に金尾文淵堂から刊行した詩集の名。

(19)　与謝野鉄幹（寛）。162頁参照。

6　大正12年1月9日*

〔封筒表〕兵庫県／西ノ宮町字川尻／薄田淳介様　　封書　便箋　ペン
北海道上磯郡／石別トラピスト修道院
三木操
〔発信局印〕〔判読不能〕12・1・10　前0-3

拝啓
昨年は久々にて御目にかゝり喜びを感じ申候　帰院以来予てお約束の原稿を果たさむと存じ新春に入りてより執筆　目下六回ばかり書き申候
題は「修道院生活の実際と其意義[20]」章を分け大概一回毎にその部分の見出しを変へ候　今二三回書き進めたるところにて　一先づ御手許まで御送附可致候　本社貴下宛に差出すべく候
之の間書かざりしもの　昨秋十月その一端を早大にて講演[21]したる外決して書かざりし御約束の原稿を書き上ぐるに至りたるは喜びに御座候

これも貴下が小生の知己であると大毎が小生の好む新聞であるとに依り候　決して御期待にそむく事無きやうにと存居候　不取敢御報申上候

匆々頓首

一月九日

露風

泣菫様／侍史

注⒇　『大阪毎日新聞』に大正一二年四月二二日から五月一三日まで二〇回にわたり断続的に連載された。

(21)　安部宙之介『続・三木露風研究』（木犀書房、昭和四四年五月）に、「早稲田大学で、千余の聴講者に講演。その結果、全年十二月六日、全大学内にカトリック研究会の発会式を見ることになった」とある。

7　大正12年1月23日*

〔封筒表〕　兵庫県／西宮町字川尻
薄田淳介様／御直披

封書　便箋　ペン

〔封筒裏〕　北海道上磯郡／トラピスト修道院
三木露風／一月廿三日

〔発信局印〕〔判読不能〕　12・1・23　前0‐8

拝啓

先刻当地の郵便局から書留にて本社貴下宛原稿[22]を御送りいたしました　十二回分で御座います　後は日々執筆致しまして滞らず御送りいたします

全体ではどれくらゐの回数になりますか分りませんが御約束した十五六回を或は超過するかもしれませんに付どうか御含み置き下さいまし　有識階級ばかりでなく一般に修道生活の何物なるかを知らしめ度いと思ひますのでなるべくこれを御掲載下さる前御予告願ふとい丶と存じます　これは荊妻の発案で申上げます

これを執筆するために夜一時くらゐまで起きてゐるやうな事も御座いました　次に御報らせ申上たいことがございます　それは頃日大毎に掲載されつ丶ある松村博士の「科学と宗教戦」[23]に就てゞす、あの文章は昨年九月末札幌から発行される新聞「北海タイムス」[24]に連続掲載されたのと同じ文です　試みにその切抜と大毎の一日分とを（きりぬいて）併せて御送附して見ます

此文が東京日々に掲載され初めた時　東京の友人から

「あの松村博士の「科学と宗教戦」は北海道の新聞に出たのと同じかどうかと尋ねてまゐりました　小生は東京日々を見なかつたので果して同じであるかどうかを決定し兼ねて居りました　然るに大阪毎日によつてその全く同じである事を発見したのです　これは何といふ不都合なことでしよう、なほ不都合はそれに、とゞまらないのです、博士の此論の大部分ウエルス[25]を抄訳したもので独創の議論ではないことです、実は此文が初め「北海タイムス」に掲載され初めたころ札幌へ講演にまゐる間際に執筆した小生の弁駁書があります　ほんの短いものですが友人小野実[26]の同趣意の文と併せて小冊子に東京の本屋がしたのがありますから御送附します　この扉に書かれた書肆の主人の言葉を本文とを御覧下され且又御送りした切抜について御調べ下さるやう願ひます

たゞ小生の憂かるところは博士の宗教抹殺論があまり多くの知識を有たない人々を誤まらせはしないかといふことです　殊に二つの大新聞に掲載されたことは痛いことです　が神の正義を信ずる私は却て博士の僻論を是正し切る機会を多くなほ持つことが出来るであらうと存じます　先は送稿の御通知かた〴〵右迄

敬具

三木露風

薄田淳介様

注(22)　書簡6にある「修道院生活の実際と其意義」のこと。

(23)　「松村博士」は、北海道帝国大学農科大学教授で昆虫学者であった理学博士、農学博士の松村松年のこと。「科学と宗教戦」は、『大阪毎日新聞』では大正一二年一月一六日から三一日まで二回の休載をはさんで計一三回にわたって連載された。

(24)　『北海タイムス』では大正一一年九月二〇日から二九日まで断続的に掲載された（計五回）。前出の『大阪毎日新聞』連載の記事は、これに加筆と訂正を加えたもの。後出の「弁駁書」は、この連載を批判して露風が同紙に発表した「聖会の為の弁護」（大正一一年九月三〇日、一〇月一日）のことか。同紙に掲載された同様の批判は露風の外にも小野村林蔵「『科学と宗教戦』を読んで」（大正一一年一〇月二日、三日）、同「ウエルスの為めに」（同月一〇日、一一日）がある。また、『大阪毎日新聞』での松村論文連載終了後、蘆田慶治による「私の宗教的見地から」（大正一二年二月六〜一六日）が連載された。

（25）「ウエルス」は、ハーバート・ジョージ・ウェルズ（一八六六―一九四六）小説家、歴史家のこと。松村は、「科学と宗教戦」に対する諸家の批判を受け、「科学上より見たる宗教」を『小樽新聞』に連載するが（大正一〇年一〇月七日～一六日）、その冒頭で、「科学と宗教戦」がウェルズの"The Outline of History"（邦題『世界史大系』など）の部分の抄訳であると綴る。前注（20）にある小野村「ウエルスの為めに」は、「科学上より見たる宗教」の初回記事を読んだことから綴ったもの。なお、松村が『小樽新聞』での初回にウエルスの著書の翻訳であることを記していたが『北海タイムス』の記者によってその部分が削除されたと記したことに対して、同紙記者の本田勇が「松村松年氏に与ふ」（『北海タイムス』大正一一年一〇月一〇日）で反論している。

（26）三木露風が主宰した同人誌『牧神』の同人、小野不乱のこと。

8　大正12年2月3日〔年推定(27)〕

封書　巻紙　毛筆

〔封筒表〕大阪市北区堂嶋裏二丁目
大阪毎日新聞社編輯局／薄田淳介様
〔封筒裏〕北海道渡嶋上磯郡／トラピスト修道院
三木露風／〔破損〕月三日
〔発信局印〕〔判読不能〕□・□・3〔判読不能〕－9

啓上
只今「修道院生活の実際と其意義」の続稿三回分（十六、十七、十八）御送附申上候　一回は常に四枚又は五枚に相成　一章を一日のつもりに致あり候
目下議会の記事副《ママ》湊の折柄(28)時々御掲載は困難かと存候
されど羅馬使節問題(29)等に間接に善き了解を与ふる一助とも相成らば幸甚に付　なるべく議会開会中引つゞき御掲載希望仕候
なほ後は余り長くなりても如何あらむかと存ぜられ候に付もう三回分位にて取纏め度と存居候
右まで

二月三日

匆々敬具

三木操

薄田様／侍史

注(27)「修道院生活の実際と其意義」への言及があるため、書簡6、7と、作品の掲載年から推定した。
(28) 国会の開会中で、連日の紙面には国会関連の記事が多く掲載されていた。
(29) ローマ法王庁に国として使節を派遣するとの政府提案があり、野党側から猛烈な反対を受けていた。

9　大正15年9月23日*

封書　巻紙　毛筆

〔封筒表〕兵庫県西宮市／字川尻
薄田泣菫様
〔封筒裏〕東京市外戸塚町／上戸塚三七五
三木露風／九月廿三日／緘
〔発信局印〕15・□・22　后□-10

啓上
漸く秋涼に入候所其後御清祥被為在候　御様子欣ばしく
存候　先刻御高著「太陽は艸の香がする」[30]を御恵贈被下
難有存候　未だ十分に拝見不致候へ共詩人としての貴兄
の御気稟の豊かなる御表現有之を見申候
一ヶ年程の間に於ける御随筆としては量の多きに感じ入
候　閑を得て寛々味読致度と存居候
先は御礼迄
敬具
九月廿三日　三木操
薄田泣菫兄／侍史

注(30) 大正一五（一九二六）年九月にアルスから出版された泣菫の随筆集。病を得た後、口述筆記によって書き溜めてきた作品をまとめた一冊。

水落露石《みずおちろせき》　明治5（一八七二）～大正8（一九一九）年

俳人。愛書家。明治五年三月一一日大阪市で生れる。幼名義弌。家業の小間物問屋を継ぎ、庄兵衛の名を襲名する。明治二六（一八九三）年高安月郊、従兄弟の武富瓦全と雑誌『一点紅』を創刊したという。同誌には月郊の翻訳などが掲載された。

明治二七（一八九四）年二月、正岡子規に手紙を送り、以後師事する。翌年高浜虚子に会い、寒川鼠骨、中川四明を知る。明治二九（一八九六）年四月、九州旅行の途次、松山から熊本に転任する夏目漱石と出会い、漱石とともに熊本へ行く。九月、鼠骨、四明らと京阪満月会を起こす。明治三〇（一八九七）年二月一八日上京し、子規を訪問。五月『ホトトギス』に「富貴草」、六月「蕪村の原稿」（『ホトトギス』）を発表。一二月二四日に根岸庵で開かれた蕪村忌には天王寺蕪を届けた。

明治三三（一九〇〇）年一月、鹿田松雲堂が開催した蕪村忌展覧会に行き『蕪村句集』を見て譲渡を交渉したが不成立、筆写して『蕪村遺稿』（鹿田松雲堂、明治三三年一一月）と題して上梓した。明治三五（一九〇二）年二月、『ホトトギス』に「大魯句集」を、一一月に「西村定雅」を発表。明治三六（一九〇三）年一二月『宝船』に「下村春坡」を、明治四〇（一九〇七）年一一月には几董について「菊の宿と松苗集」を発表するなど、蕪村やその周辺の俳人についての俳論も多くものし、俳書を中心にした蒐集家としても知られた。

明治四二（一九〇九）年から『大阪時事新報』の俳句選を担当し、同年一〇月、小山暁杜らと「下村春坡百回忌紀念俳書展覧会」を開催。この頃より、碧梧桐の新傾向俳句に近づき、碧梧桐主宰の『海紅』同人となった。

大正二（一九一三）年三月、下萌会を起こし、高安六郎、中井浩水などが参加。『下萌集』（一九一五）を刊行した。大正八（一九一九）年四月一〇日没。没後、子の水落京二により『蛙鼓』（一九二〇）、『聴蛙亭雑筆』（一九二二）が編まれた。また二十五回忌を機に、『露石句集』（一九四三）が編まれ、高安月郊と高浜虚子が序を寄せた。

『ふた葉』創刊号（明治三二年一月）には露石の句が掲載されており、月郊や金尾種次郎らのネットワークの中で泣菫は出会い、親しく交流したものと思われる。

（掛野剛史）

1　明治36年1月1日*

葉書　毛筆
〔受信者〕東区南本町四丁目角金尾氏方
　薄田泣菫様
〔発信局印〕大阪船場　36・1・1　前0－40

賀正
大阪東区南久宝町二丁目九〇
　水落露石〔以上印刷〕

2　明治38年8月21日*

絵葉書〔頭巾を着け、右手に杖を持つのお紺の絵〕毛筆
〔受信者〕備中浅口郡連嶋村　薄田泣菫様
〔発信者〕大阪東区南久宝寺町二丁目
　水落露石〔蛙が笠を差す印〕
〔発信局印〕大阪船場　38・8・21　后9
〔受信局印〕備中西ノ浦　38・8・22　ロ便

朝顔のしほみながらも色見ゆる〔以上朱筆〕
啓復　水落君を訪問いたし候　こん晩までも月待可仕候
打絶御無音　唯いま詞兄をとひたる帰途なりけり　露石
鼓村兄来遊　一寸いたづらを御覧に入れ候
南勢山田なる林崎文庫[(1)]所蔵　正続聞くまゝの記[(2)]第四十ノ巻所載おこん[(3)]老後の像
乙巳八月そこに遊びて臨写

注
(1) 林崎文庫は貞享三（一六八六）年に伊勢神宮に内宮文庫として設立され、のち林崎の地に移転して林崎文庫と称した。明治維新後は神宮文庫に蔵書が移管された。
(2) 高松藩に仕え、家老などの要職に就いた木村黙老（一七七四～一八五六）がまとめた随筆集「聞まゝの記」のこと。内容は政治の記録、市井の珍説奇談など多岐にわたる。
(3) 寛政八（一七九六）年、伊勢の妓楼油屋で、酒に酔った客が数人を殺傷した油屋騒動の発端となった遊女がお紺。後に事件を題材に歌舞伎が書かれて広く知られた。

3　明*治38年9月17日

絵葉書〔木々の間に見える月と山の絵〕　毛筆
〔受信者〕　備中浅口郡連嶋　薄田泣菫様
〔発信者〕　大阪　水落露石
〔発信局印〕　□□　3□・□・□
〔受信局印〕　備中西ノ浦　38・9・17　ロ便

名月や
　くさの小道の
　　落しもの
蕎麦畑を
　更けて
　　人ゆく
　　　月夜かな
　　　　露石
塀越しの月
明治乙巳仲秋
　京紫野大徳寺真珠庵に遊ぶ　写生　R、M

4　明*治38年9月24日

絵葉書〔浪花名物　安堂寺町中橋筋角　紀州曽葉〕　毛筆
〔受信者〕　備中浅口郡連嶋　薄田淳介様
〔発信者〕　大阪東区南久宝寺町二丁目
　水落露石〔蛙が笠を差す印〕
〔発信局印〕　□□　□・□・24　后12
〔受信局印〕　備中西ノ浦　38・9・25　ロ便

その後御動静如何　このほど東京にて遊び申候
　乙巳菊月念四
　　　　露石
泣菫兄／案下
更科のはなしもいずる月夜かな

5　明*治38年11月5日

絵葉書〔如月会発行　ヱハガキタイクワイキネン〔孔雀の絵〕〕　毛筆

〔受信者〕京都寺町升屋町五
鈴木鼓村氏方　薄田様
〔発信者〕大阪東区南久宝寺町二丁目
水落露石〔蛙が笠を差す印〕
〔発信局印〕□□　□・□・□　□
〔受信局印〕京都　38・11・□　ロ便
〔受信局印〕備中西ノ浦　38・11・7　ロ便
〔「備中国浅口郡連島村　薄田淳介へ　御配達有之□りや　鈴木鼓村」と付箋して転送〕

その後は御無音打過し居候
御寸暇に御来翰相待入候

露石

泣菫学兄／案下

乙巳十一月五日

記念の物

6　明治39年1月1日*

〔受信者〕備中浅口郡連嶋村　薄田泣菫様

葉書　毛筆

賀正　水落露石〔赤地に黒色の判と馬の切り絵〕
〔発信局印〕大阪船場　39・1・1　前0－5

7　明治39年9月11日*

〔受信者〕備中浅口郡／連島
薄田淳介様
〔発信者〕大阪東区南久宝寺町二丁目　水落露石〔蛙が笠を差す印〕
〔発信局印〕大阪船場　39・9・11　前11－12

さゝどりくわい　課題　名物

丙午九月十日庵にて

成友[4]　真砂[5]　露石　有翠[6]　餘霞[7]　瓦全[8]　柏[9]　水[10]

注（4）幸田成友（一八七三～一九五四）。歴史学者。幸田露伴の弟。明治三四年から四二年まで大阪市史編纂に携わり、大阪にあった。愛書家としても知られ、露石らとの交流があった。

（5）浜真砂（？～一九一一）。本名和助。現在の

高槻市出身。大阪東区で質屋を営んでいた。愛書家として知られる。六六歳没。

(6)永田有翠（一八六七～一九二二）。本名好三郎。鴻池銀行の家に生れる。俳句をよくし、露石らで結成された俳句会下萌会にも参加。愛書家としても知られる。没後、弟の小山田松翠が編集して『懐古』（大正一一年）が出された。

(7)鹿田餘霞（一八七六～一九〇五）。古書肆鹿田松雲堂の三代目主人静七。

(8)武富春二（一八七一～一九一二）。号瓦全。露石の従兄弟で俳句仲間。明治二九年露石らとともに京阪満月会に参加。没後露石が『瓦全遺稿』（明治四五年七月）をまとめた。

(9)石井柏亭（一八八二～一九五八）か。画家。『明星』に挿絵を寄稿。この頃は大阪で病気療養中で俳句を試みている。

(10)中井浩水（一八八二～一九五九）か。本名新三郎。天王寺中学、早稲田大学卒。大坂時事新報などに新聞記者として勤めた。愛書家としても知られる。

8

明*治40年1月1日

葉書　毛筆（表書のみ）

〔受信者〕京都寺町通鞍馬口下る高徳寺町
　　薄田淳介様

〔発信局印〕大阪船場　40・1・1　前0-5

元日やくさの小庭の松柏
国栖の奏梅の古根にかしこまる
無造作のむかしめくゑや小羽子板
棚卸や竹馬の児のかけりゆく
大服やほゝゑむ父か古袴

丁未元旦

水落露石〔以上印刷〕

9

明*治42年1月1日

葉書　毛筆（表書のみ）

〔受信者〕京都下長者町室町西入　薄田泣菫様

〔発信局印〕大阪船場　42・1・1　前0-6

賀正　己酉元旦　水落露石

〔鶏の絵　以上印刷〕

10　大正3年3月15日*〔年推定〕

封書　原稿用紙（内洛二米トヨ製）毛筆
〔封筒表〕大坂市東区大川町／大坂毎日新聞社内
薄田泣菫様／御直披
〔封筒裏〕府下泉北郡／浜寺公園／羽衣松南本町
水落露石
〔発信局印〕大阪□□　□・□・15　□□-□
〔受信局印〕□□□央　3・3・□　后□-□

もう春だわいと油断してゐるとまた冬にあと返りするけふ此頃の不順さ　丁度さういふ風に私の病気も癒りかゝつては又後返り
　我わ我をあはれむや
　　また冴返る不安さに
やつとの事無理をして□□三日めに日光にふれてこゝへ来ました
高安百合子君[11]の演奏会の事にてご尽力下さるゝ由　季子君[12]より承り升た　私も月郊君にかねての口約も有　不及ながら充分はたらき度いものと考へてをり升が何分唯今の病人ではわるくすると培屋君[13]や古香君[14]の御仲間入をしさうな気持に成升
併し五月に延期されたさうですから　それ迄にはどうにか全快したいものと祈つて居升　ソシテ百合子君の為に多少とも御力添えが出来る様に成るならば　私自身にも幸福です
百合子君音楽会の事にて用事があるなら　こゝへ御通信下さるゝ様　高安やす子季子両君へ御出会之際御つたへ置き願ひ升
「毎日」近来の「日曜附録[15]」は中々ふるつてゐ升ね　多分はあなたの御主宰でせう　「最初の印象[16]」あれは屹度あなたの御筆でせう　その皮肉り方が君だとうなづかれる　間違つてたら御ゆるし下さい
草庵□□□の書斎からガラス戸越しに海に面してゐ升
床には蕪村の手紙[17]　几董が来てゐるから游びに来よと梅亭にあてたもの　□□□と木瓜とバイモの花を一草亭式[18]に投げ入れ升て　床縁の棚には与謝野君[19]から恵まれたロダン翁自署のある写真の額と　柏斎氏[20]にもらつたグレコローマ、テラコタの首を安置してみ升たら　純日本式とハイカラとが意外に調和して心地よいです
かくて当分は浜寺の住人、松籟と涛声と名も知らぬ百鳥の啼音とを伴侶として安静に日を送り度いと思つてゐ升。

くだらぬ事を長く成升た　草々

やよひ十五日

ろせき

薄田仁兄

注(11) 高安百合子は高安月郊の長女。幼少期からピアノを習い東京音楽学校を卒業。ピアニストとして活動し、音楽家の弘田龍太郎と結婚した。一八九二年三月生まれで当時二二歳。

(12) 不詳。

(13) 藤井培屋（一八六七〜一九一三）。本名熊の助。京都にあって家業に従事。露石、月郊、泣菫らと交流をもち、連句俳句を良くした。露石はその死に際し「悼培屋藤井君」（『ホトトギス』大正二年九月）を書き、『培屋遺稿』（大正七年七月）を編集した。

(14) 杉林（浅野）古香（一八八一〜一九一三）のこと。京都の蒔絵師の家に生れ、京都美術工芸学校漆工科第一期生の蒔絵師。明治三七年、津田青楓、西川一草亭らと小美術会を結成。美術雑誌『小美術』を刊行した。

(15) 「日曜倶楽部」という『大阪毎日新聞』の日曜日発行に設けられていた、おおよそ二頁分の文化欄のこと。

(16) 「最初の印象」は『大阪毎日新聞』の「日曜倶楽部」に「かいつぶり」の署名または無署名で断続連載されたもの。大正二年二月一日の「最初の印象一　勝海舟翁」がはじめて掲載されたもので、以後毎週日曜日に八回掲載された後、改題して「忘れぬ人々」として四回掲載された。

(17) 露石は『蕪村遺稿』（鹿田松雲堂、明治三三年一一月）を編むなど、蕪村資料を収集していた。『蕪村全集』五巻および九巻（講談社、二〇〇八年一一月、二〇〇九年九月）に収められた書簡には梅亭宛のものが三通あるが、この記述に該当するような書簡はない。

(18) 西川一草亭（一八七八〜一九三八）のこと。京都の華道家の家に生れ、大正二年父の死により去風流家元を継ぐ。津田青楓は弟。著書『生花の話』（大阪毎日新聞社、大正一二年七月）は、泣菫の勧めによりまとめられたもの。

(19) 与謝野寛（一八七三〜一九三五）のこと（162頁参照）。与謝野生「名残の巴里（二）」（『東京朝日新聞』大正二年一月二一日）には「ロダン翁を訪うて翁の手紙を受取つた大阪の水落露石君の伝言抔を述べ、同君から託された恵斎漫画集を呈した」とあり、ロダンとの間にやり取りがあったと思われる。

(20)　大国柏斎（一八五六～一九三四）。工芸家。名は大吉。父の跡を継ぎ大坂にあって鉄瓶や釜などを製作。泣菫「饒舌」（『文芸春秋』大正一五年一〇月、後完本『茶話』に収録）に「釜師としての伎倆は、まづ当代独歩」と出てくる。

11　大正3年3月29日*

封書　巻紙　毛筆

〔封筒表〕大阪市東区大川町／大阪毎日新聞社
薄田泣菫様／御直披

〔封筒裏〕浜寺公園／羽衣松南
水落露石
三月念九日

〔発信局印〕大阪□□　3・3・29　后3-6

病中
乱筆
御ゆるし
御直読を
願ひ升

春らしいよい時季に成り升た　この間さし出した手紙は御よみ下さつた事と存じ升
けふの日曜附録もおもしろく拝見し升た　ズーダーマン訪問記[21]　かういふ偉人の訪問記にすくなからぬ興味のあるもので私は最も好み升　それから無駄話[22]といふ中に柳原君[23]の表札めくりの事が書いてあり升が　まことに懐古の情に堪えませぬ
その頃私は丁度養痾の為京にをり升て　高安君[24]の瓢箪ろぢから半丁ばかり北に仮寓してゐ升た　始終往来してゐたのは富岡謙蔵君[25]と高安君と三人　柳原君とは少しそれから后の事です　月郊子を除いては皆はたち台でどこへゆくにもこの四人連で行つたものです　血気壮んでしたをかしかつたのは或夜の事　冨岡君が大に酔つたまぎれのいたづらに　その時は柳原君はゐなかつたのです　柳原君の門札を剥ぎまして溝の中に捨て帰りソシラヌ皃をしてスマセテゐ升た処がその翌日の事　柳原氏から富岡氏へ使者が来て立派な新らしい表札をさし出し　どうかこれへ御老父の御揮毫を願ひ升と来たのです　この皮肉なやり方には流石の桃華君もギヤフンとまゐり一音も無

く鉄斎翁を煩はす事と成り升た　その後柳原氏の門前に
は以前の粗末な表札の代に鉄斎先生のみごとな筆で
○柳原邸
の三字がよまれる様に成升た　ソレからは富岡君も大分
コリたかして門札剥ぎは中止の有様でした
人無法コレは例の四人達でした　富岡君の宅で充分御馳
走に成　夜更けて御苑内へまゐり升たら桃華君も一緒に
送つて来升て平安女学院(26)の大なる門札を御苦労にもはず
して来て　なにとやら云ふ御苑内の小さな手桶の供へて
ある御社の傍の池中へ投込むで走つて逃げた事も有升
尤も月郊君と私はいふ迄もない如御承知の君子人　唯苦
笑して傍観してゐるばかり　決而悪太郎の仝類でなかつ
た事だけは申添えて置き升

春尚浅くあびきの声もまれ〳〵です　たま〳〵人語の心
音をきくのは　松露拾ひの子供とまつ葉掻のむれとのみ
日々朝と午後と両回の郵便配達のもたらす書状がなによ
りの楽みです
新聞を見て往時を想ひいで静閑の余りみだりにくだらぬ
事をかいて御めをけがし升義は御ゆるし下さい
松露拾ひとものいふ父よ春の雨の中は
戸樋もるゝ春雨や軒ぬける松ふた木
春日背に立ては真昼の海の碧瑠璃に
この辺松林一帯見受くるもの
松　松毟鳥　浜　はま千鳥　巣あらぬに哉　まつむしり
といふ鳥こゝに来りて始めて知る事を得たり
松毟鳥かも　かきうちの芝を嘴の端に
御笑覧可被下候

やよひ念九日　　ろせき

すゝき田様／御もと

注(21) 生田葵山「独逸文豪を訪ふの記——ズーダーマン氏の家庭」(『大阪毎日新聞』大正三年三月二九日)のこと。

(22) 「無駄話」は「茶話」のようなコラムで「日曜倶楽部」に七月一九日まで断続的に掲載された。当該文は「七八年前京都では門札剥が流行つた事があつた」として「その発頭人は誰あらう、今の貴族院議員柳原義光伯だ」と書かれた無駄話(『大阪毎日新聞』大正三年三月二九日)のこと。無署名だが、泣菫が書いていたことがこの書簡から明らかになった。

(23) 柳原義光(一八七六～一九四六)のこと。公家の柳原前光の長男。貴族院議員。叔母に柳原白蓮（141頁参照）がいる。露石らと交流があった。

(24) 高安月郊（一八六九〜一九四四）のこと。詩人、劇作家。本名三郎。明治三六年に泣菫が京都に居を構えて以来、二人の間には親しい交流があった。

(25) 富岡謙蔵（一八七三〜一九一八）のこと。日本画家の富岡鉄斎の長男。号は桃華。父より典籍の素養を受け、中国金石文を研究。明治四一年より京都帝国大学講師を勤めた。蔵書家としても知られる。

(26) 平安女学院は、アメリカ聖公会によって大阪市川口にできた照暗女学校を母体にして、明治二八年四月、京都御所と道を隔ててすぐの京都市上京区下立売に開校。明治三一年には聖三一大聖堂という礼拝堂が落成していた。

柳原白蓮《やなぎわらびゃくれん》　明治18（一八八五）～昭和42（一九六七）年

歌人。本名は燁子《あきこ》。明治一八年一〇月一五日、東京に生まれる。父は伯爵・柳原前光《さきみつ》、母は柳橋の芸妓・奥津りょう。前光の妹・愛子《なるこ》は大正天皇の生母であるため、大正天皇のいとこにあたる。生後まもなく前光と正妻・初子の次女として柳原家に入籍した。明治二七（一八九四）年、北小路随光《よりみつ》の養女となる。明治三一（一八九八）年、華族女学校に入学。明治三三（一九〇〇）年、華族女学校を中退し、北小路資武《すけたけ》と結婚した。翌年、長男・功光《いさみつ》が誕生。明治三八（一九〇五）年に資武と離婚した。明治四一（一九〇八）年、東洋英和女学校に入学、村岡花子と親交を結ぶ。佐佐木信綱に師事し、竹柏園歌会に入門する。明治四三（一九一〇）年に東洋英和女学校を卒業。翌年、炭鉱事業で財を成した伊藤伝右衛門と再婚し、福岡に移り住む。佐佐木信綱が主宰する歌誌『心の花』に、作品を発表し始める。大正四（一九一五）年三月、第一歌集『踏絵』を自費出版し、歌人として注目される。大正七（一九一八）年四月一四日より二一日まで『大阪朝日新聞』に「筑紫の女王・燁子」が連載され、世間の耳目を集めた。大正八（一九一九）年、詩歌集『几帳のかげ』（玄文社）と歌集『幻の華』（新潮社）を刊行。大正九（一九二〇）年一月、戯曲『指鬘外道《しまんげどう》』を出版することになり、版元の大鐙閣が派遣した宮崎龍介と出会う。『指鬘外道』は三月に刊行され、六月には市村座で上演された。それらの相談のため、龍介と文通を続けるうち、二人の間に恋愛関係が生じる。大正一〇（一九二一）年一〇月二〇日に家出を決行し、伝右衛門と離婚。その後、柳原家に連れ戻される。大正一一（一九二二）年、龍介との長男・香織が誕生。翌年、香織とともに宮崎家に入った。大正一四年（一九二五）には長女・蕗苳《ふき》が生まれる。病身の龍介に代わり、文筆業で一家を支えた。昭和二〇（一九四五）年、学徒出陣していた香織が戦死した。昭和二一（一九四六）年、「国際悲母の会」を結成、戦後の平和運動に尽力した。昭和四二（一九六七）年二月二二日、八一歳で死去。

柳原白蓮は、大正八年より『大阪毎日新聞』に「伊藤燁子」または「伊藤白蓮」の名で歌を発表し始める。泣菫文庫にある書簡の歌も『大阪毎日新聞』に投稿したものである。

（荒井真理亜）

1　大*正9年4月10日

封筒　巻紙　毛筆

〔封筒表〕大阪市／大阪毎日新聞社
　薄田淳介様
〔封筒裏〕筑紫国幸袋町
　伊藤燁子／四月十日
〔発信局印〕〔破損〕9・4・10　后□-6

侍女か死にて百日すきぬかくてなほ
あるが如くもふと文をかく
筑紫には京《みやこ》育ちの侍女も逝きて
いよ〳〵淋しき春は又来ぬ
白雲のたゞよふ見れは鳥辺野[1]の煙りの
末と亡き人おもふ
淋しさもつらさも堪へて我侍女を恋の
しもべとはなちやりつる
やがて来る恋の終りのそれよりも
いやすみやかに死なむものとは
おしろいのびんに残りし指形を姉なる
人は見せて又泣く
心まづ満ちたらひぬるのどけさに久にあひ
ながらいふこともなし
けふも亦さめたる恋をもてあそぶ人の
来ていふ我死なましと
磨きても〳〵なほ光らざる珠を抱
きても恨まぬものか
我泣けは飽くをしらざるけだものヽ本性を
もていよ〳〵のヽしる
白紙に一滴の血を印《しる》したる謎はときたれ
扨ていかにせむ
見しはこれ東の人かあてびとか旅の
ゆかりときくもはかなし
あひ見れは乱れ心もなきものを淋し
かりけるかの夕かな
首ふりし幼子のこと否といふそのいとしさよ
我を忘れしむ
あひ見れは物も得云はす打ちもたす
このなけかひとこのおのヽきと
鐘なりぬ無情の声と誰かいふ
あヽ美しきこの夕かな

嵐すさぶ空のなげきか地の声か
動かぬ岩も叫けぶこだます
けふも亦夢のつゝきを見る如くはかなき
ことをして暮すなり
おもはれて思ひをしりぬ君ありてこの淋し
さもならひそめたり
我のみかこの世はすでに倦怠の事あれ
かしの人の多さよ
かゝる時我に神なし法《のり》もなし生れし
まゝの行ひをせむ
父母はありもあらずもあれつへき我かの
ことく親を忘るゝ
この思ひ神にあづけて自らはもつまじものと
誰かをしへけむ
われを見て狂はむとする弱き子を
悲しびながらおしろいをとく
ほの〴〵と桜を包むかすみとも
浮名嬉しみつげに来る人
言葉なき国にや入りし目とめたゞ
あひしばかりに打ちおのゝきぬ
大方の世のなげきにも馴れ〳〵て今より
後は何に泣くらん
神の代も男心が持つといふ物妬みより
ふと罪に落つ
天の国はよきもあしきもあらしかし白雲の
床に入る日を待たむ
二十八生死の際《きわ》に身を置きしこのやき
かねの跡を弔らへ
羽衣は初めよりしてもたざりしこのみ
みづから何の悔ぞも

注（1）　京都市東山区の清水寺の南側に広がる丘陵地。

湯浅半月《ゆあさはんげつ》

安政5（一八五八）～
昭和18（一九四三）年

本名吉郎。安政五年二月一六日、群馬県碓氷郡安中宿に、治郎吉と茂世の四男として生まれる。家は代々福島藩の御用達を務める有田屋という味噌醤油醸造業であった。同郷の先輩新島襄によりキリスト教の洗礼を受け、明治一〇年同志社英学校に入学する。三年後に歌人池袋清風が入ってくると、同級の大西祝らと一緒に彼に就いて和歌を学ぶ。普通科・神学科を修了し、明治一八年第一回卒業生として卒業。卒業式の席上、『旧約聖書』に材をとった自作叙事詩「十二の石塚」を朗読、喝采を博す。同年一〇月私家版『十二の石塚』を刊行、明治詩壇最初の個人詩集となる。半月自身はこの刊行の直前、同年九月に渡米。オベリン大学・エール大学に留学し、ヘブライ語や聖書学等を学んで博士号を取得する。明治二四年に帰国、母校同志社の教授に就任し、旧約聖書を講じた。その後、平安教会牧師・京都帝国大学法科大学講師などの仕事を歴任。この間、詩作も続けており、『同志社文学』や『国民之友』等に載せている。それをまとめて明治三五年八月に出されたのが、以下の参考資料にあげた金尾種次郎宛書簡にも出てくる、第二詩集『半月集』（注（1）参照）である。また、京都帝国大学では附属図書館業務にも携わることとなり、このことから明治三五年夏に図書館事業視察のため再度渡米。翌年帰国して、明治三七年に京都府立図書館長に就任する。以後、日本における図書館制度の普及確立に功績を残す。だが、一方でその府立図書館の経営が新聞等で批判を浴び、大正五年に辞任。同年東京に移り、早稲田大学図書館顧問となり、同大の坪内逍遥の勧めで俳優図書館の創設を企画したりもする（ただし震災で断念）。また、その他にも南画や平曲に打ち込み、趣味人として多彩な面も持つ。晩年は聖書の翻訳に専念。昭和一八年二月四日東京中野の自宅で死去。

以下の書簡から泣菫と半月の具体的な交流の内実を伺うのは難しいが、泣菫編集の『小天地』に半月は二度ほど寄稿しており、同誌明治三五年九月号には「「半月集」の評」（浩々歌客）も出ている。京都では家も近所であったらしく、それなりの親交もあったのではないか。実際、泣菫『茶話』で半月は何度も登場しており、京都の名物男と呼ばれた彼の魅力的な一面が描かれている。

（西山康一）

1　明*治39年1月1日

絵葉書〔馬の絵〕　毛筆

〔受信者〕　備中浅口郡／連嶋村
　薄田泣菫様

〔発信者〕　京都室町出水上ル
　湯浅半月
　一月一日

〔発信局印〕〔判読不能〕39・1・3　后0-1

〔裏面は手書きの白馬の絵が全面にあり、「春暁」という文字と同文字の印とが左下にあり。〕

【参考書簡】

1　金尾種次郎宛　明*治35年10月10日

絵葉書〔「Haskell OrientalMuseum, University of Chicago.」の写真〕　ペン

〔受信者〕　Osaka, Japan
　Mr. T. Kanao
日本大坂市南本町角心斎橋通
　金尾種次郎様
　湯浅半月〔以上裏面より〕

〔発信局印〕〔判読不能〕
〔裏にも「SANFRANCISCO CAL　□□□ 1902 OCT 13　7-PM」の消印あり〕

〔受信局印〕大阪□□　□5・11・4　后2.50
〔「Osaka 4 NOV 02 JAPAN」の消印もあり〕

半月集(1)の評判如何　十部計御送あらば幸甚　英詩の研究
面白し　薄田君へよろしく　以上
露石君(2)へもよろしく、以上
十月十日
　湯浅半月
65 M.D.Univ. of Chicago / Chicago, □□□. U. S. A

注(1)　半月の第二詩集。明治三五年八月に、金尾文淵堂から刊行されている。
(2)　水落露石のこと。131頁参照。

横瀬夜雨《よこせやう》

明治11（一八七八）～昭和9（一九三四）年

本名虎寿。別号利根丸・宝湖。明治一一年一月一日、茨城県真壁郡横根村（現、下妻市）に、忠右衛門とはまの次男として生まれる。家は代々、〈カという豪農《やまか》であった。三歳の春に佝僂病《くる》となり、その痛みとコンプレックスに生涯苦しむことになる。尋常小学校卒業後は進学を断念したが、卒業後も員外生として通学した母校で、東海散士『佳人之奇遇』（博文館、明治一八年一〇月～三〇年一〇月）中の漢詩を新体詩に訳して教師に添削を受けたのが、詩人としての出発点となる。明治二八年頃から『少年文庫』（同年八月から『文庫』）に投稿し出し、選者の河井酔茗と滝沢秋暁に認められ、詩や短歌が掲載されるようになり、投書家の中でも一躍注目される存在となる。明治三〇年には、「寄書家月旦（其八）」で秋暁に「宝湖の文は夜の如く雨の如し」（『文庫』明治三〇年二月一日）といわれたことをきっかけに、夜雨の号を使うようになった。明治三二年、夜雨の詩集出版が友人たちにより計画され、一二月処女詩集『夕月』（旭堂書肆）を刊行。これにより夜雨の名声は高まり、酔茗と伊良子清白とともに「文庫」派三羽烏といわれるようになる。明治三八年一一月の第二詩集『花守』（隆文館）では、筑波の郷土色を強く打ち出した夜雨独特の詩により「筑波根詩人」といわれる。次いで、明治四〇年二月には第三詩集『二十八宿』を金尾文淵堂から刊行。同年六月には詩草社を立ち上げた酔茗に協力し、機関紙『詩人』を創刊するも、翌年五月には廃刊となる。その後はやはり酔茗が主筆をしていた『女子文壇』の詩の選者となるが、投書してくる女性たちとの恋愛やその裏切りにより苦悩、時に女性を呪詛する歌まで作る。大正二年に『女子文壇』が廃刊になると中央文壇から遠ざかり、地方紙『いばらき』で歌欄の選者となって後進の指導に努めた。昭和九年二月一四日、急性肺炎により死去。

泣菫文庫に残る夜雨の書簡は一通しかないが、かたや『文庫』『詩人』の中心メンバー、かたや『小天地』『明星』等で名声を博した者ということで、一見接点がないようにも思える二人が、実はお互いを強く意識していたことが伺えて興味深い。事実よく見れば、泣菫編集の『小天地』（明治三五年一月）に夜雨の「石狩川」が掲載されているし、泣菫作品も『文庫』『詩人』に多く掲載されている。

（西山康一）

1　明*治40年5月6日〔年推定〕

封書　原稿用紙　ペン

〔受信者〕京都市上京区／下長者町室町西入
薄田泣菫様

〔発信者〕東京麻布区笄町／百五十三　鮫島氏(1)内
横瀬虎寿

〔発信局印〕〔判読不能〕□・5・6　后11-12

〔受信局印〕京都荒神口　□・5・8　□5-6

御無沙汰仕候　かりそめの宿よりまゐらするに候へばインクにて認むる無礼のほどは許させたまへ　おかはりもあらせられず候や
御承知の如く酔茗(2)君の詩草社(3)設立の用件にて去る三日死ぬほどのくるしみをなめて上京いたし　たゞいまこゝに居り候
酔茗君の今回の事業は氏が畢生の大事にても有之　理義両ながらわたくし共にてたすけねばならぬのに候へど力なき面々に候へば思ふやうにもまゐらず　よはり入り候
ついて一号は六月一日と定め候が　何か一ついたく《ママ》わけにはまゐるまじく候や(4)　申かねる事にて候へど　何卒一臂の労を貸したまはるやう折入つて御願ひ申上候
昨、一色白浪君(5)に面会、廿八宿(6)、新月夕月の事　御不審なりしよし　あれは河井君の不注意から出来たのだと何も人になすりつけるのでは無之候が　全く誤植脱漏の多いのには弱り入り候
右ハ御願ひまで　匆々

□□は今大風の中に候　夜雨

薄田大兄

注(1)　夜雨の第一詩集『夕月集』（旭堂書肆、明治三二年一二月）出版の際、無断で本文に手を入れて、夜雨に絶版騒ぎを起させたと目されている鮫島大浪（一八七九〜?、詩人・小説家）のことか。

(2)　河井酔茗のこと。14頁参照。

(3)　明治四〇年六月、酔茗が主唱者となり結成。夜雨のほか岩野泡鳴、上田敏、蒲原有明らも賛同。機関紙『詩人』は、当時『文庫』とともに口語詩運動の拠点の一つとなった（本書簡後出の「一号」とは同誌創刊号を指す）。翌年五月、経済的事情から同誌が廃刊すると同時に、詩草社も解散となる。

（4）この時は寄稿できなかったようだが、泣菫の『詩人』掲載作品としては、「綱島梁川君を弔ふ」（明治四〇年一〇月）、「落穂拾ひ」（明治四一年一月）がある。

（5）一色義朗（一八七七〜一九一〇、詩人、別号醒川）のこと。当初『文庫』にて活動していたが、明治三〇年以降、関西の文学雑誌『よしあし草』に、地元でもあることから関わる。白浪が関西で活動した詩人であると同時に、同誌が泣菫の『小天地』と関西文壇において競合していたことから、泣菫とも何らかのやり取りがあったか。

（6）夜雨の第三詩集『二十八宿』（金尾文淵堂、明治四〇年二月）のこと。「新月の巻」二十四編、「夕月の巻」十六編からなる。「野に山有りき」や「雪燈籠」「人は去れり」等の代表作を含む。

与謝野晶子《よさのあきこ》

明治11（一八七八）〜昭和17（一九四二）年

堺県（現、大阪府堺市）甲斐町の駿河屋で、鳳宗七の三女として、明治一一年一二月七日に生まれた。本名、しよう。明治二四（一八九一）年、堺女学校補習科を卒業、家業の傍ら古典、史書を独学。明治二九（一八九六）年、堺敷島会に入会、『堺敷島会歌集』に歌を投稿。明治三二（一八九九）年二月、『よしあし草』に「鳳小舟」の筆名で新体詩「春月」を発表、以降、同誌に短歌を発表する。

明治三三年四月、与謝野寛の設立した東京新詩社が、雑誌『明星』を創刊、翌月の二号に「花がたみ」六首が「鳳晶子」の名前で掲載される。以降、『明星』に作品を発表。同年八月、西下した与謝野寛、山川登美子ら新詩社社友と大阪・堺の浜寺の歌会で会う。明治三四（一九〇一）年六月、単身上京、東京府豊多摩郡渋谷村の寛宅に身を寄せ、一〇月に結婚、翌年一月に入籍した。明治三四年八月、『みだれ髪』刊行。以後、『小扇』（明治三七年一月）、『毒草』（寛と共著、明治三七年五月）、『恋衣』（山川登美子、増田（茅野）雅子と共著。泣菫への献辞あり、明治三八年一月）、明治三九（一九〇六）年には、『舞姫』『夢之華』、明治四〇年代においても、『常夏』『佐保姫』『春泥集』『青海波』と相次いで歌集を刊行した。明治四一（一九〇八）年一一月、『明星』が百号で終刊。明治四四（一九一一）年一一月に渡欧した寛のいるパリに翌年五月、シベリア鉄道で向かい、寛とともに欧州各地を巡り、同年一〇月に帰国。翌年帰国した寛とともに、『巴里より』（大正三年五月）を刊行した。大正期には、『新訳源氏物語』をはじめとする古典の現代語訳、評論活動も盛んになり、詩歌集に加え、『一隅より』（明治四四年七月）『雑記帳』（大正四年五月）以下、多くの評論・感想集を刊行した。この頃より、晩年にいたるまで、寛とともに多く招かれて各地を訪れた。昭和五（一九三〇）年三月創刊の雑誌『冬柏』にも旅詠が収められている。昭和一〇（一九三五）年三月の寛の死去による失意の中、昭和一四（一九三九）年一〇月、『新新訳源氏物語』を完成させる。昭和一七（一九四二）年五月二九日病没。同年九月、没後歌集『白桜集』刊行。書簡は、大正期の「大阪毎日新聞」掲載原稿についての応酬が中心だが、家族同士での親しい交際が推察される内容である。

（加藤美奈子）

1　明治39年3月14日*

封書　巻紙　毛筆

〔封筒表〕備中国浅口郡連島村
　薄田泣菫様／みもとに
〔封筒裏〕東京府豊多摩郡千駄ヶ谷村
　五百四拾九番地
　東京新詩社
　与謝野晶子〔以上印刷。印刷の「寛」を手書きで「晶子」に直している〕／十四日
〔発信局印〕内藤新宿　39・3・14　后〔判読不能〕
〔受信局印〕備中西ノ浦　39・3・14　ハ便

いかゝあそばし候
あるじは昨日また大学へ入院いたし申候
おとゞしの夏あなた様御わづらひあそはせし　それにやとおもひ申候　まだよくわからぬのに候へど、たゞねつのみたかく十日ほどすこしもよろしからず候ひき
先月十六日順天堂（1）を退院いたせし日のことを夢のやうおほえ申候
あなたの御しらせいたゝきしかの夏は　こゝの人赤城へのほり居りしほどにて候ひき（2）
そのゝちよろしきよし御たより給はりしは七夕の日なゝいろをはがきにそめ給ひしこと　なほわすれず居り候
こゝにはその日のありやなしや　かくおもひ候てはかなしく候
をさなきひと大きなるは父のことのみあんじ居り申候
四月のざつし大きにしてと　おもひ居り候ひしことゝていたく心つかひし居り候ひき
御たすけも給はらばうれしかるべく候
光（3）が小父様に気車《ママ》の画かき候よし御わらひ被下度候
御ゆるしあそばされたく候　子も母も　こゝろうんじのみせられ候

かしこ
晶子

薄田様／みもとに

注（1）明治三九年「二月一日、寛急に面瘍《ママ》を痛み、順天堂に入院、一時危険な容体だったが、手術後の経過よく退院す」（逸見久美『評伝與謝野鉄幹晶子』八木書店、昭和五〇年四月、591頁）
（2）明治三七年「八月二日から五日間、鉄幹は新詩社夏季清遊会として新詩社同人たちと群馬県の赤城山の「諸勝を歴遊」」した（逸見久美

『新版評伝与謝野寛晶子　明治篇』八木書店、平成一九年八月、337頁)。

(3) 長男の与謝野光（明治三五年一一月生まれ）、命名は上田敏。本書簡には毛筆で汽車の絵が添えられている。

2　大正2年9月23日

封書　便箋（ノート）ペン

〔封筒表〕摂津、西ノ宮　川尻
薄田泣菫様／御侍史

〔封筒裏〕〔上部欠損〕二十三日
与謝野晶子

〔発信局印〕麹町　2・9・23　后4－5

〔受信局印〕西宮　2・9・24　后□□2

啓上　お変りもあらせられず候や　いつもおうはさをいたしながら御無沙汰をいたし居り候。かつらさままゆみさま(4)大きく〳〵おなり遊ばせし御ことにおはすべくゆかしく存じ上候。

去年御目もじにて候ひし日もやがてまゐるにおどろき居り候。

金尾氏の申し候に、

晶子の夏より秋への中へ自画を一二葉いるゝことゝし、そのひとつに薄田氏のお手もとの白樺の森の絵(5)をえらぶこと、晶子よりおたのみすることゝに候。

おさしつかへおはしまさぬかぎりは何とぞ御ゆるし被下度候。菓子の古折にても御つゝみ給はり御遣し頂け候はゞうれしかるべく候。

もう画は絶対にやめにいたすこゝろに候。

この間久々にて金尾氏の野分の庭をうつしにまゐりその日よりしかしきりにおもはるゝにて候。

スバルは今月より江南氏(6)が去り万造寺斉(7)と云ふ文学士が代り申候て編輯いたすことになり申し候。ありのすさびに御うけ給はらばよろこび申すべくとおもひ申し候。

新聞のお古のものにてもよろしかるべく候。

奥様によろしくねがひ上げ候

かつてなることのみ申し上げ候　御ゆるし下されたく候

かしこ

二十三日　ひろしよりもよろしくとに候。

晶子

泣菫様／みもとに

注（4）泣菫の長男・桂（後、毎日新聞学芸部長、関西大学教授）は明治四四年、長女・まゆみ（後、満谷国四郎甥と結婚）は明治四〇年生まれ。

（5）『夏より秋へ』（金尾文淵堂、大正三年一月）に掲載、巻末に「附録　著者習作二画　フォンテンブロウの白樺　モンサウ公園」とある。

（6）江南文三（一八八七～一九四六）詩人、歌人。『スバル』は、はじめの一年は石川啄木の編集であったが、創刊二年目の明治四三年からは江南が代わって編集にあたった。

（7）万造寺斉（一八八六～一九五七）歌人、小説家、英文学者。『明星』から『スバル』に加わり、大正二年一一月号と、終刊号となった一二月号を編集した。『スバル』（大正二年十月）「消息」にも、「江南君が千葉中学へ赴任した。近い処故送別会と云ふのも変な位であつたが、去三日発行所で小会を開いた。森先生、与謝野御夫婦（中略）等が集つた」、「スバルの編輯は萬造寺斉君に御願した。同君の住所は本郷林町一九〇豊秀館である」とある。

3　大正2年11月27日*

封書　巻紙　ペン

〔封筒表〕大阪市東区大川町／大阪毎日新聞社
薄田淳介様／みも〔文字の上に切手〕
〔封筒裏〕中六番町十
よさのあき子
〔発信局印〕□〔麹〕町　2・11・27　后1－2
〔受信局印〕大阪中央　2・11・28　前8－9

啓上　おいそがしき日をおくり遊ばすことゝすゐし上申候
本日まづきもの一ぺんさし出し申候
まことに申かね候へど稿料をすこし御送附たまはらばうれしかるべく候。
かゝること申し上げ候こと心ぐるしき極みに私は存じ申候
あしからず思召し下されたく候
なほ男性美につきてのおこたへをいたさはやと　昨日も今日も筆とりて考へ申し候へど　まことに分に過ぎしむつかしき問題にて私にはいかにともせむすべなくおもはれ申し候
そのかゝりの方へ何とぞあなた様よりこのこと御つたへ被下度候

申した御用にたち申し候やうの御題出し下され候とき十分のおこたへもいたしたること、心よりぞんじ申し候
また金尾氏のしごと(8)にかゝり申し候てじつは正月迄でいそがしさのつゞき候こと、存じ申し候
唯今こんな反古が出てまゐり候。
何かの時のおうめぐさに遊ばされたく同封いたし申し候。
奥様によろしく御伝へ被下度候　かしこ

廿七日　晶子

薄田様／みもとに

注(8)　詩歌集『夏より秋へ』（金尾文淵堂、大正三年一月）か。

4　大正3年7月12日

〔封筒表〕大阪市、東区大川町　封書　巻紙　毛筆
大阪毎日新聞社編輯局
薄田淳介様／みもとに
〔封筒裏〕七月十二日／麹町区中六番町、
与謝野晶子
〔発信局印〕□〔麹〕町　3・7・12　后3－4
〔受信局印〕大阪中央　3・7・13　前9－10

啓上　不順なる頃に候へば今日など秋日のかなしさも覚えられ候
いつぞやは厚き御報酬頂きありがたく存じ申し候。
ひろしにもみことばつたへおき申候。
お子様皆々御成人の御こと、すゐし居り申候
御健康をいのり候　かしこ

七月十二日　晶子

薄田様／みもとに

5　大正5年7月17日

〔封筒表〕大阪市東区大川町／大阪毎日新聞社にて　封書　原稿用紙　毛筆・ペン
薄田淳介様／みもとに
〔封筒裏〕七月十七日　夕
〔発信局印〕九段　5・7・17　后6－7
〔受信局印〕大阪中央　5・7・18　前11－12

啓上　御変りもおはしまさず候や　上田様のこと[9]のき〻候てふともの〻こ〻ろぼそくおもはれ候ことかぎりなく候。

輓歌十首[10]をこれは日日へもおくるものに候へど御さしつかへなく候はゞあなた様の御欄のかたすみへ御のせ下されたく候。

奥様によろしく御つたへ下されたく候　　かしこ

十七日　　晶子

薄田様／みもとに

注(9)　大正五年七月九日、上田敏没。
(10)　「輓歌上田先生のために」一〇首。松屋製四〇〇字詰原稿用紙一枚にペン書きの自筆歌稿（「親和国文」昭和五九年一二月に翻刻）。『東京日日新聞』（大正五年七月一九日）、『大阪毎日新聞』（大正五年七月二四日）掲載、『晶子新集』（「以下十七首上田敏博士を悼みて」阿蘭陀書房、大正六年二月）所収。巻末解説参照。

6　大*正5年10月7日

封書　便箋　ペン

〔封筒表〕〔欠損〕阪市東区大川町
〔欠損〕阪毎日新聞社
薄田淳介様／みもとに

〔封筒裏〕麹町区　富士見町五－九
与謝野晶子

〔受信局印〕大阪中央　5・10・7　前8－9

さてそのうち文さし上げ候ことに候

啓上　夏より晩秋の日と恋ひうつりしこ〻ちいたし、夢などのうちになつかしき白金の初秋は失せけむなど折々腹立たしきこ〻ちもいたし候今年に候。

いつぞやは御文を二人がよろこびて拝見いたし居り候に子のことをのたまはせけるものか、あなた様も人の御親におはすよと涙するまでうれしきか悲しきかしらぬおもひのわきいで候。

何とぞおく様によろしく御伝へ遊ばされたく候。子の申し候により候あたりを想像いたし居り候。その子病いたし候てある様子か多く御心配をかけ申せしこと、何やかや何れ私そのうち御目にかゝりてのこと丶存じ申し可下候。

お心には毎日〳〵おぼし召しつることいかばかりなどおもひやり居りて候

晶子

薄田様

7　大正5年11月13日

封書　原稿用紙（十ノ二十　神楽坂山田製）　ペン
〔封筒表〕大阪市東区大川町／大阪毎日新聞社
　薄田淳介様／みもとに
〔封筒裏〕十三日／与謝野晶子
〔発信局印〕九段　5・11・13　后3-4
〔受信局印〕大阪中央　5・11・14　前8-9

お手紙を拝見いたしました。

仰せのこと承知いたしました。

明星の合本は石川氏の全集[11]を編輯する人方へお貸しいたしてあるさうでございますから、そのうちとりよせますと良人が申しました。

京の雅子（茅野氏）夫人おいでにて七日ほどを夢中に遊びまして、一昨夜など夜通し話しました名残がなほ今日まで頭にこたへまして苦しうございます。

おく様によろしく。

十三日　晶子

薄田様／みもとに

注(11)　石川啄木（3頁参照）の没後全集、『啄木全集』全三巻（新潮社、大正八～九年）。

8　大正6年3月8日*

封書　便箋（「婦人画報製」「与謝野用箋」「大正　年　月　日」印刷）　ペン
〔封筒表〕大阪市東区大川町／大阪毎日新聞社にて
　薄田淳介様／みもとに
〔封筒裏〕三月八日／与謝野晶子
〔発信局印〕九段　6・3・□　前7-8

にはかに春らしくなつてまゐりました。

一昨日は金十七円をかはせでおゝくり下さいましてあり

がたく存じます。いろ〳〵御好意のほどを良人と語り合つて居ります。良人よりもよろしくと申して居ります。

八日夜　晶子

薄田様

今日は昨年あの子を生みました日(12)でございます　丁度　今ごろ。

注(12)　大正五年三月八日、五男「健」を出産（評論集『我ら何を求むるか』（天弦堂書房、大正六年一月）所収「無痛安産を経験して」）。

9　大正7年8月13日

封書　便箋　毛筆・ペン

〔封筒表〕大阪市、東区大川町／大阪毎日新聞社にて
薄田淳介様／原稿在中

〔封筒裏〕八月十三日
与謝野晶子

〔発信局印〕九段　7・8・13

啓上　皆様お変りもなく候や。八月になり候て今日が一番あつきやうに候。旅にもいでられず書斎の草はあへぎ居り候。いつも歌のおそくなり候て失礼ばかりいたし候。この頃は投書が一日に百通くらゐまゐるやうになり候。毎日出づる故に候べし。三銭の切手をはらるゝことみす〳〵不経済のこゝちして心ぐるしく候。（また手紙など同封　され候ては返事などにこまり候こと）開封にてとおかきそへ下されたく候。

何とぞ奥様によろしく御伝へ下されたく候。かしこ

十三日　晶子

薄田様

10　大正7年12月25日*

封書　巻紙　毛筆

〔封筒表〕大阪市、東区大川町
大阪毎日新聞社編輯局
薄田淳介様／歌稿在中

〔封筒裏〕十二月廿五日　夜
東京麹町区富士見町五ー九
与謝野晶子

〔発信局印〕〔判読不能〕7・12・□5

啓上　ます／＼御忙しき御こと、存じ上げ奉候。
わたくし原稿につき電報を煩はしまゐらせしこと　十日
中にてとことさら心ぐるしくおもはれ申し候。
本日正月の歌二十首(13)さし出し候。これを元日におのせ下
され散文は三日ごろにおのせ頂け候はゞ幸甚に候。
散文の題は、
「激動の中を行く(14)」
に御座候。明日中には必ず清書までもさし上げられるべ
しとおもひ居り候。
御わびまで　かしく
十二月廿五日
晶子
薄田様／みもとに
アウギユストと光が風邪をひき申し熱をいだし居り候て
手のそれへかゝり候こともあるにて候。

注(13)『大阪毎日新聞』（大正八年一月一日）「短歌」と題して二〇首掲載。『太陽と薔薇』（アルス、大正一〇年一月）所収。

(14) 晶子の評論・感想集『激動の中を行く』（アルス、大正八年八月）所収の「激動の中を行く」は、末尾に「（一九一九年一月）」とあるが、初出は『大阪毎日新聞』大正八年四月一・三・四・六・七日掲載「激動の中を行く（一）～（五）ウヰルソン氏と其の矛盾」。

11　大正8年12月16日*

封書　便箋　毛筆

〔封筒表〕大阪市東区〔欠損〕／大阪毎日新聞社編輯局
薄田淳介様／みもとに
〔封筒裏〕十二月十六日
東京市麹町区富士見町五丁目、九
与謝野晶子
〔受信局印〕8・12・□　前11-□

お手紙ありがたく存じ上候。
いつもおやくそくをはたし申さず居り候ことも
あなた様へ対しまつりてのことにて候へば、苦しと心に
おもはであるとしもなきことにて候。
この度のは必ずかゝせいたゞくべく候。今年中にとの仰

せに時を多く給はりうれしきと覚え候。

うたは「春の」すこしはやくさし出し　申すべく候。

論文の方は
「自己に生きる婦人(15)」

と題をいたすべく候。

十一月の初めににさし出し候ひしうたを御出し下されその前の日日のうたなどのこり居り候はゞ御やめ下されたく候。

春はぜひまゐりたく存じ申候。このほど朝日の会にかほだけ出しくれなど度〳〵交渉いたされいひし時、それ用にてまゐらばあなた様に御逢ひいたすが苦しき事とおもひことわりてしまひ候。

奥様によろしく御つたへ下されたく候。

心臓がわるく候て今日も午后はカンフルの注射をして貰ひ申すべく、只今はそれがくるしみに候。

先は御返しまで
十六日　晶子
薄田様／みもとに

注(15)　晶子の評論集『人間礼拝』（天佑社、大正一〇年三月）所収の「自己に生きる婦人」は、末尾に「（一九二〇年一月）」とあるが、初出は『大阪毎日新聞』大正九年六月五～八日掲載「自己に生きる婦人（一）～（四）多くの婦人団体は軽躁の産物」。

12 〔大正期*〕 12月28日 〔年不詳(16)〕

封書　便箋　毛筆・ペン
〔封筒表〕大阪市東区大川町／大阪毎日新聞社編輯局
薄田淳介様／大至急
〔封筒裏〕東京富士見町五ノ九
与謝野晶子
〔発信局印〕〔上部欠損〕□・12・28　后3-4

啓上　さる四日無事帰京いたし候。いろ〳〵御厚志にあづかり候日ごろのことを改めて御礼申上げ候。さつそく御挨拶と存じ居り候ひしなれどいろ〳〵のことのあり候て失礼いたし候。
二日の夕方大阪にて私一人のみ山をいで来り候ひし時に車にて怪我などをいたし高安様(17)の御厄介になり、そのせつ御社へ電話にておいでねかひたくしきりに存じ候へども、心弱して念じすごし候。さほどのこともなくすみ候こと先づ御よろこび下されたく候。何ざまの怪我とも御たづね下さるまじく、高安様の手にて候ひしかば彼処へ心ぐるしく候。奥様にも御話しみ〴〵承る時もなしにいとまいたし候こと残念に候。

かの時よりもはや山へ帰るを許されず、そのまゝ大阪より帰京いたしたるにて候。歌小くさし出し候。あまり時候ちがひにならぬうちに御のせ下されたく候。

良人よりもよろしくと申し候。

菊池様相嶋様(18)にも宜しく御伝へ下されたく候。

かしこ。

十日　晶子
薄田様
岩野氏おかくれになりしよしまことに無常の感ぜられ候。


注(16)　「富士見町五ノ九」には大正四年八月～昭和二年九月まで住んだ。消印の数字の形状により、大正六～九年頃と推定する。「岩野氏」が岩野泡鳴だとすると大正九年（五月九日没）。封筒消印と本文の日付のズレもあり、なお検討を要する。
(17)　高安月郊（140頁注（24）参照）。
(18)　菊池幽芳（作家篇81頁参照）、相島虚吼（一八六七～一九三五）本名、勘次郎。明治二三年、大阪毎日新聞社入社。

13　〔大正期〕11月14日〔年不詳(19)〕

封書　便箋　ペン

〔封筒表〕摂津国西の宮／川尻
薄田泣菫様／みもとに
〔封筒裏〕十一月十四日
東京、麹町区、中六、七
与謝野晶子

啓上　先日は御文給はりうれしく存じ申候
私は家にかへり候てまた心が変り申候
やはり女は癪と何やらと三つより外なきものとしみ〴〵おもひ申候。男めでたき世にて永久あるにて候べし　あぢくなく候かな　かゝる時かくべきことも思ひよらず心ならず　失礼ばかりいたし申候　春にもならば少し考へが澄み候べく候。何ことも御ゆるし被下度候
奥様によろしく御伝へ被下度候
かしこ

十一月十四日

晶子

薄田様／みまへに

注(19)　泣菫は「西の宮／川尻」に、明治四四年三月から居を構え、大正一五年一二月に西宮市分銅町に転居。晶子は、「東京、麹町区、中六、七」に明治四四年一一月八日より、昭和二年九月の荻窪への転居まで住んだ。

14　6月27日＊〔年不詳〕

封筒欠　便箋　ペン

お変りもおはしまさず候や　例のことになり候ては御無沙汰のおわびもわざとらしきこゝちいたし候。去年のこのごろのことうるさきことは皆忘れて心にはなつかしくのみおもはれ申し候。わたくしもやまひをいたし居り候ひしが良人は背中に大きなる腫物の出き候て三たび切開をいたし今日もなほ少し熱がのこり居候、さ候へばうたもまことにおそく相なり申しわけなく候へどもともかくも私のみさし出しおき候。それも月変り候はゞ今すこし多くそろひ居候。よろづ御ゆるし　下されたく候

かしこ

六月二七日

晶子

薄田様／みもとに

15　15日＊〔年月不詳〕

封筒欠　便箋　毛筆

啓上　いまだ旅にあるこゝちのみいたし家を家とも　おもはれ候はぬことも、のあはれに候。立ち候ひし朝わざ〳〵奥様おいで下され候ことうれしきこと、存じ候ものからあまりに勿体なきこゝちいたし候。なほ御頂きものまでいたし身にあまり候御厚意ぞとふかくおもはれ申候。原稿今日は〳〵とて今日になり候ものにてゆめけたいなき心はもち居るにてはなく候　御ゆるし下されたく候。奥様へはまたべつにさし出上ぐべく候。おせきのあとお大事に遊ばすべく候

かしこ

十五日夜

薄田様／みもとに

晶子

与《よ》謝《さ》野《の》寛《ひろし》　明治6（一八七三）～昭和10（一九三五）年

京都市外岡崎村（現、京都市左京区岡崎）西本願寺派願成寺に礼厳（一八二三～一八九八、歌人）の四男として、明治六年二月二六日に生まれる。号、鉄幹（明治三八年に廃し、以後本名の寛を用いた）。

明治二〇（一八八七）年、長兄で安住院（岡山市）住職の和田大圓のもとに寄寓、翌々年七月、徳山女学校（山口県）の教師となる。明治二五（一八九二）年、上京して落合直文に師事、翌年、鮎貝槐園らと共に浅香社を創立。明治二七（一八九四）年五月、「亡国の音」を発表、旧派和歌を批判した。詩歌集『東西南北』（明治二九年七月）、『天地玄黄』（明治三〇年一月）を刊行。明治三二（一八九九）年一〇月、林滝野を伴い上京、一一月、東京新詩社を創立。明治三三（一九〇〇）年四月、『明星』創刊。翌年八月、泣菫は、西下した寛を大阪で迎え、既に『明星』誌上に歌を寄せていた鳳晶子・山川登美子も寛と初めて対面した。明治三四（一九〇一）年三月、『文壇照魔鏡』により中傷を受けるが、詩歌集『鉄幹子』『紫』を相次いで刊行。同年六月に晶子が上京、瀧野と離別し、一〇月に入籍。明治三七（一九〇四）年七月に生まれた次男の秀《しげる》は、泣菫の命名による。明治四一（一九〇八）年、北原白秋・吉井勇ら七人が新詩社を脱退、一一月、『明星』は一〇〇号で終刊、明治四二（一九〇九）年一月創刊の『スバル』には、外部執筆者として関わった。同年、歌集『相聞』『檞の葉』刊行。明治四四（一九一一）年一一月、渡欧、パリに滞在。翌年五月、来仏した晶子と欧州を歴遊。大正二（一九一三）年一月、帰国。翌年五月、晶子との共著『巴里より』、一一月、訳詩集『リラの花』刊行。大正四（一九一五）年八月、詩歌集『鴉と雨』刊行。大正一四年から昭和二年末まで、正宗敦夫、晶子とともに『日本古典全集』の編集、刊行に尽力。昭和期に、晶子との共著歌文集『霧島の歌』（昭和四年一二月）、『満蒙遊記』（昭和五年五月）がある。昭和七（一九三二）年三月、大阪毎日、東京日日共催の『爆弾三勇士の歌』懸賞募集（撰者・薄田泣菫）で当選。翌年、還暦記念の『与謝野寛短歌全集』刊行。昭和一〇（一九三五）年三月二六日死去。書簡は、『明星』創刊から終刊にいたるまでを含み、『ふた葉』『小天地』を編集する泣菫と、相互に寄稿を求める動静が伺われる。

（加藤美奈子）

1　明治33年2月8日*

封書　巻紙　毛筆

〔封筒表〕備中国西ノ浦郵便区／連嶋村
　薄田淳介様／梧下
〔封筒裏〕東京市麹町区上六番町／四五
　与謝野寛／二月八日
〔発信局印〕〔判読不能〕33・2・8
〔受信局印〕備中倉敷　33・2・9　ニ便
　備中西ノ浦　33・2・10　イ便

いまだ拝芝を得ず候へども芸術(1)に於ける御苦心のほどはかね〴〵おなつかしく存じ居候　手をとりて一椀の升酒に御高談を叩く機会もがなと希望致候事に御坐候、過般は「双葉」帋上鄙詩に対する御厚酬(2)を頂き千万面目に奉存候　何事もお目に懸候機会を得て披陳可仕候

このたび小生手元に於て韻文雑誌「明星」出版致候に附ては御高作一篇と及び

　色彩の嗜好(3)

といふ下に簡単に（紅が好きとか蒼か好きとか）諸家の嗜好を蒐め申度と存候間　併せて御寄稿をたまはり候は丶仕合可仕候　右唐突ながら御依頼まで如此に御坐候　時下この文の為め御自重奉祈上候　艸々

　八日　　与謝野生

薄田詞兄／梧下

逐て御許容被下候は丶本月廿五日頃迄に御寄稿奉願入候

注(1)　泣菫は、明治三三年に上阪、金尾文淵堂に寄宿。同年八月、与謝野寛来阪時に初めて対面する。

(2)　与謝野鉄幹「暮笛集（薄田泣菫君を想慕して）」（『国文学』第一三号、明治三三年一月）に応じて泣菫は、雑誌『ふた葉』（金尾文淵堂、明治三三年一月）に「鉄幹君に報ゆ」（『ゆく春』金尾文淵堂、明治三四年一〇月）を掲載。

(3)　『明星』第一号（明治三三年四月）に、「色彩の嗜好（一）」として掲載。同号には新体詩「夕の歌」（『ゆく春』所収）掲載。

2　明治33年3月31日*

〔封筒表〕備中国西ノ浦郵便区／連嶋村　封書　巻紙　毛筆
薄田淳介殿／梧下
〔封筒裏〕〔朱印「東京麹町区上六番町四五　東京新詩社」〕
三十三年三月／卅一日
与謝野鉄幹
〔発信局印〕武蔵東京麹町　33・3・31　ホ便
〔受信局印〕備中西ノ浦　33・4・1　ハ便

此方もやう〳〵暖に相成申候
近き内には御上京もなきにや
いつも有明氏と会する毎に貴兄と藤村兄とのお噂のみ致候　明星第一号はなれぬわざとてまことに見るに足らぬものと相成り寄稿諸兄に対しお愧しき事に存候
次号よりは頁数もふやし候考に御坐候　何卒御近作一篇(4)十二三日までに御披渉被成候度奉願上候
別封は太だ軽少に候へども貧者の一燈と思召し御笑納被成候度　先は右おねがひまで如此に御坐候　花どきには近き候ものから何となく都ハイヤな処に御坐候

卅一日　艸々拝具
与謝野生
泣菫詞兄／梧下

注(4)『明星』第二号（明治三三年五月）新体詩「闇夜樹畔に立ちて」掲載（『ゆく春』所収「暗夜樹蔭にたちて」）。

3　明治33年4月4日*

〔封筒表〕備中国西ノ浦郵便区／連島村　封書　巻紙　毛筆
薄田淳介様／御直披
〔封筒裏〕東京、麹町区、上六番町、四〔下部欠損〕
〔朱印「東京麹町区上六番町四五　東京新詩社」〕
与謝野寛／四月四日
〔発信局印〕武蔵東京麹町　33・4・4
〔受信局印〕備中西ノ浦　33・4・〔下部欠損〕

御写真(5)は直ちに頂戴致され候は丶仕合可存候
桂月この月の末に上るべきよし東都の文壇に名物男を添

候事近ごろの快事と存候
爰に第二号の御依頼あり何卒お聞き入れ被下度候　そは
兄の御撮影を一葉頂きたき事に御坐候　長原美術学校
教授(6)に嘱して帋上に掲げ申度候　是非に御許諾被下　一
葉御拝借仕りたく候
「二た葉」(7)の二号いまだ出版致さぬにや
先ハ右おねがひまで　　　艸々
四日
　　　　　　　　　　　　鉄幹
泣菫詞兄／梧下

注(5)　大町桂月（12頁参照）。明治三二年、島根県簸川中学校に赴任、明治三三年八月、教職を辞し帰郷、博文館に入社。

(6)　長原孝太郎（一八六四〜一九三〇）号、止水。明治三一年、東京美術学校助教授。

(7)　泣菫は郷里にいながら『ふた葉』の新体詩欄を担当、第二号は明治三三年三月刊（二月休刊）。

4　明治33年5月9日*

〔封筒表〕備中国浅口郡連嶋村　　　　封書　巻紙　毛筆
薄田淳介様／貴下
〔封筒裏〕五月十日〔朱印「東京麹町区上六番町四五
東京新詩社」〕
与謝野鉄幹
〔発信局印〕武蔵東京麹町　33・5・10　ホ便
〔受信局印〕備中西ノ浦　33・5・1□　ハ便

行く春の御校正におせわしき御事と奉存候
もし第三号へ「行く春」の内の一篇(8)にても頂かれ候はゞ
十九日中にとゞき候やう御送附ねがひ上候一人の細腕に
て編輯致候事とてまことに人しらぬ繁劇をきはめ申候
別封何卒御笑受をたまはり度軽少奉愧入候　先は右おね
がひまで　　　艸々拝具
五月九日
　　　　　　　　　　与謝野鉄幹
泣菫詞盟／梧下
〔別紙〕
粗菓　与謝野寛／金壱圓五拾戔在中

注(8)　『明星』第三、四号に掲載はなく、第五号（明

治三三年八月）に新体詩「さまよひ」（『ゆく春』所収）掲載。

5　明治33年6月3日*

封書　巻紙　毛筆

〔封筒表〕大坂市東区南本町四丁目
金尾文淵堂楼上　名刺在中
薄田淳介殿／御直披

〔封筒裏〕東京市麹町区上六番町四
与謝野鉄幹

〔発信局印〕武蔵東京麹町　33・6・4　イ便
〔受信局印〕摂津大阪　33・6・4　□便

拝復　御上坂遊ばしいよ〳〵「行く春」の御校正も親しく出来候事と存候
「明星」といふいたづら息子を持ち候ため元来多忙なる身の上に人しれぬ奔走に疲れ申候　幸ひ諸友の庇護により三号の厄年ものがれ申候へは一と安心致候
何卒他人の子とは思召さず御撫育被下候やう奉願上候
利益などは迚も〳〵思ひがけず候へども今四五ケ月も立ち候はゞ手一杯になる事かと奉存候
只今の処小生の貧嚢を叩き出し其他社友の寄附金などを一切投げ出して猶一部につき壱戔以上の損失に御坐候
迚も道楽ならでは出来ぬ事に御坐候（殺風景なる経済談御容赦被下度）
第四号へ下さるべき玉什は何卒十七日中に頂き候はゝ仕合可致候　何日頃まで御滞坂にや
「双葉」も引続き出版の運に向候事と存候　まじめに文芸界の為に尽す人の少き今日此頃お互に微力を奮ひ申度候也

艸々拝復

六月三日

寛

泣菫詞兄／梧下

昨日「明星」百五十部を差出し上候
金尾氏へ御伝言奉願上候　於京都の方は小生の後輩とも申すべき者にて
高等女学校教諭　江口弁吾
東本願寺　真宗中学教諭　水田恭太郎
同志社女学校教諭　冨岡謙三
冨岡鉄斉の長男

の三人は何れも勢力ある教員らしく候間「明星」の為め尽力致呉候やう別御名刺御持参の上御依頼被下度奉願上候と金尾君へ御伝へ奉煩候

再拝

6　明*治33年12月17日

〔封筒表〕　　封書　巻紙　毛筆
大阪市南本町心斎橋すぢ／金尾文淵堂
薄田淳介殿
〔封筒裏〕〔朱印「東京麹町区上六番町四五　東京新詩社」〕
〔発信局印〕武蔵東京麹町　33・12・18　ハ便
〔受信局印〕〔判読不能〕33・12・19　ニ便

俗累いよ〳〵多くお約束に負く事多し　今夜苦吟　わづかに別帋(9)の如きもの差出候　頓と感興にふれず　駄作幸に帋隅を埋めたまふの料となして足るべし

十二月十七日　夜二時

鉄幹

泣菫詞兄／梧下

明星への玉什(10)を待つ久し　おなじく事しげき君なるべし

注(9)　『小天地』（明治三四年三月）掲載「それ羽子」（短歌）か。
(10)　『明星』第一一号（明治三四年一月）に新体詩「うたげ」（『ゆく春』所収）掲載。

7　明*治34年7月1日

〔封筒表〕　　封書　巻紙　毛筆
大坂市東区南新町二ノ六／髙橋ユキエ方
薄田淳介様／急
〔封筒裏〕東京、中渋谷、二七二／七月初一
与謝野生
〔発信局印〕〔判読不能〕34・7・1
〔受信局印〕摂津大阪　34・7・2　ハ便

それとは知らずおせきたて申候事おわび申上候　一日の事にてまのあはずくちをしく候　再び母なる天の御手に返すべきにや是非にとあるは更に文たまへ勝手がましけれどもそは我よりおわびする辞に候　もし許さるべくは次号(11)を飾る事に致度候

御転宅のよし市外へとの夫れ叶はざりしにや　この渋谷

夏にはよろしき処のやうに候　この雨はれ候はゞ植木やたのみて秋の花うゑばやとおもひをり候　閑人の往来が少くなりし為め　些か慰み申候
小天地(12)の次号へは必ず新体詩めくもの一篇差上候積りに御坐候　今号にはもはやおまに合はぬ事と存候へども別帋鳳女史の近作差出候
御伝言相伝へ申候　蝶郎　林外二氏(13)より宜敷と申伝候こちらにきて頂ければいゝになどいつも寄れは話し合ひ候
第十三号の明星あまり見ばえのせぬは何れも受持学校の試験前にて上田君初め執筆六つかしかりし故に候　小天地さぞかしお骨の折れ候事と奉存候
猶次号へ韻文一篇是非頂戴致度勝手のみ申上奉謝候
行く春も落梅集(14)も出ずに少年の詩集ばかり続出致候様子おもしろからぬ事に御坐候
金尾君　平尾君等へよろしくお伝へ被下候　艸々

与謝野生

七月初一

薄田兄梧下

注（11）『明星』第一四号（明治三四年八月）に美文「回想記」掲載。
（12）雑誌『ふた葉』は、明治三三年一〇月「小天地」と改題。
（13）蝶郎は水野葉舟（一八八三～一九四七）。本名、盈太郎。林外は前田林外（113頁参照）。
（14）島崎藤村『落梅集』（春陽堂、明治三四年八月）。

8　明治35年11月22日*

葉書　毛筆

〔受信者〕大坂市東区南本町／四丁目／金尾方
薄田淳介様
〔発信者〕東京中渋谷三八二
与謝野寛
〔発信局印〕青山　35・11・23　前8.50
〔受信局印〕大阪船場　35・11・24　前9.10

小天地十月号いかゞ相成候や　甚だ気に成り申候
「元旦」への御稿(15)なにとぞ候　十二月十日までにおめぐみ願上候　小生のも其頃差出可申候　艸々拝述

十一月二十二日

注(15)　『明星』(明治三六年一月)「要目」に、「MAG-DALEN(西欧名画)薄田泣菫寄」とある。また、「E.Hebert」の絵画の図版が掲載されている。「角田浩々、薄田泣菫、平尾不孤、児玉花外四君　写真肖像」が同号に掲載されている。

9　明*治35年12月13日

葉書　毛筆

〔受信者〕大坂市東区南本町／四丁目／金尾方
薄田淳介殿
〔発信者〕東京／中渋谷三八二
与謝野生
〔発信局印〕青山　35・12・13　后11
〔受信局印〕〔判読不能〕35・12・15　〔判読不能〕

御作奉待入候　何卒御急奉願上候
次に「七日間」(16)の後篇一冊折返し頂戴仕り度と金尾兄へ
御願上被下度候
次に又岩野氏の詩集「露じも」(17)の御広告を「小天地」に
願上候とも御伝へ被下度「明星」への「小天地」その他の広告文了承願上候
「明星」の広告文もよろしきやう一頁願上候　元旦の分は一冊三十戔郵税二戔に候

注(16)　菊池幽芳『七日間』前・後編(金尾文淵堂、明治三四年一二月)。
(17)　岩野泡鳴『露じも』(無天詩窟、明治三四年八月)

10　明*治36年3月2日〔年推定〕

封書　巻紙　毛筆

〔封筒表〕薄田兄／御直披
〔封筒裏〕三月二日／錬

俗累にほだされ其日々々の日送りに候よりとかく心ならぬ御無沙汰に相成候
御病気その後いかゞ、御入院被成候とも申す人あり候に大に驚き申候へども夫もお尋ね致さずして今日に相成候
心よからぬ世の中に候かし　もはや御快方にや「小天地」(18)の二月分の出でぬも心もとなく候　御容子お聞かせ被下度候

浩々君の文学大会の義[19]　小生などは大賛成に候　何の効果も無くてよし集るといふ事が　すでに今の文士には非常の出来事に御坐候　併し実行は六つかしく候べければ文学公講演会が主となりて御催し如何　韻文朗読会[20]と新詩社と大なる人数との会可致候
次に御病中御差支なくは四月一日の明星へ何か賜るまじや[21]　〆切本月十八日に御坐候　右御願申上候
「文鳥と鶯と何れ」といふのを君に質したくと今ふと鶯を庭上の艸むらに聞きて思ひ候　　艸々
　二日　　与謝野生
泣菫大雅／御侍史

注(18)　明治三六年一月、『小天地』は第三巻一号を出し、休刊。
(19)　『明星』（明治三六年四月）に「新詩社関西清話会」の開催について掲載され、「社告」に、「角田浩々、薄田泣菫、山本露葉、河井酔茗、岩野泡鳴の諸氏既に出席を諾されしが」とある。『明星』（明治三六年六月）「社告」に、「去月十五日大阪に於ける本社清話会には、月郊、泣菫、露石、鼓村、露葉、花外等来賓諸君の外、四十余人の来会諸君有之、頗る盛会に候ひき」と報告されている。
(20)　『明星』（明治三五年八月）「社告」で、「韻文朗読会」の九月開催を告げている。
(21)　『明星』（明治三六年六月）掲載の長詩「雷神の夢」（『二十五絃』（春陽堂、明治三八年五月）所収）まで詩作の掲載はない。

11　明治36年8月20日*

葉書　毛筆
〔受信者〕京都市上京／岡崎町満願寺ウラ
　小林保茂方
　薄田淳介様
〔発信者〕東京中渋谷
　与謝野生
〔発信局印〕東京青山　36・8・20　后3.30
〔受信局印〕山城京都荒神口　36・8・21　ハ便

御稿何卒このたびは賜り度御待ち致居候　本月は原稿大に足らずよろしく御援助を乞ひ候[22]　　艸々
　二十日
　　東京中渋谷　与謝野寛

注（22）『明星』（明治三六年一一月）に、長詩「箏歌二首」として、「海女」「おもかげ」（『二十五絃』所収）掲載。

12　明治36年11月30日*

封書　巻紙　毛筆

〔封筒表〕京都市上京区岡崎町
満願寺東ウラ小林深□方
薄田淳介様
〔封筒裏〕東京、中渋谷、三八二
与謝野寛／十二月一日
〔発信局印〕東京青山　36・12・1　前11
〔受信局印〕山城　京都荒神口　36・12・2　ハ便

北山おろしをり〱霰などさそひて驚かし候頃も近づき候べし　こちらはもはや霜柱に候　兄が小生の八才まで育ち候処また帰れは必ず過《よ》ぎる廃宅旧里の地にお住まひ被下候事　甚だうれしき事に思ひ候　この秋には帰りて兄を中心として郷里を歌ひ度と存ぜしに遂に果さず残念に存候　何卒明春までそこに御駐まり被下度　三四月には必ず参り可申候　その地にて年老いし人に願成寺《グワンジヤウヂ》の跡[23]と御聞き被下候はゞ　小生の旧園はお分りに候　天王と申す神社の前　石垣の残れる一町四方がほどの大根畑（池の大きなるもあり）は夫れに候
「新年号」へ白菫の賦　その他「岡崎だより」是非頂き度　来る十日までに願上候
四日前鼓村君より御稿[24]頂き候が間に合はず候ひしかは一月のに廻し申候とお序にお伝へ願上候
この為替券太だ失礼に候へども御薬料の内へ御加へ被下度願上候　実ハ篤志の人より小生も貰ひ候を差出候ものにつき必ず御笑留被下度候　月郊子にも願ひおき候が新年号への高稿[25]　兄よりも　お序にお頼み被下度候
思西氏[26]の近状如何御洩し被下度再挙の方法何とかつき不申や
朝夕お大事に祈上候　艸々
十一月三十日夜
与謝野生
泣菫兄／御直披

注（23）与謝野寛は、京都市外岡崎村、浄土真宗西本願寺派の支院、願成寺に生まれた。

（24）『明星』（明治三七年一月）に、鈴木鼓村の美文「ひととせ」掲載。
（25）『明星』（明治三七年一月）に、高安月郊の長詩「姨捨山」掲載。
（26）金尾思西（本名、種次郎）による金尾文淵堂は、明治三六年一月『小天地』終刊後、大阪から東京に店を移し、再起を図った。

13　明治38年1月1日*

絵葉書〔藤島武二〕　毛筆

〔受信者〕備中国浅口郡／連島村
　薄田淳介様
〔発信者〕東京千駄ヶ谷／五四九
　与謝野寛
〔発信局印〕東京〔判読不能〕

恭賀新年　　鉄幹
巳ノ元旦　　晶子

14　明治38年1月18日*

絵葉書〔藤島武二〕　毛筆

〔受信者〕備中国浅口郡／連島村
　薄田淳介様
〔発信者〕東京千駄ヶ谷／五四九
　与謝野寛
〔発信局印〕武蔵内藤新宿　38・1・18　ト便
〔受信局印〕〔判読不能〕西ノ浦　38・1・20　イ便

御作又々賜り候やう奉願上候　如何
拝述　御詩集の義書肆本郷書院から至急に頂きたき旨過般来再三小生まで申参り候
いつ頃に頂かるべきや御知らせ願上候　　　艸々
一月十八日

注（27）『二十五絃』（明治三八年五月）は、春陽堂より刊行されている。『白玉姫』（明治三八年六月）は、金尾文淵堂より刊行。

15　明治38年2月11日*

絵葉書〔和田英作〕　毛筆

〔受信者〕備中国浅口郡／連島村
　薄田淳介様
〔発信者〕東京千駄ヶ谷／五四九
　与謝野寛／二月十一日夕
〔発信局印〕武蔵内□〔藤〕新宿　38・2・11　ヌ便
〔受信局印〕備中西ノ浦　38・2・13　ハ便

誤字又ゝ有之失礼に存候　御わび申上候　次号に必ず
訂正(28)可仕候
本郷書院のこと大に先方より急ぎまゐり申候間　何卒
御急ぎ願上候
三宅氏(29)の事承諾せられ申候　御作又々頂かれ申さずや

注(28)『明星』（明治三八年二月）掲載の長詩「霜月の一夕」（『二十五絃』所収）の「訂正」が次号（明治三八年三月）に掲載されている。
(29)　画家の三宅克己（一八七四～一九五四）か。

16　明治38年2月17日*

封書　巻紙　毛筆

〔封筒表〕備中国浅口郡／連島村
　薄田淳介様／御侍史
〔封筒裏〕東京府豊多摩郡千駄ヶ谷村五百四十九番地
　〔以上印刷に「五」「四」のみ手書きで訂正
　（印刷の「四百五十九番地」の四を「五」、
　五を「四」に手書きで訂正）〕
　東京新詩社
　与謝野鉄幹〔以上印刷〕／二月十七日
〔発信局印〕武蔵内藤新宿　38・2・□
〔受信局印〕備中西ノ浦　38・2・19　ハ便

拝述　御稿只今拝受　御礼申上候
「二十五絃」の御集の画を岡田氏(30)に托し玉ひしこと至極
結構に存候
さて本日書肆本郷書院より申出候には　御作の挿画を和
田、藤島二氏(31)の内に定め度候が何れに定むべきや大兄の
御指示を乞ひくれとの事に候　小生思ふに同書肆より出
し候有明君の集ハ已に和田氏の挿画と定りをり候間大兄
のは藤島氏と致度候が何れとも御返事奉願上候
右は至急依頼致しおき度候候まゝ御集の題名も亦御示し
願上候
装幀と挿画と何か御考へ有之候や　夫も御示し願上候
愚見にては藤島氏に頼み候事として一に画家に任せ候方

よろしきかと存候が　御高見如何や
右折返し御返事を乞ふ
　二月十七日　　　艸々拝述
　　　　寛
淳介大兄／御侍史

注(30)　岡田三郎助（一八六九～一九三九）洋画家。『二十五絃』を装幀。
(31)　藤島武二（一八六七～一九四三）、和田英作（一八七四～一九五九）洋画家。ともに『明星』の表紙・挿画等を手がけた。

17　明治38年4月3日*

〔封筒表〕備中国浅口郡連島村
薄田淳介様　　封書　巻紙　毛筆
〔封筒裏〕東京府豊多摩郡千駄ヶ谷村五百四十九番地
〔以上印刷に「五」「四」のみ手書きで訂正
（印刷の「四百五十九番地」の四を「五」、五を「四」に手書きで訂正）〕
東京新詩社
与謝野鉄幹〔以上印刷〕／四月三日
〔発信局印〕東京□田　3□・□・□
〔受信局印〕備中西ノ浦　38・4・5　ハ便

「二十五絃」皆々待ちあぐみをり候
本郷書院の方も成るべく速に賜り度願上候　挿画の御意
匠も御申越し被下度候
金尾氏度々来訪しくれられ委しく同氏の計画を聞き及び
候　気の毒なる人に御坐候　何卒この度は成業の運ニ致
度く乍不及小生の微力の能ふかぎり便宜相計り申度と存
候
藤村氏(32)いよ〳〵東京ずまひの身となられ申候　昨夜　一
寸某処にて会候
氏の不相変若《ワカ》きおもだちは先づ羨まれ申候　五月一日の
「明星」(33)へ御高文　又ハ御高吟一篇又々被下度成るべく
。。。
二十日までに願上候
御病状いかゞ伺上候
　四月三日夜中　　艸々拝述
　　寛
淳介兄／御侍史

注(32)　島崎藤村、明治三八年四月、小諸義塾を辞して上京（58頁参照）。
(33)　「明星」（明治三八年五月）に、長詩「鶯と大原女」（『白玉姫』所収）掲載。

18　明治38年5月31日*

絵葉書　毛筆

〔受信者〕備中国浅口郡連島村
薄田淳介様
〔発信者〕東京
与謝野寛
〔発信局印〕武蔵内藤新宿　38・6・1　ル便
〔受信局印〕備中西ノ浦　38・6・4　ハ便

御高著二十五絃[34]まことに教を受け候事多候　深く御礼申上候　猶愚見もて三読の上、御耳を汚すべし
不取敢御礼まで　艸々
不孤君の長逝[35]哀しき事に御座候
五月三十一日
〔朱印〕鉄幹

注(34)　第三詩集『二十五絃』（春陽堂、明治三八年五月）。
(35)　平尾不孤（一八七四～一九〇五）岡山県岡山市生まれ、岡山中学卒。『小天地』編集員。明治三八年五月二八日、京都で病没。

19　明治38年6月12日

絵葉書（明星絵はがき[36]）　毛筆

〔受信者〕備中国浅口郡／連島村
薄田淳介様
〔発信者〕府下、千駄が谷／五四九
与謝野寛
〔発信局印〕〔上部欠損〕38・〔判読不能〕二〔便〕
〔受信局印〕備中西ノ浦　38・6・13　ハ便

御高著この月頃の話題に相成りをり候　兄に敬服致候は今更の事に候はねど毎篇小生を驚かさるゝ事多きは仰嘆の外無之候　猶愚見はあとより可申述候
「月読男」お急ぎ被下候やう奉願上候
本月又ゝ何か御近作をめぐまれ度候[37]

十二日

注(36)　洋画家の和田英作によるデザインと推測される。

(37)　『明星』（明治三八年九月）巻頭に、「書牘の一節」、長詩「野菊の歌へる」（『白羊宮』（金尾文淵堂、明治三九年五月）所収）掲載。

20　明*治38年7月4日

絵葉書（明星絵はがき）　毛筆

〔受信者〕備中国浅口郡／連島村
薄田淳介様
〔発信者〕東京千駄が谷
与謝野寛
〔発信局印〕□□新宿　38・7・4　二便
〔受信局印〕備中西ノ浦　38・7・6　ロ便

御病気御快気に成り玉ひしよし奉敬賀候　白玉姫[38]もまた頂戴仕り候　御所見は併せて次号に掲げ可申候間御覧被下度候
この秋頃君の一度御来京を希望仕候如何
この月二十日前に御稿を乞ふ
七月四日

注(38)　第四詩集『白玉姫』（金尾文淵堂、明治三八年六月）

21　明*治39年4月13日

葉書　毛筆

〔受信者〕京橋区五郎兵ヱ町／金尾文淵堂方
薄田淳介様
〔発信者〕本郷大学病院入院／内科二十二
与謝野生／十三日
〔発信局印〕〔判読不能〕・4・〔判読不能〕
〔受信局印〕京橋　39・4・13　后2-3

久振に御目に懸り[39]夢のやうにも覚えうれしく存じ候ひき　御稿何卒二十日まで千駄が谷の方へたまはり候やう願上候
あき子本日まゐり兄の御上京を聞き候て早くお目に懸りたしと申をり候
艸々

注(39)　明治三九年四月上旬、泣菫は六年ぶりに上京、文壇の知友の歓迎を受けた。

22　明*治39年5月11日

絵葉書（明星絵はがき）　毛筆

〔受信者〕東京市京橋区五郎兵ヱ町／二十二
金尾文淵堂方
薄田淳介様
〔発信者〕伊豆国伊東の海辺にて／五月十一日
与謝野寛
〔発信局印〕伊豆伊東　39・5・11　ハ便
〔受信局印〕□□　39・5・12　前〔判読不能〕

小生は二十日までに帰京致すべく候　何卒本月中は　御滞京下され度候
猶ゆる〳〵御物語り致度候(40)
艸々拝述
伊豆国伊東の海辺にて
五月十一日
与謝野寛

注(40)　『明星』（明治三九年六月）の「社友動静」には、「与謝野寛伊上凡骨両人は、五月上旬より伊豆の温泉地を歴遊せり」とあり、同号「文芸彙報」では、「上京中であった薄田泣菫氏は、五月十五日に帰国の途に上った」と報せている。

23　明*治39年6月8日

葉書　毛筆

〔受信者〕備中国浅口郡連嶋村
薄田淳介様
〔発信者〕伊豆国伊東港二方庵／六月八日
与謝野寛
〔発信局印〕伊豆伊東　39・6・8　ニ便
〔受信局印〕備中西ノ浦　39・6・10　ロ便

お手帋忝く拝見仕候　貴兄いよ〳〵御壮栄と奉祭候　小生又々当方に仮寓致し保養致居り候(41)　さて次号の明星へ何か御一篇御送り被下候はゞ幸に存候　乍延引御集の御礼申述候　一々今更の如く感吟罷在益を受け申し候

注(41)　『明星』（明治三九年七月）の「社友動静」

に、「与謝野寛、伊上凡骨二人は、六月四日より三宅画伯と共に伊豆伊東に再遊し、同十五日帰京せり」とある。

24　明治39年12月2日*

封書　巻紙　毛筆

〔封筒表〕京都市上京寺町通
鞍馬口下ル高徳寺町南側
薄田淳介様
〔封筒裏〕東京府豊多摩郡千駄ヶ谷村
五百四拾九番地
東京新詩社
与謝野寛〔以上印刷〕／十二月二日夜
〔発信局印〕青山　39・12・3　后0-1
〔受信局印〕〔判読不能〕39・12・4　前11-12

粛啓　めでたき御葉書に接し心中のよろこび云はむ方無之候
謹で貴下と御夫人様の御慶福(42)を賀上候未だ拝眉の機を得るにはひまも候はむが御夫人様へよろしく御鳳声奉願上候　猶荊妻よりも万々御祝ひ申述候　艸々不宣

十二月二日夜　寛

薄田雅兄　御侍史

「明星」一月号(43)へ早速御芳諾被下忝く存候　成るべく十日前後に御遣し願上候　一昨夜　森林太郎先生に逢ひ候ひしが談頻に貴下と有明君の詩に及び申候

注(42)　明治三九年一一月下旬、京都市寺町通鞍馬口下ルに居を構え、一二月二日、中井隼太夫妻の媒酌で市川修と結婚式を挙げた。
(43)　『明星』（明治四〇年一月）に該当する作品は掲載されていない。

25　明治40年6月30日*

葉書　毛筆

〔受信者〕京都市上京区／下長者町室町西入
薄田淳介様
〔発信者〕東京千駄が谷五四九
与謝野寛／三十日
〔発信局印〕□山　□0・6・30　□-8
〔受信局印〕京都荒神口　40・7・1　后5-6

大和を精細に御覧相成候よし御詩材多かりし事とお羨み申上候　小生　八月は御地を一寸通過致候間一夕　御目に懸り度と楽みをり候
次に八月分「明星」(44)へ御近什一篇何卒特に十五日。。。（七月）までに被下度願上候　小生旅行(45)の都合上七月三四日に刷了の考につき特に十五日までに願上候　乍勝手御願まで
艸々

注(44)『明星』（明治四〇年八月）に該当する作品は掲載されていない。『明星』（明治四〇年九月）に、薄田淳介（表紙裏の「要目」では「薄田泣菫」）「あなほり」（『泣菫詩集』（大阪毎日新聞社、大正一四年二月）所収）掲載。
(45)寛、平野万里、北原白秋、吉井勇、太田正雄による、同年七月二七日～八月二九日の九州方面への「五足の靴」の旅。『明星』（明治四〇年八月）掲載の「謹告」に、「七月下旬より、往復三十日間、本社同人与謝野寛平野万里吉井勇北原白秋太田正雄中尾紫川の六人、福岡、佐賀、長崎、鹿児島、大隅、日向、熊本諸地方へ旅行致し候間、此段該地方の新詩社同人及文芸同好諸君に謹告致し候」とある。

26　明治40年11月6日*〔年推定〕

封筒欠　巻紙　毛筆

啓上　京は紅葉のさかりと存候　禁苑の銀杏の黄葉あかつきがたの風に御庭まで吹かれまゐり候事とお羨しくおもひ候
「葛城の神」(46)の下篇いよ〳〵世に出で候よし嬉しき事に存じ刮目致居り候
思西氏の一頓挫まことに気の毒に存候　か丶る時小生などは何の手助けも出来ず心外千万に存候
御令弟様(47)御定めて御苦心の事多かるべしと存じ候
当方「明星」も部数頓に減じて八百と成れり　就ては来る一月号より際立ちて世の耳目を聳動する計画を致候　体裁を改め候と共に外は森、上田、平田、厨川、□□、馬場、戸川、艸野、大谷、蒲原、前芸荘社同人、等の諸氏に特に右の事情を告げて援助を乞ひ候に快諾を得候故内は一同精励して精苦の作を出ださむと意気込み申し候就ては大兄にも旧来の厚情にあまへ候やうながら此際特に御助力被下度御懇願申上候

成るべく隔号位に御作長短に係らず御恵投希望に不堪候
一月号(48)へは正しく十二月十日までに御稿お遺し被下度奉
願上候　猶勝手ながら題目を予告致度候間　本月二十日
前に御示し願上候
右御芳諾を乞ふ
御夫人様へよろしく御鳳声被下度候
荊妻よりも宜敷申出候(49)
「明星」改善の広告は年内に重立ちたる新聞帋へ□掲載
致候積りに御坐候
時下御自愛専一に念じ上候　艸々
十一月六日　寛
薄田様／御直披

注(46)　泣菫「詩集の後に」(『泣菫詩集』所収)に、「『葛城の神』は、島村抱月氏が早稲田文学を主宰し出した明治三十九年七月頃の同誌に載せたものです。(中略)この一篇は、後篇『解脱葛城の神』を俟つて、初めて完成するものなのですが、『解脱葛城の神』は未だ腹案としてのみ残つて居ります」とある。

(47)　弟・薄田鶴二は、金尾文淵堂に勤めた後、明治四一年、獅子吼書房を開業。

(48)　『明星』(明治四一年一月)に、「かまいたち」(『泣菫詩集』に「つむじ風」として所収)掲載。前月の『明星』(明治四〇年一二月)「大刷新『明星』新年号予告」には、「長詩一篇　薄田泣菫」とある。

(49)　『明星』(明治四〇年一二月)に「新詩社同人」の署名で、「『明星』を刷新するに就て」掲載。

27　明治41年2月8日*

〔受信者〕京都市上京下長者／町室町西入　　葉書　毛筆
薄田淳介様
〔発信者〕東京
与謝野寛
〔発信局印〕〔判読不能〕41・2・8　后0－1
〔受信局印〕〔判読不能〕□・2・9　前7－8

御健勝賀上候　御嬢様日にまし御成人是亦めで度存上候
金尾君より昨日近状を承り申候
四月頃に御夫人御一処に御来京いかゞや　御勧め致し候

次号「明星」[50]へ御近作一篇頂戴致し度候　二十日中に御
遣し願上候
必ず頂戴致され候やう願上候

注(50)『明星』（明治四一年三月）に、詩「蒼朮詣」（『泣菫詩集』に「をけら詣」として所収）掲載。

二十日

28　明治41年2月20日*

〔受信者〕京都市上京／下長者町室町西入　　葉書　毛筆
　薄田淳介様
〔発信者〕東京
　与謝野寛
〔発信局印〕〔判読不能〕41・2・20　后0-1
〔受信局印〕京都荒神口　41・2・21　前7-8

御高稿何卒願上候　遅くともまにあはせ申候間至急御遣
し被下候やう願上候
御夫人様へよろしく御鳳声願上候　御児様御太《ママ》切に御風
めさぬやうにと荊妻より申し伝候　艸々

29　明治41年3月8日*

〔受信者〕京都市下長者町／室町西入　　葉書　ペン
　薄田淳介様
〔発信者〕東京　千駄が谷五四九
　与謝野寛
〔発信局印〕青山　41・3・8　后2-3
〔受信局印〕〔京都荒神〕口　□・8・9　后0-1

蒼朮詣[51]の誤植御寛恕被下度　次号に訂正可致候
まゆみ様の初節句御祝ひ申上候　掌中の白玉いかに日ま
さり玉ひ候事かと荊妻よく御噂致居候　御夫人様へ宜敷
御伝へ被下度候
○本月何卒「温室」[52]の御稿を「明星」の巻頭へ賜り度
印刷の都合上二十日以前に願上候
本月は種々原稿の都合にてやうやく昨日発行致候

注(51)　注(50)参照。同号「要目」に「蒼求詣」、本

文でも「蒼朮諸」となっていることを指すか。次号に該当する訂正は確認出来ない。
(52)『スバル』(明治四二年二月)掲載、『泣菫詩集』所収。73頁注(4)参照。

30　明治41年3月22日*

葉書　毛筆

〔受信者〕京都市／下長者町室町西入
薄田淳介様
〔発信者〕東京
与謝野寛
〔発信局印〕〔判読不能〕・3・22 后〔判読不能〕
〔受信局印〕京都荒神口　41・3・23〔判読不能〕

啓上　御稿お待ち申居ク候　何卒　御めぐみ願上候
　二十二日　艸々
御大人様へよろしく御鳳声願上候

31　明治41年4月11日*

葉書　毛筆

〔受信者〕京都市上京下長者町／室町通西入
薄田淳介様
〔発信者〕東京千駄が谷／五四九
与謝野寛
〔発信局印〕青山　□1・4・11 后3-4
〔受信局印〕京都　41・4・12 后1-2

京は春のまざかりと存上候　皆様御壮栄と存じ候が御近状御洩し被下度候　こちらは大変ありて驚き申し候　獅子吼書房より広告文御遣し無之候が御遠慮なく御遣し被下度候◯本月は何卒例の「温室」(53)の御稿賜り度候　二十二日中に願上候
艸々拝述

注(53)『明星』(明治四一年五月)に該当する作品は掲載されていない。73頁注(4)参照。

32　明治41年5月21日*

葉書　毛筆

〔受信者〕京都市上京下長者／町室町西入
　薄田淳介様
〔発信者〕東京千駄が谷
　与謝野寛
〔発信局印〕青山　41・5・21　前9―10
〔受信局印〕京都　41・5・22　前7―8

春嵐こゝちよき時季と相成候
皆様御変りも無き事と存上候
さて御作来る二十四日中に賜り度右御願ひ申し上候甚だ
乍勝手予告へも仕候故右願上候　艸々
　二十一日
　　東京千駄が谷　与謝野寛

33　明治41年6月16日*

葉書　毛筆

〔受信者〕京都市上京松原通／下長者町松原西へ入
　薄田淳介様
〔発信者〕東京
　与謝野寛／十六日
〔発信局印〕青山　41・6・16　后0―1
〔受信局印〕京都　41・6・17　前〔欠損〕

おさはりにも無之候や
御願ひ致し候御稿何卒本月二十二日までに賜り度右御願
ひ申上候
口語体の詩が流行致候　何も試みてみるがよろしくと存
候　すべてを経験して初めて後に是非を知り候も凡人に
は致方なき迂路に御坐候べし　艸々

34　明治41年8月29日*〔年月推定〕

封筒欠　巻紙　毛筆

拝復
残暑の節おさはり無之候や伺上候　とかく多忙にまぎれ
御無沙汰のみ致候　不本意に存居候
「明星」につき御尋ね被下　御芳情いつもながら忝く存
候　さて廃刊致候事は事実に御坐候
是は小生にとりて甚だ遺憾に候へども小生の経営の下手
なるため　最早如何にして持ちこたへがたき場合と相成

候につき□□在京の友人諸氏にも相談し断然覚悟致候次第に候
久しき間大兄はじめ多数諸兄の御庇護にあづかりながら事こゝに至り候は一に小生の微力による事と恥入候　併し又　小生は之を転じて一身の修養に努力致し候機会を作り多年の御芳情に酬い候事を期し度しと存居候　すべて御諒察被下度候
さて百号帋上[54]へ記念として御新作一篇御寄せ被下掉尾の花を御添へ願上候　〆切は九月中に御坐候　又乍勝手近頃の御写真[55]をも御貸し被下度候　若し願はれ候へくば次号へも何か一篇御寄せ被下度次号は九月十五日に〆切り申し候
沈滞の極に達し候詩界のために切に大兄の御努力を希望致候
御大人様へよろしく御伝へ被下度
御嬢様も滅切り御成人と存上候
荊妻よりも宜しく申出候

艸々不一

二十九日

寛

薄田雅兄　御侍史

この度新詩社中の茅野蕭々氏第三高等学校へ赴任[56]致候間
小生同様御交際被下度
同氏は独逸文学の人にて詩人に候

注
(54)『明星』（明治四一年一一月、満百号記念　終刊号）に、詩「死の勝利」（『泣菫詩集』所収）掲載。
(55)『明星』（同、終刊号）に、馬場孤蝶、上田敏、蒲原有明、厨川白村らとともに写真が掲載されている。巻末解説参照。
(56)明治四一年九月、第三高等学校独語科講師となり京都に赴任。70頁参照。

35　明治41年10月1日*

葉書　毛筆

〔受信者〕京都市上京／下長者町室町西入
薄田淳介様／御侍史
〔発信者〕東京
与謝野寛／十月一日
〔発信局印〕青山　41・10・1　前11-12
〔受信局印〕京都　41・10・2　前6-7

啓上　十一月一日の廃刊号(57)（満百号記念）へ御高稿是非御遣し被下　掉尾の光彩御添のほど願上候　〆切は本月十五日に御坐候

艸々

東京　与謝野寛

十月一日

注(57)　注(54)参照。

36　明治41年10月6日*

葉書　毛筆

〔受信者〕京都市上京／下長者町室町西入
　薄田淳介様
〔発信者〕東京
　与謝野寛
〔発信局印〕青山　41・10・6　后0－1
〔受信局印〕京都　41・10・7　□9－10

茅野君よりも願上候事と存候が百号へ是非何か御認め願上候（十五日迄に）
又「昴」(58)の方御快諾を得て一同感謝致居候
来年は森先生はじめ「昴」発行所同人も小生も詩に努力致度と大に元気づき申し候

十月六日

注(58)『明星』（明治四一年一一月、満百号記念　終刊号）掲載の「昴」の広告に、「外部執筆者」として、「森林太郎　上田敏　平田禿木　馬場孤蝶　薄田泣菫　蒲原有明　与謝野寛」と列記されている。「内部執筆者」に、「高村光太郎　与謝野晶子　茅野蕭々　茅野雅子」とある。

37　明治41年11月26日*

葉書　毛筆

〔受信者〕京都市上京下長者町／室町西入
　薄田淳介様
〔発信者〕東京千駄が谷／五四九
　与謝野寛／二十六日
〔発信局印〕〔判読不能〕・2□
〔受信局印〕京都　41・11・27　前6－7

先日は久々拝芝を得清歓を感じ申候
あれより大阪堺にまゐりしが今一度上京へまゐり度と存ぜしに突然帰京を要する用向相生じ候為め匆々帰京致し候
夫故御告別も申さず御海恕被下度候
上田敏氏(59)已に御面会の事と存候
高安月郊君ら御一同によろしく御鳳声被下度候
御夫人様へ御上京御勧め申上候　如何

注(59)　明治四一年一一月、欧州を歴遊中に文部省留学生となった上田敏は、帰国後、京都帝国大学に赴任。4頁参照。

38　大正5年8月4日〔年推定〕

封書　巻紙　毛筆

〔封筒表〕　薄田淳介様／中川滋君御持参
〔封筒裏〕　与謝野寛

啓上　御雄健奉賀上候。

上田敏君突然の長逝(60)に会ひ近来いろ〳〵と昔日を憶ひ出す事多く候。晩年の上田君と殊に御親かりし大兄も定めて御感慨多き事ならんと存じ申候。

さて三田文学会の中川滋君一寸御地方へ旅行致され候間御紹介申上候。同君も上田君と親しき一人に候。御多忙中と存じ候へとも御会ひ被下度候。

この序を以て更に大兄の御清福を祈上候。　艸々拝具。

八月四日　　寛

薄田淳介様／御侍史

荊妻よりもよろしく申上候。令夫人様へも同様申上候。

注(60)　上田敏の没年（大正五年七月九日）により大正五年と推測。

39　大正*6年5月16日〔年月推定〕

封筒欠(61)　巻紙　毛筆

啓上　御久闊を御赦し下さい。
さて小生夫妻こと近畿の空気に触れて見たき気分となりましたから本月廿五日頃より六月の初旬へかけて十日間ほど御地に滞在します。就ては久々大兄に御目に懸り得ることをうれしく存じます。

猶御地滞在中に荊妻のために揮毫の依頼者をお募り下さることを荊妻より御願致しくれと申します。此事につき小林政治君[62]が荊妻に代りて貴下のもとへ御相談に参られる事と存じますから何分の御配慮を願上ます。

菊池兄へもよろしく御伝へ被下度候。

何れ拝眉の上万々申上げます。　艸々。

十六日　寛

薄田仁兄／御侍史

注(61)「泣菫文庫」では、書簡40の封筒に収められていた。
(62)大正年五月二八日大阪の小林政治（号、天眠）宅に一泊。五月一六日付小林政治宛書簡（揮毫依頼）がある（沖良機『資料与謝野晶子と旅』武蔵野書房、平成八年七月、18頁）。

40　大正6年7月15日

封書　巻紙　毛筆

〔封筒表〕大阪市東区大川町／大阪毎日新聞社編集輯局
薄田淳介様／御直
〔封筒裏〕東京富士見町／五ノ九
与謝野寛
〔発信局印〕牛込　6・7・15　后6－7
〔受信局印〕〔判読不能〕6・7・16　后4－5

啓上　先般は御多忙中にかゝはらず多大の御配慮を小生どもの上に賜り候こと御礼の言葉も無之候。出発の日に奥様までわざ〳〵早天よりお見送り被下候こと恐縮千万に存じ申し候。すべてこの度の御厚情は永く感激の中に銘記致すべく候。

荊妻の歌稿延引ながら差上候。帰京以来劇暑のため少しく弱りをり候て不本意ながら今日に及び申候。申訳無之としきりに本人に代ておわび申上候。その中に大阪の印象を一回分に書きて差出し候由に候。度々の御違約を御赦し被下度候。

御一家の御平安を祈上候。本年の暑気には一層の御自愛を諸友に求めたく候。

お序を以て本山先生[63]によろしく御伝へ被下度候。（何れ機会を得て直接に御礼状を差出す積りに候へども。）幽芳、露石両家にお目に懸る折なかりしを今更残念に存じ申候。　艸々。

七月十五日　寛

薄田学兄／御侍史

柳村博士(64)の一週《ママ》年と相成り候をおもひて心中涙のにじむを覚え申候。

注(63)　本山彦一、69頁注（6）参照。

（64）　上田敏の別号「上田柳村」。

41　大正6年10月26日

絵葉書（与謝野夫人の燈下の顔（有島生馬氏画）(65)）　毛筆

〔受信者〕大阪市東区大川町
大阪毎日新聞社　編輯局
薄田淳介様

〔発信者〕東京
与謝野寛／晶子／廿六日

〔発信局印〕九段　6・10・26　前11-□

拝復　御手書忝く奉存候

御書中の旨　何れも拝承致候。期日までに差出し可申候。

幽芳先生(66)に御よろしく御鳳声被下度候。

注(65)「与謝野夫人の燈下の顔（有島生馬氏畫）」は、大正六年一月刊の、晶子の評論・感想集『我等何を求むるか』（天弦堂書房）の口絵（『與謝野晶子評論著作集』第四巻（龍溪書舎、平成一三年二月）。同書の「小序（大正六年一月一日）」に、「大正五年十二月十五日の夜、有島生馬さんはわたくしの為めに、此書に添へましたわたくしの顔のスケツチを、下六番のお宅の電燈の下で作つて下さいました」とある。また、同様の絵ハガキは『新潮日本文学アルバム　与謝野晶子』（新潮社、昭和六〇年二月）73頁、逸翁美術館編『与謝野晶子と小林一三』（平成二三年四月、思文閣出版）43頁にも掲載されている。それぞれ、「大正6年10月、土曜会で小林政治夫人雄子に宛てた寄せ書き。上右より左へ沖野岩三郎、寛、中村吉蔵、下は晶子」、「小林一三宛年賀状　大正六年一月七日付　与謝野寛・晶子筆　一枚池田文庫蔵」と解説されている。

（66）　菊池幽芳。作家篇81頁参照。

解説

与謝野寛（鉄幹）・晶子書簡

「『明星』といふいたづら息子」の創刊から終刊まで――与謝野寛書簡について

加藤美奈子

与謝野寛（鉄幹、以下寛）から泣菫に宛てた「泣菫文庫」所収書簡は、四一通を数え、『親和国文』第一九号に一通、逸見久美編『与謝野寛晶子書簡集』第四巻（八木書店、二〇〇三年七月）に三通（「泣菫文庫」寄贈者である「野田苑子蔵」として所収。書簡41のみ「「与謝野晶子と『明星』」展示図録（山梨県立文学館、一九九二年四月）」）が所収されている。また、薄田泣菫顕彰会事務局・三宅昭三『泣菫小伝・9―独学時代から『暮笛集』の頃―』（薄田泣菫顕彰会、平成二二年一〇月）に、書簡1と書簡2の一部が翻刻・紹介されている。同書簡は当時、泣菫の甥（弟の長男）の故・薄田博氏の所蔵で、倉敷市へ寄贈される前の調査途上にあったが、「山陽新聞」（平成二三年四月二一日付）紙上で「明治詩壇の一級資料」として報じられた。書簡1（明治三三年二月八日）は、「韻文雑誌「明星」出版致候」と『明星』の創刊を告げ、書簡34（明治四一年八月二九日）は、「廃刊致候事は事実に御坐候」と『明星』の廃刊を伝えている。泣菫に宛てた一連の書簡は、『明星』の創刊から廃刊までを包摂し、『明星』編集の推移と寛の意図・心境を伝え、貴重である。

書簡1は、「いまだ拝芝を得ず候へども芸術に於ける御苦心のほどはかね〴〵おなつかしく存じ居候」と、未だ面識のない泣菫に親近感を示し、寄稿を依頼している。寛はこの時点ですでに『東西南北』（明治二九年七月）、『天地玄黄』（明治三〇年一月）の二つの詩歌集、泣菫は最初の詩集『暮笛集』（金尾文淵堂、明治三二年一一月）を刊行していた。書簡1の「過般は「双葉」帋上鄙詩に対する御厚酬を頂き千万面目に奉存候」は、寛の詩「暮笛集（泣菫君を想慕して）」（『国文学』（明治三三年一月））に応じた泣菫の「鉄幹君に報ゆ」（『ふた葉』（明治三三年一月））への謝意を示している。「芸術に於ける御苦心」への「なつかし」さが、新しい詩歌の創造を模索する両者の間でいち早く醸成されていたことが伺われる。さて、書簡1には、「このたび小生手元に於て韻文雑誌「明星」出版致候」と、謂うなれば『明星』の創刊宣言がここに見られる点でも注目される。同時期の寛書簡には、佐佐木信綱に寄稿を求める「吾党の勢力扶植の一とも思召し初号より御高作御寄贈被下度右特に御依頼申上候」（明治三三年一月二三日）[1]がある。また、河合酔茗に宛てて「小生手元に於て頗る有望なる雑誌出版の計画中に御坐候処俗物の金主と衝突し一昨日来頓に困入候」（明治三三年三月一四日）[2]と雑誌創刊のための資金調達の困難を訴えている。泣菫に宛てた書簡1ではさらに、「色彩の嗜好　といふ下に簡単に（紅が好きとか蒼か好きとか）諸家の嗜好を蒐め申度と存候間　併せて御寄稿をたまはり候はゝ仕合可仕候」と、寄稿だけではなく、「色彩の嗜好」という主題への回答を求めている。『明星』第一号（明治三三年四月）には、泣菫の新体詩「夕の歌」の他に、「色彩の嗜好（一）」として「文学博士井上哲次郎氏」ら八名の文学者の記事が掲載されている。「泉鏡花氏」「小栗風葉氏」の次に「薄田泣菫氏」が並び、「名を泣菫と申候より、菫の紫の色が、何とはなしに一番好もしく候」と応じている。泣菫に「韻文雑誌」と伝えているように、『明星』創刊号掲載の「東京新詩社清規」には、「一　本社は専門詩人以外に和歌及び新体詩を研究する団体也」とあるが、「色彩の嗜好」の記事は、文芸作品だけではなく、文学者達の美意識や人となりを誌面から伝えようとする寛の意図が感じられる。同様の目論見として、寛は文学者の肖像を掲載することを試みている。書簡3（明治三三年四月四日）で、泣菫にも「爰に第二号の御依頼あり何卒お聞き入れ被下度候　そは兄の御撮影を一葉頂きたき事に御坐候　長原美術学校教授に嘱して帋上に掲げ申度候　是非に御許諾被下　一葉御拝借仕りたく候」と写真の送付を依頼し、追伸でも「御写真は直ちに頂戴致され候はゝ仕合可存候」と念を押している。書簡に名前の見える「長原美術学校教授」、長原止水による文学者の肖像画は、創刊号に「萩の家主人　落合直文氏」、第二号（明治三三年五月）に「久保猪之吉氏」「大町桂月氏」、第三号（明治三三年六月）に「島崎藤村氏」が見える。桂月の上京について、書簡3で「桂月この月の末に上るべきよし東都の文壇に名物男を添候事近ごろの快事と存候」と泣菫に伝えているが、そうした「名物男」を活躍させる「文壇」の一翼を担う場として『明星』を躍進させようとする意図が端的に感じられる試みである。

一方、『明星』創刊号に対して寛は、「明星第一号はなれぬわざとてまことに見るに足らぬものと相成り寄稿諸兄に対しお愧しき事に存候」（書簡2、明治三三年三月三一日）と詫び、「次号よりは頁数もふやし候考に御坐候　何卒御近作一篇十二三日までに御披渉被成候度奉願上候」と、誌面充実のための寄稿を求めている。同時期に河合酔茗に宛てた書簡でも、「「明星」第一号のマヅサ可減《ママ》我ながら不慣の結果に驚入候　二号へ貴下の新体詩一篇御投寄被下度候晶子女史へも明星の御吹聴希望致候」（明治三三年三月日不明）[3]と自身の「不慣」、経験不足による雑誌の「マヅサ」を率直に伝えた上で、酔茗にも寄稿を求め、さらに当時まだ堺にいて面識のなかった晶子への「吹聴」をも依頼している。

ところで、寛と泣菫が直接対面したのは、明治三三年八月、寛の西下の折で、『明星』第六号（明治三三年九月）「文芸雑俎」は、「（泣菫―引用者注）氏と鉄幹氏と大阪で逢つて、一夕の詩論に大に意気の相投ずる所が有つたとやら」と報じている。同年秋にも再会し、『明星』第八号（明治三三年一一月）「一筆啓上」に、「大阪にて露石、泣菫、梟庵、思西の諸君に会し候。泣菫梟庵の二君と梅が辻の菊を見て、天王寺に逍遥し、一酔を取りて相別れ候」と鉄幹の署名で伝えている。また、「小生の詩」として、新体詩「泣菫と話す」が同号に掲載され、泣菫との再会を印象づけている。『明星』第八号は、泣菫の「破甕の賦」が四号活字で巻頭に大きく掲げられたことも評判になった[4]。『明星』第一〇号（明治三四年一月）「絵はがき」欄に、晶子から「すきな〳〵泣菫さまのために、あゝしてかかげたまひし君うれしく候」という反応が寄せられている。『明星』第一一号（明治三四年二月）には、「すすきだ生」署名で泣菫からの書簡を載せ、再会の折の話題の一端を伺わせる。

きのふは初雪ふり候。今日は朝晴れて空美しう。たび〳〵お手紙にあづかり有りがたく候。当地も先日御話し申したる如く、おもしろからぬこと夥しく候。『日本を去る歌』は自らも作りたきやう存じ候。うるさき世に候。……作詩は当分ひかへて見やうかとも存じ候こと、御拝眉の節も御はなし申し候ふが、その後不相変おなじやうの感に打たれをり候。遺稿として人に見られんこと本望ならねど、さすがに興はあるべく候。……古風なる写真屋にて共に写したる彼日のものまだ出来上らず候。出来候ふとも『明星』に掲載は禁物に候。顔まで評論さると思へば文壇にも堪へがたく候。

泣菫の文面は、寛の『日本を去る歌』への共感を伝え、「作詩は当分ひかへて見やうかとも存じ候」と述べているように、『明星』第一一号の新体詩「うたげ」の後、『明星』第一六号（明治三四年一〇月）の新体詩「痛める鶯」まで半年程、詩作の掲載が見られない。また、再会の折に寛と写真を撮ったが、『明星』への掲載を「禁物に候」と断っている。前述の書簡2の「兄の御撮影を一葉頂きたき事に御坐候……是非に御許諾被下」という寛の懇願に泣菫が応じなかった理由が伺われる内容である。

泣菫に宛てた寛の書簡では、『明星』への寄稿依頼が繰り返されている。創刊号（書簡1）、第二号（書簡3）は既に見たが、「もし第三号へ「行く春」の内の一篇にても頂かれ候はゞ十九日中にとゞき候やう御送附ねがひ上候」（書簡4、明治三三年五月九日）、「第四号へ下さるべき玉什は何卒十七日中に頂き候は丶仕合可致候」（書簡5、明治三三年六月三日）と、創刊号から連続して寄稿を依頼している。その後も、「御病中御差支なくは四月一日の明星へ何か賜るまじや　〆切本月十八日に御坐候」（書簡10、明治三六年三月二日）、「御稿何卒このたびは賜り度御待ち致居候　本月は原稿大に足らずよろしく御援助を乞ひ候」（書簡11、明治三六年八月二〇日）、「御作又ゝ賜り候やう奉願上候　如何」（書簡14、明治三八年一月一八日）、「「明星」へ御高文　又ハ御高吟一篇又々被下度成るべく二十日までに願上候」（書簡17、明治三八年四月三日）以下、同様に書簡21、23、24、25、26、27、28、29、30、31、32と、泣菫の『明星』への寄稿を求め、締め切りを伝え、時に督促する文言が殆どの寛の書簡に見られる。書簡30（明治四一年三月二二日）などは、「啓上　御稿お待ち申居り候　何卒　御めぐみ願上候　艸ゝ」と、原稿督促のみを、葉書で申し伝えている。書簡34（明治四一年八月二九日）はついに、「さて百号帋上へ記念として御新作一篇御寄せ被下掉尾の花を御添へ願上候　〆切は九月中に御坐候　又乍勝手近頃の御写真をも御貸し被下度候」と『明星』終刊号への寄稿を依頼している。が、泣菫は直ちには応じられなかったらしく、書簡35（明治四一年一〇月一日）で「十一月一日の廃刊号（満百号記念）へ御高稿是非御遣し被下　掉尾の光彩御添のほど願上候　〆切は本月十五日に御坐候」と督促している。『明星』第一〇〇号（明治四一年一一月）には、長詩「死の勝利」とともに、以前は拒んでいた泣菫の「写真」も無事掲載されている。この間、『明星』への思いを泣菫に率直に伝えている文面が書簡中、特に印象に残る。初期においては、書簡5（明治三三年六月三日）に次のようにある。

「明星」といふいたづら息子を持ち候ため元来多忙なる身の上に人しれぬ奔走に疲れ申候　幸ひ諸友の庇護により三号の厄年ものがれ申候へは一と安心致候　何卒他人の子とは思召さず御撫育被下候やう奉願上候　利益などは迚も〳〵思ひがけず候へども今四五ケ月も立ち候はゞ手一杯になる事かと奉存候　只今の処小生の貧嚢を叩き出し其他社友の寄附金などを一切投げ出して猶一部につき壱戔以上の損失に御坐候　迚も道楽ならでは出来ぬ事に御坐候（殺風景なる経済談御容赦被下度）

寛は書簡で、『明星』を「いたづら息子」と呼び、「何卒他人の子とは思召さず御撫育被下候やう」と泣菫に文字どおり親身の助力を願っている。「利益」など思いもよらず「損失」ばかりのこの出版は、「道楽ならでは出来ぬ事」と訴えている。経済的な困窮を託ちながら、泣菫に「別封は太だ軽少に候へども貧者の一燈と思召し御笑納被成候度」（書簡2）、「別封何卒御笑受をたまはり度軽少奉愧入候」（書簡4）と、何とか原稿の謝礼を送っていることも書簡は伝え、「粗菓　与謝野寛／金壱圓五拾戔在中」（書簡4）と寛の字で認めた謝礼の包紙一枚が書簡とともに今日まで残されている。

寛は編集の苦心を泣菫に、「一人の細腕にて編輯致候事とてまことに人しらぬ繁劇をきはめ申候」（書簡4）と伝えているが、同じ頃、『明星』第六号（前掲）「文芸雑俎」に「泣菫氏は大阪に住むで「ふた葉」の改題、「新文芸」の主筆に従事することに成つた」とあるように、泣菫が『ふた葉』から改題された『小天地』の編集に尽力していたことも、互いの立場への共感を深めたことが伺われる。書簡に、「小天地さぞかしお骨の折れ候事と奉存候」（書簡7、明治三四年七月一日）、「小天地十月号いかゞ相成候や　甚だ気に成り申候」（書簡8、明治三五年一一月二二日）等がその例で、「今夜苦吟　わづかに別帋の如きもの差出候……駄作幸に帋隅を埋めたまふの料となして足るべし」（書簡

6、明治三三年一二月一七日）、「小天地の次号へは必ず新体詩めくもの一篇差上候積りに御坐候……別帋鳳女史の近作差出候」（書簡7）、「御稿なにとぞ……おめぐみ願上候　小生のも其頃差出可申候」（書簡8）とあるように、寄稿によって互いの雑誌への支援を示し合っている印象を受ける。泣菫からの寄稿がなかなか得られない時にも、「明星への玉什を待つ久し　おなじく事しげき君なるべし」（書簡6）と、詩人として創作しながら雑誌編集を担うという、寛自身と同様の立場にある泣菫の多忙を気遣っている。

明治四〇年代に入り、「当方「明星」も部数頓に減じて八百と成れり　就ては来る一月号より際立ちて世の耳目を聳動する計画を致候」（書簡26、明治四〇年一一月六日）と、発行部数の減少を伝え、「諸氏に右の事情を告げて援助を乞ひ」（書簡26）、泣菫にも「御助力」を求めている。寛自身も、「口語体の詩が流行致候　何も試みてみるがよろしくと存候」（書簡33、明治四一年六月一六日）と詩壇の「流行」に柔軟な姿勢を示しているが、書簡34（明治四一年八月二九日）でついに、『明星』廃刊を泣菫に告げている。

是は小生にとりて甚だ遺憾に候へども小生の経営の下手なるため　最早如何にして持ちこたへがたき場合と相成候につき……在京の友人諸氏にも相談し断然覚悟致候次第に候　久しき間大兄はじめ多数諸兄の御庇護にあづかりながら事こゝに至り候は一に小生の微力による事と恥入候

「久しき間」の『明星』への「御庇護」に謝意を述べ、全責任を寛自身の「微力による」と断じて潔い。同書簡は、「この度新詩社中の茅野蕭々氏第三高等学校へ赴任致候間　小生同様御交際被下度　同氏は独逸文学の人にて詩人に候」と、茅野蕭々を泣菫に紹介している点でも興味深い。書簡36（明治四一年一〇月六日）は、「「昴」の方御快諾を得て一同感謝致居候　来年は森先生はじめ「昴」発行所同人も小生も詩に努力致度と大に元気づき申し候」と、『スバル』への抱負を述べている。

「泣菫文庫」所収の茅野蕭々書簡は、明治四二年より始まり、泣菫に『スバル』への寄稿を繰り返し促している。『スバル』第一号（明治四二年一月）「消息」欄に於いても、「薄田、蒲原両氏の抒情詩はもとより本誌の欠くべからざるところに候べし」とされ、長詩「謎の女」を同号に載せた泣菫だが、『スバル』第二号（明治四二年二月）の長詩

「温室」が泣菫の詩作掲載の最後となった。

与謝野晶子の『大阪毎日新聞』への寄稿――与謝野晶子書簡について

「泣菫文庫」所収の与謝野晶子から泣菫に宛てた書簡は一五通で、『親和国文』第一九号所収の二通、逸見久美編『与謝野寛晶子書簡集』第四巻（八木書店、二〇〇三年七月）所収の五通（「泣菫文庫」寄贈者である「野田苑子蔵」として所収。内、一通は『親和国文』と重複）を除いた九通が未公開書簡と推定される。『明星』創刊から終刊までの明治期を中心とした寛の書簡に対して、晶子の書簡は、大正期が中心で、主として『大阪毎日新聞』への寄稿に関わる内容である。

書簡1（明治三九年三月一四日）は、一五通の内、明治期唯一の晶子書簡で、「あるじは昨日また大学へ入院いたし申候」とあるように、入院した寛に代わって『明星』への寄稿を依頼している。『明星』（明治三九年三月）の「社友動静」に、「与謝野寛は二月一日遽に面瘍を病みて順天堂病《ママ》に入院し、一時危険の容体なりしも、手術後の経過宜しくして、既に退院するに至れり」とある「退院」について、書簡は、「先月十六日順天堂を退院いたせし日」と回想し、寛の再度の入院を伝えている。同書簡に、「おとゞしの夏あなた様御わづらひあそはせし」とあるのは、泣菫が明治三七年二月中旬に帰郷し、「この年も春から夏にかけて健康状態は勝れ」ず、翌年秋まで郷里に留まっていたことを指し、「そのゝちよろしきよし」と泣菫の恢復を回想しながら、寛の病状への不安を伝えている。同時に、「四月のざつし大きにしてと　おもひ居り候ひしことゝていたく心つかひし居り候ひき　御たすけも給はらばうれしかるべく候」と、『明星』の誌面充実の方針を伝え、寄稿を依頼している。前月の『明星』（明治三九年三月）には、泣菫の「長詩」、「小木曽女の歌」（『白羊宮』所収）を載せているが、依頼のあった四月号には、泣菫の作品は掲載されていない。が、「今月のざつし大きにして」という方針通り、三月号は一〇三頁であるが、四月号は一三六頁となっている。

書簡2（大正二年九月二三日）は、『スバル』に言及している。

スバルは今月より江南氏が去り万造寺斉と云ふ文学士が代り申候て編輯いたすことになり申し候。ありのすさびに御うけ給はらばよろこび申すべくとおもひ申し候。

『スバル』において、寛は「外部執筆者」であったが、晶子は「内部執筆者」として寄稿しており、編集者の交代を伝え、泣菫にも寄稿を依頼している。同時期に、晶子は北原白秋に宛てても「まだひみつのことですがすばるはいよ〳〵万造寺さんの方へひきとられることに（平出氏病気のため）なりました」（大正二年一一月一〇日）[5]と報せているが、『スバル』の動静をいち早く泣菫に伝えていることになる。

また、書簡2は、晶子が泣菫に贈った「白樺の森の絵」について、「金尾氏」の依頼として返送を求めていることにも注目される。晶子は滞欧中、寛とともに渡欧し親しくなった洋画家・徳永柳洲（本名、仁臣。明治四（一八七一）年〜昭和一一（一九三六）年）らに洋画の手ほどきを受けている。[6] 泣菫は帰国した晶子を迎えており（「晶子さんが帰って来た」（『象牙の塔』（春陽堂、大正三年八月）所収））、この書簡から「フォンテンブロウの白樺」（『夏より秋へ』所収）の絵を贈られていたことが分かる。書簡では「もう画は絶対にやめにいたすこゝろに候」と率直に告げている。

以降の大正期の書簡は、主として『大阪毎日新聞』への寄稿に関わる内容である。書簡3（大正二年一一月二七日）は、泣菫が大阪毎日新聞社に入社した翌年で、晶子は「本日まづきもの一ぺんさし出し申候」、「唯今こんな反古が出てまゐり候。何かの時のおうめぐさに遊ばされたく同封いたし申し候」と、謙遜しながら原稿を送る一方、「まことに申かね候へど稿料をすこし御送附たまはらばうれしかるべく候」と「稿料」送付を依頼し、「心ぐるしき極み」と心境を伝えている。また、「いそがしさのつゞき候こと」と多忙を託ち、「男性美につきてのおこたへをいたさはやと昨日も今日も筆とりて考へ申し候へど　まことに分に過ぎしむつかしき問題にて私にはいかにともせむすべなくおもはれ申し候」と、依頼に応じられないことを詫びる内容を伝えている。文面からは、「男性美につきて」というような、新聞側の提案した主題に応じた文章が依頼されていたことが推測出来る。「稿料」については、「いつぞやは厚き御報酬頂きありがたく存じ申し候」（書簡4）、「一昨日は金十七円をかはせでおゝくり下さいましてありがたく存じます」（書簡8）と、原稿への「報酬」に対する謝礼の言葉が散見される。先の寛書簡と比較し、明治期において、寛が詩人・泣菫に『明星』への寄稿を依頼し、謝礼を送る側から、大正期において、晶子が編集者・泣菫に宛てて寄稿し、「稿料」を受け取る側となったことが、寛・晶子書簡を年代ごとに読み進める中で印象に残る。

『大阪毎日新聞』への寄稿に際して、晶子が泣菫に紙面掲載上の配慮を依頼している内容にも注目したい。書簡10（大正七年一二月二五日）に、「わたくし原稿につき電報を煩はしまゐらせしこと……本日正月の歌二十首さし出し候」とあり、「元日」の掲載に間に合わせるため電報による原稿督促があったことがわかる。続けて、「これを元日におのせ下され散文は三日ごろにおのせ頂け候はゞ幸甚に候」と掲載時期の要望を伝えている。「正月の歌二十首」は、晶子の書簡の指示通り、大正八年一月一日付『大阪毎日新聞』に二〇首が掲載されているが、「激動の中を行く」は、同年四月に掲載されている。書簡11（大正八年一二月一六日）には、「うたは、「春の」すこしはやくさし出し申すべく候……十一月の初めにさし出し候ひしうたを御出し下されその前の日日のうたなどのこり居り候はゞ御やめ下されたく候」と、掲載する作品について要望を示している。書簡12（年不詳一二月二八日）の、「あまり時候ちがひにならぬうちに御のせ下されたく候」から伺われるように、「すこしはやく」季節を先取りして詠み、時宜にあった短歌作品が紙面に掲載されるよう手配し、編集する側にも掲載の仕方に配慮を求めていたことが書簡から推測される。「泣菫文庫」所収の晶子自筆歌稿には(7)、欄外に「一度にお載せ下さい」と朱書した原稿用紙が見出される。が、「紫影抄」と題されたその一五首は、大正一〇年一月二日より一八日まで不定期に、五回にわたって三首ずつ掲載されている。寄稿者の意図が紙面に必ずしも反映され難い実態があったことが推測される。

晶子には、常に紙面への寄稿が期待され、原稿の督促がされていたことが書簡から伺われる。「いつも歌のおそくなり候て失礼ばかりいたし候」（書簡9）、「か丶る時かくべきことも思ひよらず心ならず　失礼ばかりいたし申候」（書簡13）、「うたもまことにおそく相なり申しわけなく候」（書簡14）等、原稿の遅延・違約を詫びる文面が散見され、同時に「いつもおやくそくをはたし申さず居り候ことも　あなた様へ対しまつりてのことにて候へば」（書簡11）と、他ならぬ泣菫に対しては期待に応えたいとする心境を伝えている。泣菫を重んじる晶子の心情は、同書簡の「このほど朝日の会にかほだけ出しくれなど度〳〵交渉いたされいひし時、それ用にてまゐらばあなた様に御逢ひいたすが苦しき事とおもひことわりてしまひ候」（書簡11）といった文面にも端的に示されている。

一方、上田敏逝去(大正五年七月九日)に際しての「輓歌」は、依頼原稿とは別に、晶子の側からの寄稿によるものであったことが書簡5の「輓歌十首をこれは日日へもおくるものに候へど御さしつかへなく候はゞあなた様の御欄のかたすみへ御のせ下されたく候」という文面から分かる。「泣菫文庫」には、同書簡に同封されていたと推定される晶子の自筆歌稿が残されている(翻刻は『親和国文』第一九号にも所収)。大正五年七月一九日付『東京日日新聞』に「上田先生を悼みて」、同月二四日付『大阪毎日新聞』に「上田敏博士を悼みて」としていずれも一〇首を掲載、後に『晶子新集』(大正六年二月)に「以下十七首上田敏博士を悼みて」として所収されている。(8) 参考として自筆歌稿の翻刻を示した(原稿用紙は、青罫「十ノ廿　松屋製」一枚にペン書き)。

輓歌／上田先生~~を悼みて~~のために　　　与謝野晶子
まさめには仰《あふ》ぎ得《え》ざりし君《きみ》なりき今日《けふ》の後《のち》はた見《み》むすべもなし
鐘《かね》なりぬ神《かみ》か仏《ほとけ》か夕《ゆふ》ぐもか風《かぜ》かそれらに君変《きみかは》り行《ゆ》く
あたらしく惜《を》しと悲《かな》しきことを言《い》ふわが言葉《ことば》など飽《あ》き足《た》らぬかな
殯屋《もがりや》の夕《ゆふ》ぐれ時《どき》の奥《おく》ぐらさ云《い》はんかたなし涙流《なみだなが》るる
あなかなしいみじく清《きよ》きおん娘棺《むすめひつぎ》の前《まへ》に香《かう》ひねります
わが住《す》める天地《あめつち》のはし崩《くづ》れ初《そ》めいかがすべきと悲《かな》しめるなり
いにしへの世《よ》の書《ふみ》にさへさばかりの心憎《こころにく》きは書《か》かず亡《な》き君《きみ》
法《のり》の庭端厳《にはたんごん》なれど亡《な》き君《きみ》のめでたかりしにいくばくも似《に》ず
しるべなき世界《せかい》にいますにもあらずなす息《いき》にさへ混《まじ》ると知《し》れど
谷中《やなか》なる塔《たふ》のわりなし其横《そのよこ》に博士《はかせ》を納《をさ》む塔《たふ》のわりなし

題は「上田先生を悼みて」の「を悼みて」を縦線で訂正し、「上田先生のために」としているが、『大阪毎日新聞』掲載時には、「上田敏博士《うへだびんはくし》を悼《いた》みて」とされている。また、歌稿の「夕ぐも」が、『大阪毎日新聞』紙面では「ゆふぐも」、「それら」が「其等」と表記される等、自筆歌稿と掲載紙面では表記の異同が確認される。

以上、泣菫宛の晶子書簡一五通は、『大阪毎日新聞』への寄稿をめぐっての応酬が中心であるが、一方で、「光が小父様に」と、長男・光の絵を添え（書簡1）、「京の雅子（茅野氏）夫人おいでにて七日ほどを夢中に遊びまして、一昨夜など夜通し話しました名残がなほ今日まで頭にこたへまして苦しうございます」（書簡7）、「今日は昨年あの子を生みました日でございます」（書簡8）、「アウギユストと光が風邪をひき申し熱をいだし居り候て」（書簡10）、「心臓がわるく候て今日も午后はカンフルの注射をして貰ひ申すべく、只今はそれがくるしみに候」（書簡11）、「良人は背中に大きなる腫物の出き候て三たび切開をいたし今日もなほ少し熱がのこり居候」（書簡14）など、家庭の事情や家族への思い、交友関係、自身の健康状態への不安を、（時に原稿遅延の申し開きとして）親しく打ち明けている。加えて、「ひろしにもみことばつたへおき申候」（書簡4）、「良人よりもよろしくと申して居ります」（書簡8）と、寛のことを伝え、泣菫の「奥様」にも「よろしくねがひ上げ候」（書簡2）という挨拶が繰り返されている。また、「かつらさままゆみさま大きく〳〵おなり遊ばせし御ことにおはすべくゆかしく存じ上候。去年御目もじにて候ひし日もやがてまゐるにおどろき居り候」（書簡2）、「お子様皆々御成人の御こと」（書簡4）、「わざ〳〵奥様おいで下され候ことうれしきこと、存じ候」（書簡15）など、双方に面識のある家族に言及し、寛と泣菫との交誼にはじまる夫妻・親子での長年にわたる両家の親しい交際を伺わせる。

【注】

（1）逸見久美編『与謝野寛晶子書簡集』第一巻（八木書店、二〇〇二年一〇月）18頁。
（2）注（1）同書23頁。
（3）注（1）同書28頁。
（4）松村緑『薄田泣菫考』（教育出版センター、昭和五二年九月）51頁。
（5）逸見久美『新版評伝与謝野寛晶子　大正篇』（八木書店、二〇〇九年八月）74頁。

（6）拙稿「徳永仁臣（柳洲）と与謝野寛・晶子――「詩歌貼交屏風（与謝野夫妻詩歌、柳洲絵）」翻刻・解説――」（『岡大国文論稿』四二号　平成二六年三月）

（7）「泣菫文庫」所収の与謝野晶子自筆歌稿の内、原稿用紙のみの状態で保存されたいた一二枚については、拙稿（『就実論叢』第四〇～四三号（二〇一一～二〇一四年）所収）に図版・翻刻・解説を掲載した。同歌稿は、『大阪毎日新聞』に、大正二年七月～大正一〇年七月に掲載。『大阪毎日新聞』未掲載、歌集未収録の詠草を含む。

（8）『新版評伝与謝野寛晶子　大正篇』（前掲）「第5章　大正5年（三）敏の死」200頁。

島崎藤村の〈寂寥〉と画家三宅克巳
——作品「爺」執筆の周辺のことなども

庄司達也

「三宅子の去られてよりは語るべき友もなく」

水彩画家B君は欧米を漫遊して帰つた後、故郷の根津村に画室を新築した。以前、私達の学校へは同じ水彩画家のM君が教へに来て呉れて居たが、M君は沢山信州の風景を描いて、一年ばかりで東京の方へ帰つて行つた。今ではB君がその後をうけて生徒に画学を教へて居る。B君は製作の余暇に、毎週根津村から小諸まで通つて来る。

「千曲川のスケッチ」

「千曲川のスケッチ」は、明治四四（一九一一）年六月から翌大正元（一九一二）年八月にかけて雑誌『中学世界』に連載された、島崎藤村の小諸時代の体験を小品や随想としてまとめた作品である。連載を終えたこの年の冬、一二月に佐久良書房から同題で刊行されている。ここで云う藤村の小諸時代とは、「定収のある道を選ばねばならなかった」藤村が、「木曽福島からの帰り道に立ち寄よつた木村熊二の招聘で、信州佐久郡小諸町の小諸義塾の国語と英語の教師になり、翌三十二年四月、赴任」した処から始まる教師生活を云う。「三ヵ年の契約ではじめたが、期限後もそのままふみとゞまり、七年の長きにおよんだ」ものであり、「小諸生活は、詩から散文へ、浪漫主義から自然主義へ、藤村の長い文学的生涯における決定的な転換期を形づくるものであった」（瀬沼茂樹『島崎藤村』塙書房、一九五三年一月）とされている。[1] その間のことがらが綴られた「千曲川のスケッチ」は、藤村自らが「沈黙三年」と呼ぶ期間に書き記されたものを後に稿を改めて発表された作品だが、そこに「M君」として登場したのが、明治三二（一八九九）年の夏に小諸で出会った三宅克巳であった。三宅は、この地（佐久）を郷里とする同じ水彩画家の丸山晩霞の作品に魅せられてこの年の七月に信州を訪れた[2]。三宅は、藤村に出会ってしばらくしてから、藤村の紹介により小諸義塾の図画の教師として教壇に立ち、彼の地での衣食の糧を得た。木村の紹介によって徳富蘇峰からの画の注文を得て、藤村と共に喜びながら画題を探したこともあったと云う。藤村は、三宅の人物について、この頃に山口に住まっていた戸川秋骨に宛てた書簡（明治三二年一〇月八日付）に、次のように綴って知らせている。

水彩画専門家にて三宅克巳といふ人もこの夏より当地へ家族同伴にて参り来り、しきりにこの辺の山野を写生し居り候。この先生は欧米へもおもむきたる由にて伊太利古画の話、近代水彩画の物語など山家におもしろき話相手はこの人に候。

小諸での新生活を楽しみ、日々を過ごしていたように映った三宅であったが、翌明治三三（一九〇〇）年の一二月には、彼ら夫婦は小諸の冬の厳しさに耐えきれずこの地を離れて東京の四谷に引き上げることになった。一年五ケ月という短い期間ではあったが、彼が帰京するまでの時間は、藤村にとっては小諸の地では得がたい友と共に過ごした貴重なものとなったのである。「千曲川のスケッチ」は、信濃の自然を観察し、信濃の人を観察し、「スケッチ」、「スタディ」と呼ぶ方法意識によって創作された作品だが、そこには、水彩画家としてある三宅克巳の画家の方法意識に倣って行われたということが、多く指摘されている[3]。それは、例えば、藤村自身の次のような記述によるところのものでもあるのだろう。

水彩画家三宅克巳氏はわれと相前後して小諸に来り住みぬ。客心相憐ぶのあまり、互に訪ねて芸術の上など語る日頃のなぐさめとせり。氏はかつて西欧に遊び、名ある画廊をめぐりて親しくミレエ、コロオなどの作につき丹精のあとを尋ねたる人なり。この稿を草するにあたりて、氏が物語に得るところ少なからず。こゝに併せ記すは負ふところを明かにせむとてなり。

右の一文によって、三宅の西洋の画に対する知識が、当時の藤村の創作上の方法を模索する欲求に合致していたことが明らかにされるのである。書簡中に有る「コロオ」に関わって記せば、藤村は「尊兄はコロオの紹介者」と呼ぶ徳冨蘆花に宛てて、「三宅子はコロオの崇拝家、小生はまた門外漢なれども大のコロオびいき、この一事のみにても既にたゞならぬ交情のいとぐちのごとき心地せられ候」と知らせるほどであった（「徳冨蘆花宛書簡」明治三三年一一月一八日付）。しかしながら、それ以上に我々の関心をひくのは、このような三宅克巳という友が、藤村にとっては「客心を相憐ぶ」友であり、「互いに訪ねて芸術の上など語る日頃のなぐさめと」して、その憂いを共有する友であったということが知られることなのではないだろうか。本書には、このことと深く関わる一通の書簡が収載されている。

その一通とは、年代が不明ながら、その記述された内容から明治三四年（或いは三五年）五月に綴られたと推定される一通である。そこには、三宅克巳という「山家」の地では得がたい友を失った寂寥とでも云うべき飾らない藤村の素直な心の有り様が綴られている。

当地は山家のうちの山家と申すべき土地柄、三宅子の去られてよりは語るべき友もなく刺戟も薄けれは好める道とは申しながら自然詩文のかたもなけやり勝にて日々少年を相手とし碌々消光

小諸に住まう藤村の寂寥の思いは藤村自身によっても多く言及されており、『明星』創刊号（明治三三年）に発表された「旅情」（後に「小諸なる古城のほとり」、さらに「千曲川旅情の歌」と改題）にも歌われている処である。

この地に生活していながらも自らを旅人として規定した藤村は、己を流れゆく「雲」に例えて描出する。「小諸なる古城のほとり／雲白く遊子悲しむ」とは、自身は「遊子」（旅人）でありながらも、他の地へと流れ移ってゆく「雲」を羨みながら眺めることしか叶わぬ、この地にとどまるしか術を持たぬ自己を描出した詩句である。そのよう

な身にとって「春」はまだ「浅くのみ」あり、憂いは深まるばかりなのである。この詩句の後、第三連の冒頭に綴られた「暮れゆけば浅間も見えず」などに、藤村自身の憂いが直接的に投影されていると読んで差し支えないだろう。川岸の宿屋へとのぼり独り「濁り酒」を飲む「遊子」とは、小諸という土地で「都」への帰京を望みながらもそのことが果たされない、果たされる日を待ちわびる藤村自身に他ならない。「あさま山のふもとまで流れこし身をふびんと思召され」とは、小諸赴任から四ヶ月あまりがたった明治三二年の夏、尾崎紅葉門下であった谷活東に送った書簡（八月二三日付）の一節だが、このように綴られた「あさま山のふもと」の地でようやく得た芸術を語ることのできる友人を、一年足らずで失った藤村の憂いは如何なるものであっただろうか、想像に難くない(4)。右に掲げた泣菫宛て書簡の一節は、薄田泣菫という寛容なる人への信頼を基とした藤村の甘え心というものが無意識のうちに混入されての一節かとも想像されるのだが、この書簡を綴った当時の藤村の偽らざる心境であったのだろう。「すでに立夏の候とは申しなからこの一週は春よりも寒く浅間には雪もふり新緑の時候とは思はれぬほどに御座候」と綴る筆は、確かに眼前にある実景を写した言葉であるのだが、そこには藤村自身の心境が重ねられていると読むべきなのだろう。

作品「爺」執筆の経緯

ところで、本書には、前節で紹介した他にも藤村の三通の薄田泣菫宛て書簡が収録されている。これらには、いずれも、作品「爺」の執筆に関わることがらが記述されている。ここで言及されている「爺」は、泣菫が編集に携わっていた雑誌『小天地』の明治三六（一九〇三）年一月号に発表された小説である。

「爺」は、藤村が「詩から散文へ」と転換してゆこうとするその時期に執筆された作品である。伊藤一夫、青木正美編『島崎藤村コレクション第四巻　肉筆原稿で読む島崎藤村』（国書刊行会、平成一〇年一二月）にその原稿二三枚の全てが影印で紹介されている。青木による解題「『爺』原稿の由来」では、「これは藤村が『破戒』前に試みた習作の一つで、明治三十六年一月一日号の雑誌『小天地』に載せられた作品である」と紹介されている。「爺」は『小天地』に発表された後、同時期、同系列に位置づけられる作品「藁草履」、「老嬢」、「水彩画家」、「旧主人」などと一緒に『緑葉集』（春陽堂、明治四〇年）に収録されている。その意味で、作家としての出発期にあたる藤村の明治三〇年代後半を考究してゆく上では、看過できない作品の一つである。

本書に収録された三通の書簡は、この作品の執筆の事情の一端を明らかにしてくれるという意味で、大変に貴重である。(5)

明治三五（一九〇二）年一一月三日の書簡は、「かねて御約束申上置小天地への寄稿の義につき一寸申上度候」と筆が起こされる。「与謝野氏への前約」、すなわち雑誌『明星』への寄稿を約束している手前、それが済まねば『小天地』へは書けない、という趣旨である。

与謝野氏への前約を果したる上にて早速執筆致し遅くも今月二十日迄には御送り申上度存候所明星への草稿思の外に長く相成りとてもこの二十日迄に御送稿は覚束なく候間御編輯もあらせらるゝところを違約は甚た心苦しき次第に御座候

『明星』への寄稿作品は、この月（一一月）に発表された「藁草履」のことであることは、次の「一一日付」の書簡の「明星に載せる『藁草履』よりはすこし短きもの」との記述からも推定されるのだが、「違約は甚た心苦しき」と云った処に、藤村の人柄が垣間見られる。また、右の文章につづいて、「来十二月二十日迄に御送り申上候様致度」と綴っていることからは、脱稿までに一月半ほどの時間を費やそうと見込んでいたことも知られる。しかしながら、次便にあたる「一一日付書簡」には、「しからは十二月五日迄に御送り申上候様に致し／題は『爺』と致候」とある。引用文の冒頭にある「しからは」との文言から察すれば、恐らくは泣菫より何らかのサジェッションがあり、「二十日」では間に合わぬ、との打診があったのだろう。それに答えたことが「しからは」以下の文言だと推量される。「二十字詰二十行の原稿紙にて凡そ四十枚より五十枚までのうち」と予定された「爺」であった。この時点でどのような構想を持ち、作品の設定と展開が企図されていたのかを推し量る術は持たないが、我々が知る処から見れば、当初の予定を大幅に違える分量となったことは事実である。「一匹の女王蜂に多くの働蜂や雄蜂が群がり集まるように、魅力的な一人の山村生まれの女性と、その女性にかかわりをもった多くの男性たちの身上話を、哄笑的なユーモアを交えながら語り、性愛を謳歌したパロディ風で虚構的な異色ある作品である」との伊藤一夫による評価（前掲、伊藤一夫、青木正美編『島崎藤村コレクション第四巻　肉筆原稿で読む島崎藤村』）に、果たしてとどまるものであり得たのか、或いは、この枠組みを大きく超える運動性をもって作者の感じた木曽の閉塞感を打ち破るような作品であったのか、大いに気になる処である。

藤村自身は、決してこの作品の完成度に対して満足していなかったことは、最後の書簡、「明治三六年一月五日付」の書簡中に、「『爺』はとりいそぎ蕪雑なるものを認めまことにお叱りを蒙るべきほどの短篇御許被下度候」とある処から推量される。恐らくは、自作に対する謙遜の思いで綴った言葉ではなかっただろう。この文言につづけて「本年は何か差上けて御高志に酬ひ度と存居候むもこのことにつきては追て可申上候」とあることが、藤村が作品「爺」に対して持った複雑な思いと、泣菫に、或いは金尾種次郎、雑誌『小天地』に対して抱いた思いを伝える言葉となっている。

【注】

（1）藤村自らが義塾に赴任する旨を伝えた木村に宛てた書簡（明治三二年三月一四日付）が残されている。

御申遣の旨拝承御心添の段奉謝候。実は周旋するものありて奈良の中学より来る様にと申来り候得共、先生の下ならば小生も大に心易く万事好都合と存候につき、其方は断りで貴志のまゝに御地へ参り候事に致度、何分宜敷御願申上候

（2）このあたりの事情を、伊藤一夫は『島崎藤村研究　―近代文学研究の諸問題―』（明治書院、一九六九年三月）で、次のように紹介している。

三宅が小諸を訪れる決意をしたのは、佐久出身の晩霞と親しくなり、〈出品画は何れも丸山君の郷里、信州の浅間山の麓の景色を描いたもので、その緻密な写生は率直に而も清国に自然を描写されたもので、実にその自然に対する真剣の態度は、一筆々々の上に現れて居る〉（「思ひ出づるまゝ」）というように、丸山の作品から暗示された佐久の風土的自然に心ひかれたためであった。

（3）例えば、十川信介『島崎藤村　―「一筋の街道」を進む―』（ミネルヴァ書房、二〇一二年八月）は、ラスキンに学んで自然観察を始めた藤村の周囲からの影響について、次のように指摘している。

学校にはその研究に恰好の同僚がいた。フランスでミレーやコローらを学んで帰朝した三宅克巳と、その後任として三四年から勤務した丸山晩霞である。丸山はすでに近在の禰津村に住んでいた。『千曲川のスケッチ』の「烏帽子山麓の牧場」などに登場するM君とB君とが三宅と丸山である。彼ら画家との交際を通じて、藤村の「物を見る眼」はますます深くなった。

（4）谷活東宛ての同書簡には、「生こともこの地に参りしはじめのほどは土地の様子も分らず、人にもなじまず、寂寥に堪へざりしが、今はすこしばかり心も落付き、都よりたづさへ来し書籍などにて日々の茶を濁し居り候」とある。

（5）現行の『藤村全集』（筑摩書房）に収められている田山花袋宛ての書簡（明治三三五年一一月九日付）に「『太平洋』へは是非何か差上げたく存候。尤も只今大阪の『小天地』へ約ありていそがしき思を致居候故、それを畢りたる後に御送り申上べく候。この暮か来春はじめ頃には小品をと心がけ居候」と綴られていたことで、おおよそではあるが、作品「爺」執筆の開始時期が推定されていた。

薄田泣菫との接点
――上田敏、柳原白蓮、日夏耿之介

荒井真理亜

上田敏

上田敏は明治三八年に訳詩集『海潮音』を発表し、薄田泣菫は翌三九年に『白羊宮』を刊行して、日本における象徴詩の発展に貢献した。上田敏は明治七年生まれで、泣菫より三歳年上である。この二人の詩人の間にはどのような接点があったのだろうか。上田敏が泣菫に宛てた書簡から探ってみたい。

薄田泣菫文庫には、上田敏の書簡が九通ある。そのうち、明治四四年六月一日付の封書（書簡3）や同年七月二三日付の葉書（書簡4）は、薄田泣菫が帝国新聞社に勤めていた時のものである。大阪の『帝国新聞』は明治四四年四月に創刊した。泣菫は、主幹であった結城礼一郎に招かれて、同紙の文芸部長となる。その時のことを、泣菫は『泣菫文集』の後に」（『泣菫文集』大正一五年五月、大阪毎日新聞社・東京日日新聞社）の中で、次のように述べている。

この帝国新聞は私達の創めたもので、編輯其他に多少の創意を施し、文芸欄は一時上田敏氏にも担当してもらひましたが、其後廃刊してしまひました。

また、満谷昭夫の『泣菫残照―薄田泣菫関連資料を中心に―』（平成一五年一月、創元社）で紹介されている明治四四年五月一五日付薄田泣菫宛上田敏書簡には「御申越の文芸欄の事、おもしろく候が、なほ委細の事親しく御面晤の上取極めたく、近日もしや御入洛の事あらば甚だ好都合に候」とある。泣菫に頼まれて上田敏が『帝国新聞』の文芸欄の担当となったのは、明治四四年五月頃のことであろう。

上田敏は、明治四一年に洋行から帰ってきて、京都帝国大学文科大学講師を任ぜられた。明治四一年一一月六日付の葉書（書簡2）では、「慣れぬ旅行をいたした、め、日本へ帰りてもまだ客愁を感じます、どうせ郷心地がつかぬものなら東京でも京都でもよし、本月下旬には御目にか、れませう」と述べている。

上田敏は京都に単身赴任、三本木信楽《しがらき》に寄寓した。明治四四年六月に、家族を呼び寄せ、京都市岡崎入江三六番地に移っている。この時の貸家探しを泣菫が手伝っている。三宅昭三の『泣菫小伝五―苦悩と模索の時代の泣菫―』（平成一八年四月、薄田泣菫顕彰会）には、薄田泣菫の日記の一部分が翻刻・紹介されている。それによると、五月一九日のところに「午後貸家の事につき上田敏氏の許に使おくる。午後四時過上田氏来らる。共に連れ立ちて衣棚出水上る西側と、室町一條上る西側に貸家見にいく」とある。京都に不案内な上田敏の家探しを、かつて京都に住み、土地勘のあった泣菫が手伝ったのであろう。また、泣菫は、明治四二年に高安月郊、厨川白村、茅野蕭々らと「九日会」という外国文学研究会を始めるが、そこに上田敏も加わった。

話をもとに戻すと、書簡3の明治四四年六月一日付の封書から、上田敏が文芸評論の執筆を「二、三の人」に依頼して書いてもらった原稿を泣菫に送っていることがわかる。また、書簡4の同年七月二三日付の葉書は、泣菫の求めに応じ、「短篇の翻訳」を送ったことを知らせたものである。「マアテルリンクの『幼児戮殺』御送り申上候」というのは、竹友藻風訳「幼児戮殺」のことであろう。竹友藻風訳「幼児戮殺」は明治四四年七月二七日から八月一日まで『帝国新聞』に掲載されている。これも上田敏が竹友藻風に依頼したものだと思われる。このように、上田敏は『帝国新聞』の文芸欄担当として、自らの人脈を生かして原稿を集め、泣菫に力を貸していた。

大正元年八月九日付の封書（書簡5）、大正元年九月一一日付の封書（書簡6）、大正元年一〇月二三日付の葉書（書簡7）、大正三年一二月三一日付の封書（書簡8）は、『大阪毎日新聞』への寄稿に関するものである。今度は上田敏が泣菫に原稿を依頼されたのである。

上田敏が京都に赴任してから、上田敏と薄田泣菫は私的な用事や新聞の仕事でお互いに往来し、親しく交際していたことが窺える。

しかし、薄田泣菫文庫にある上田敏の書簡で特に注目したいのは、年不詳の九月五日付の書簡（書簡9）である。

封筒が紛失しており、差出人の住所も判明しないが、内容から上田敏が東京から出した書簡だと思われる。泣菫の手紙に対する返事らしく、「芳墨を手にして御なつかしく拝誦仕候」と書かれている。さらに「唯一度拝顔を得しのみなれど」というので、上田敏と泣菫が知り合って間もない頃のものであろう。

上田敏は「芸術の道の自づから相通ふ所以のものを今更ながら心楽しく感じ居候」と述べている。泣菫の芸術観に自分と共通するものを見出していたようだ。さらに、「文壇の近況如何御思召候や／まだ〳〵奮闘して新境地を開拓すべき余地ありと私考仕候」と述べ、「伝統と断ち根蒂を絶したる芸術に偉大なるもの幽遠なるもの出来やう道理なかるべし」と持論を展開する。上田敏は「東西相離かりて居常清談の機無く遺憾此上なく候が／御序の節御上京静かに胸中を吐露すべき／好機会を待居候」と述べている。「東京に居りても実に真に趣味を同じうする人は少なく候」というので、上田敏にとって泣菫は自身の芸術観や文学観を理解してくれる数少ない一人であったのだろう。

上田敏は、薄田泣菫を詩人として高く評価していた。上田敏（筆名・芸苑子）は、「鏡影録（一）」（『芸苑』明治三九年二月）で、次のように述べている。

薄田泣菫氏は此学殖ある詩人の一例なるか。語彙の豊富にして、殊に中古軍記類に散見したる語を駆使することの巧なるは、詩壇第一人なるのみか、西欧詩文の造詣も頗る深きが如し。其処女作にはキイツ愛読の跡あり。『暮笛集』中の一篇がエルギリウスの第一牧歌に類する如く、近時の作『大和にしあらましかば』はブラウニングの同じ体に相似し、新年の『太陽』に寄せたる佳什『望郷の歌』は『ミニヨンの歌』に通ひて、而も大に日本の趣味を発揮したる所面白し。

櫂の音ゆるに漕ぎかへる山桜会の若人が瑞木のかげの恋語り（第六節）
わが故郷は、楠樹の若葉仄かに香ににほひ、葉びろ柏は手だゆげに、風に揺ゆる初夏を、葉洩りの日かげ散斑なる糺の杜の下路に（第二節）
も心ゆくかぎりなれど、第三節、第四節の沈静なるこそ、新しき日本に生ひいでし旧き花なれ。

上田敏は、泣菫の詩の背景にある古今東西の文学に対する学殖の豊かさを指摘している。「伝統と断ち根蒂を絶したる芸術に偉大なるもの幽遠なるもの出来やう道理なかるべし」という考えを持っていた上田敏であるから、泣菫の詩の広さと深さを評価したのであろう。日夏耿之介は「この批評は文学史的に留目すべき位置の文章であった」「この上田評の『新しき日本に生ひいでし旧き花なれ』といふ表現は洵に妥当且つ意味深微の歴史的重みのある言葉であった。この寸言に依て泣菫の詩壇の位置は定まった」(『明治大正詩人』昭和二五年七月、要書房)と指摘している。注目したいのは、上田敏が同じ「鏡影録(一)」において「薄田氏の新詩『魂の常井』は『明星』所載『わがゆく海』より劣れり。而して、之に楽譜を付したる理由は如何。か丶る事は深意あるを要す」と苦言も呈していることだ。上田敏は、自分の文学理念に従って、泣菫の詩を公正に評価していたものと思われる。

上田敏はその後もしばしば『芸苑』の「鏡影録」で泣菫詩の評を掲げている。泣菫が明治三九年五月に『白羊宮』を刊行した時には、「鏡影録(五)」(『芸苑』明治三九年六月)で『白羊宮』を激賞した。泣菫の『白羊宮』は好評を以て詩壇に迎えられたものの、その詩語については否定的な意見が多かった。そのような中で、上田敏は「鏡影録(七)」(『芸苑』明治三九年八月)において、「古語の復活、新語の創成には多少自らも心を用ゐたる故、趣味おのづから薄田氏の方に傾きたり。如何なる善事も極端に走れば面白からぬ筈なれど、行く処まで行つて見るは芸術家の性にして且つ一種の誇なる可し」と主張し、泣菫を支持した。泣菫は『白羊宮』の評価について、『泣菫詩集』(大正一四年二月、大阪毎日新聞・東京日日新聞)の跋文で「私の古語癖が、その頃の読者や評家をかなり苦しめたやうに承つてゐます」と回想し、次のように述べている。

私もなるべくなら平易な、耳近い言葉で詩を作りたいと思つてゐましたが、何分日本語は、語彙が貧しく、言葉の音調が浅いものですから、私は適当な語を求めて、知らず識らず新しい造語も試みないことはありませんでした。しかし、新造語を試みる前に、まづ同じ内容を含蓄する古語の復活すべきものはなからうかと、詮議してみました。私は自分でもあまりに古語の復活沙汰に執着し過ぎたことを知らない訳でもなかつたのですが、やるからには徹底的にやり通すのが、私の性分だものですから……。

このような泣菫の意図を、上田敏は察知していたのであろう。泣菫にとっても、上田敏は、自分の文学的挑戦を評価してくれる、よき理解者だったのである。

書簡9よりは後のものになるであろう、上田敏は明治三九年五月二日付の封書（書簡1）で「御上京の義は先日与謝野氏より聞き」と述べ、「何時にても御来駕にて差支無之候が」として自分の都合を知らせている。泣菫は、明治三九年四月に上京し、五月半ばまで滞在した。その間、新詩社の集会に列席したり、島村抱月や坪内逍遙に会ったり、蒲原有明や岩野泡鳴とともに森鷗外を訪ねたりしている。泣菫が上田敏と会ったかは定かではない。しかし、同時期、上田敏と薄田泣菫は、野口米次郎が主唱して発足した日本と英米の詩人の会「あやめ会」に参加している。このような機会を得て、両者の交流が活発になったと思われる。先にも述べたように、その後、上田敏が京都に移り住んで、さらに二人の親交は深まっていったのだが、上田敏は大正五年七月八日に四二歳で死去した。泣菫は、大正五年七月一二日付『大阪毎日新聞』の「茶話」に「上田博士の死」という題で、次のように書いている。

上田博士の亡くなつたのは、吾が文壇にとつて、京都大学にとつて、また償ふ事の出来ない損失といはなければならぬ。博士は平素大学教授といふ名前を厭がつてゐたが、多くの大学教授のうちで、博士は京都大学の最も誇るべき人であつた。

「茶話」で故人を追悼するのは珍しい。やはり泣菫は上田敏の死に触れずにはいられなかったのではないか。泣菫は詩人としても、新聞人としても、そして私人としても、上田敏には特別な思いがあったのである。

柳原白蓮

薄田泣菫文庫には、柳原白蓮の書簡が一通ある。大正九年四月一〇日付の封書（書簡1）は、差出人が「伊藤燁子」、住所は「筑紫国幸袋町」になっている。「伊藤燁子」は、白蓮の当時の本名である。明治四四年二月、白蓮は筑豊の大炭鉱主であった伊藤伝右衛門と再婚し、福岡に移り住む。封書の宛先は「大阪市／大阪毎日新聞社／薄田淳介様」である。中身は歌稿のみで、私信はない。この歌稿は『大阪毎日新聞』に発表するために送られたものである。『大阪毎日新聞』の夕刊の第一面には、大正六年より与謝野鉄幹、与謝野晶子、金子薫堂、若山牧水、吉井勇らの短歌が三首ずつ掲載されている。白蓮も、大正八年四月一日に「伊藤白蓮」の名前で、次の短歌を載せている。

胸うつろここに来て啼け青き鳥呼ぶに驚き扉を閉ぢて泣く

たとへなば桜の花のうつくしくめでたくあれといひこせし文

古里にまたくる日まで白桃も丁子も咲くな我ゆく日まで

これを初めとして、白蓮は大正八年に三二回、大正九年に二四回、大正一〇年に一〇回、計一九八首の歌を『大阪毎日新聞』の夕刊の第一面に発表した。その最後は、大正一〇年九月二九日に「伊藤燁子」の名前で載せた次の三首である。

柔かう枕にのせし黒髪も身にそへばこそいとしきものを

逢ふ日なき恋する心地今日もまた身じまいするかものうき日哉

相会はぬ後の三年に命ありやなど丶あはれにかける消息

この後、白蓮は大正一〇年一〇月二〇日に家出を決行する。白蓮が夫を捨て、恋人のもとへ走った、いわゆる「白蓮事件」である。二二日に『大阪朝日新聞』が朝刊で白蓮の家出を報じ、夕刊に白蓮の夫への絶縁状を掲載した。これに対し、『大阪毎日新聞』は二四日から二七日まで「絶縁状を読みて燁子に与ふ」という伊藤伝右衛門の反論を載せている。

書簡1の歌は、この騒動が起こる以前、すなわち大正九年四月から六月までの間に、『大阪毎日新聞』に分載された。書簡1の歌稿には三一首の短歌が記されている。その配列順（①～㉛）に、『大阪毎日新聞』の掲載年月日を示すと、次のようである。短歌は第一句だけを記しておく。

⑲「おもはれて」　⑳「我のみか」　㉑「か丶る時」　大正九年四月二二日
①「侍女か死にて」　②「筑紫には」　③「白雲の」　大正九年四月三〇日
④「淋しさも」　⑤「やがて来る」　⑥「おしろいの」　大正九年五月一八日
⑦「心まづ」　⑧「けふも亦」　⑨「磨きても」　大正九年五月二〇日

㉘「神の代も」　㉙「天の国は」　㉚「二十八」　大正九年五月二二日
㉕「ほの〳〵と」　㉖「言葉なき」　㉗「大方の」　大正九年五月二九日
⑩「我泣けは」　⑪「白紙に」　⑫「見しはこれ」　大正九年六月四日
⑯「鐘なりぬ」　⑰「嵐すさぶ」　⑱「けふも亦」　大正九年六月一三日
⑬「あひ見れは」　⑭「首ふりし」　⑮「あひ見れは」　大正九年六月二三日
㉒「父母は」　㉓「この思ひ」　㉔「われを見て」　大正九年六月三〇日
㉛「羽衣は」　掲載なし

これを見ると、白蓮の歌は歌稿の冒頭から三首ずつ組にされているにもかかわらず、歌稿の配列順に発表されたのではないことがわかる。泣菫がその日その日の気分によって発表する組を選んでいたようだ。歌稿の最後に記されている「羽衣は」で始まる歌は『大阪毎日新聞』には出てこない。歌稿には三一首の歌が書かれているが、三首ずつ発表していくと一首余ってしまう。一首だけでは新聞に載せられないので、最後の歌は発表されなかったのであろう。『大阪毎日新聞』に発表された白蓮の歌は、書簡1の歌稿に記された歌だけではない。歌稿は他にもあったはずである。また、白蓮が歌稿だけを送りつけることは考えにくいから、書簡1には私信も同封されていたであろう。しかし、書簡1以外の歌稿や白蓮の私信は残されていない。泣菫は短歌を新聞に載せてしまうと、歌稿や私信は処分していたのだと思われる。このことから、書簡1の歌稿だけが薄田泣菫文庫に残されていた理由も推測できる。つまり、泣菫は「羽衣は」で始まる歌を次回以降に送られてくる歌と組み合わせて発表しようと考えて、書簡1の歌稿を手許に残しておいたのではないだろうか。

白蓮が、『大阪毎日新聞』の記者で、福岡の天神にあった伊藤家の別邸の傍に住んでいた北尾鐐之助と親交があったことは知られている。しかし、泣菫と私的な交流があったことは確認されていない。おそらく、新聞の編集者である泣菫が歌稿を依頼し、歌人である白蓮が歌稿を送るというだけで、両者の間に個人的な付き合いはなかったのではないかと思われる。

筑紫時代の白蓮の歌は、自身の生活に取材したものが多い。書簡1の歌稿に記された歌のうち、「侍女が死にて」「筑紫には」「白雲の」「淋しさも」「やがて来る」「おしろいの」で始まる六首の歌に出てくる「侍女」は、白蓮が『踏絵』を出版した頃、すなわち大正四（一九一五）年頃に京都から小間使いとして呼び寄せた「おゆう」であろう。おゆうは、伊藤伝右衛門が京都に滞在する時の定宿であった『伊里』の女将・野口さとの妹である。白蓮に求められて伊藤家に来たが、病を得て京に去り、亡くなった。「おしろいの」で始まる歌の「姉なる人」は野口さとをさすと思われる。先の六首の歌は、可愛がっていた侍女を失った悲しみを詠ったものである。侍女は恋愛中に亡くなったらしく、侍女をもっと早く解放してやればよかったという後悔も読み取れる。初出で見ているとわからないが、歌稿で六首を続けて読むと、一つの物語が浮かんでくるようで興味深い。

日夏耿之介

大正期に象徴派詩人として活躍した日夏耿之介は、昭和二七年一二月二四日、『山陽新聞』に掲載された「泣菫さんと予」の中で、薄田泣菫の思い出を次のように回想している。

昔から泣菫さんとはたび〳〵音問を交したが、生前にお逢ひしたのは只の一回きりであった。しかも太《ママ》だ印象的な一回であった。芦屋の富田砕花方に遊んだ砌たしかわたくし一人で西宮に泣菫さんをお訪ねしたと思ってゐる。お会ひしたのは初めてであるが、著作でお互ひに十分十二分理解してゐることであるから、別に初対面の感じもしなかった。

日夏は、泣菫と逢った年を、泣菫が大阪毎日新聞社を退いた「昭和元年」か翌年あたりと語っているが、実際は昭和四年である。『日夏耿之介宛書簡集―学匠詩人の交友圏―』（平成一四年七月、飯田市美術博物館、以下『日夏耿之介宛書簡集』）には、日夏耿之介宛薄田泣菫書簡七通が収録されている。昭和四年三月二九日付の日夏耿之介宛薄田泣菫書簡には、「先刻はわざわざ御訪ね下され有難く存じました」とある。

日夏が「昔から泣菫さんとはたび〳〵音問を交した」というように、泣菫と日夏との間では、直接会う以前から既に手紙のやりとりがあった。薄田泣菫文庫に日夏耿之介の書簡が九通ある。日夏が先の「泣菫さんと予」で「わたくし前後の六十代初期の年頃の老者は、云いやうないしたしみを泣菫さんとその詩とに対して抱いてゐた」と振り返ったように、日夏も泣菫を敬慕してやまない一人であった。

大正一五年五月一八日付の封書（書簡1）は、『泣菫文集』（大正一五年五月、大阪毎日新聞・東京日日新聞）の献本に対する礼状である。そこで「小生監修小誌サバト誌上に於て御紹介仕度心胆に有之候」と述べている。しかし、その後、日夏は体調を崩したらしく、大正一五年七月発行の『奢灞都《さばと》』に掲載された夏黄眠（日夏耿之介）の「病中記」では、『泣菫文集』に軽く触れているのみである。それより前に『泣菫詩集』（前掲）が刊行された時も、日夏は『奢《さ》灞都《ばと》』（大正一四年六月）誌上で『泣菫詩集』を紹介した。日夏は「『白羊宮』は明治文学の古典書である。作者は過去の人である。過去の人にして而も不朽の作を有する以上、学問的完全の書が出べきは当然である」「藤村、泣菫、晩翠、有明らの牛津版本如き学問的完全の刊本が必要の時代が来た。本書はその先行の一である」と強調する。日夏の言によると、大正一四年の時点で、泣菫の詩は「古典」であり、「学問」の対象と見なされるようになっていたようだ。

大正一五年九月二三日（年推定）付の封書（書簡2）も、薄田泣菫著『太陽は草の香がする』（大正一五年九月、アルス）の献本に対する礼状である。「折しも小雑誌サバト〆切当日とて早速紹介文だけ綴りをき候」と知らせている。大正一五年一一月発行の『奢灞都』に掲載された石上好古（日夏耿之介）の「玉石同匱」に、『太陽は草の香がする』の批評がある。日夏は「茶話」よりも『太陽は草の香がする』に収録された随筆に泣菫の詩人らしい趣味を感じていたようで、「年をとつたる氏の感情漸く枯淡に傾いて草木虫魚への感想が今尚予の愛誦する『白羊宮』の濃情こそなけれど、その濃情が自然に落付いた老楽のけはひを感ぜしめられるあるものが在るやうになつたと感じたり」と述べている。日夏は、後便の大正一五年一〇月九日付の封書（書簡3）でも、「早速小冊子サバトに寸評仕候も其後持病思はしからず　他の新聞雑誌に妄評を掲ぐる健康状態相続かず　心に相かけをり候処」という。日夏としては、『奢灞都』だけでなく、他の新聞や雑誌にも時評を載せたかった。それによって、泣菫の随筆集を宣伝したかったのであろう。

昭和四年八月一二日付の封書（書簡4）は、泣菫の詩を出版するのに、許可を求めたものである。『游牧記』の事業として発行する『明治古典彙刻』という叢書の第一篇に、泣菫の「あ、大和にしあらましかば」と「望郷の歌」の原稿写真と活字版を収録し、日夏が解題を付す予定だという。叢書の第一篇に、「藤村有明敏鷗外等」ではなく、泣菫を選んだところからも、日夏の泣菫の詩に対する思い入れの強さが窺える。『游牧記』は日夏が監修した同人雑誌で、昭和四年八月に創刊した。これに対し、泣菫は昭和四年八月一八日付の日夏耿之介宛書簡（前掲『日夏耿之介宛書簡集』）で、「御手紙拝見。御申越の件承知いたしました。どうぞよろしく」と返事をし、日夏に求められた「望郷の歌」の原稿の所在を知らせている。しかし、この叢書が実際に発行されたのかは定かではない。『游牧記』が昭和四年一二月の第四号で終刊していることから考えても、その事業として企画された『明治古典彙刻』は結局発行されなかったのではないかと思われる。

日夏耿之介は『明治大正詩史　巻ノ下』を昭和四年一〇月に新潮社より出版した。これが先輩同輩に歓迎されず、詩壇に波紋を呼んだ。昭和四年一一月二四日付『読売新聞』に、川路柳虹が「日夏耿之介に与ふ―明治大正詩史の迷妄をただす―」を書き、同紙面に日夏耿之介も「川路柳虹氏に答ふ―作家の書いた文学史の真実性―」を掲載した。さらに、堀口大学は「第三の声―川路日夏二氏論争の傍に」（『読売新聞』昭和四年一一月三〇日、一二月四日）を発表し、日夏との絶交を明かした。一方、泣菫は『明治大正詩史　巻ノ下』を好意的に評したようだ。日夏が昭和四年一一月一五日〔年推定〕付の封書（書簡5）で「拙著差上候処御褒辞玉はり汗顔の至に御坐候」と書き、詩壇の痛烈な批判に「一方ならず意気消沈」「閉口やら悲観やら」と泣菫に真情を吐露している。堀口大学はじめ詩人仲間に去られた日夏は、泣菫の恩情に思わず弱音を吐いたのであろう。

昭和一三年一〇月七日〔年推定〕付の封書（書簡6）には、「頃日創元社主来翰　泣菫全集上梓の趣、之われらのかねて心待ちに待ちたる事に有之」とある。これに対する泣菫の返信が、昭和一三年一〇月一一日付の日夏耿之介宛葉書（前掲『日夏耿之介宛書簡集』）である。泣菫は「御手紙有がたう。全集刊行につき、創元社より承はりますれば、大兄には一方ならぬ御尽力にあづかつてゐます由、厚く御礼を申上げます」と述べている。『薄田泣菫全集』（全八巻）は昭和一三年一〇月から翌一四年七月まで、創元社より刊行された。この全集の刊行に日夏が携わっていたのである。さらに、先の書簡6では「来月号婦人ノ友に何かのお役の端にもやと泣菫詩集の解説めいたるものを書き申候」と伝えている。この「泣菫詩集の解説めいたるもの」というのは、昭和一三年一一月に日夏が『婦人の友』に発表した「泣菫の浪漫的古典詩」であろう。日夏はその中で「泣菫の詩は詩集『白羊宮』で代表せられる」として、「作者はやむにやまれず古語や廃語を用ひて、現代語ではあらはされないあるものを新しく創造して、時代のために示した」「これこそは、当時にとつて全く新しい価値創始であつた」と述べている。これを読んだ泣菫は、昭和一三年一一月七日付の日夏耿之介宛葉書（前掲『日夏耿之介宛書簡集』）で「今月の婦人の友にて御文章拝見。御親切のほど感銘に存じます。言葉に対して甚深な愛を持たるる大兄ならではと存じ、一しほ感激に堪へません」と謝意を表している。

このように、日夏は泣菫の業績を顕彰するために奔走する。昭和一三年一一月七日付の封書（書簡7）は、泣菫の『白羊宮』を冨山房より出版するため、泣菫に許可を求めたものである。しかし、この企画は中止になる。冨山房は泣菫と蒲原有明と島崎藤村の詩集を三冊揃いで刊行する予定であったが、蒲原有明が『有明集』の復刻を断ったので頓挫してしまったのである。そのことを知らせた書簡が、昭和一三年一一月一一日付の封書（書簡8）である。泣菫は、昭和一三年一一月一三日付の日夏耿之介宛書簡（前掲『日夏耿之介宛書簡集』）で、「冨山房百科文庫の件、小生に於ては些の異議もなく、今日承諾の旨をお返事致すべく存ぜし折から」「その計画故ありて御中止の由、止むを得ざる儀かとも存じます」と返している。

薄田泣菫文庫にある日夏耿之介書簡と『日夏耿之介宛書簡』に収録されている薄田泣菫書簡を照合すると、日夏耿之介の依頼に快く応じる泣菫の姿が見えてくる。泣菫にも日夏の敬意や好意は十分伝わっていたであろうし、泣菫は自分のために動いてくれる日夏に感謝していたようだ。

最後に、日夏耿之介参考書簡1に触れておく。昭和二八年二月二四日付の薄田修子宛日夏耿之介書簡は、泣菫の死後のもので、泣菫詩碑の建立に関する内容である。日夏は詩碑に刻む詩について薄田泣菫の夫人から相談を受けたようで、代表作である「あゝ大和にしあらましかば」の第一節か、「望郷の歌」の第三節がふさわしいと答えている。さらに、詩碑には活字ではなく、泣菫の自筆を用いるべきだと主張する。薄田泣菫詩碑は、倉敷市連島町西之浦の厄神社に建立された。昭和二九年一一月二三日の除幕式には日夏耿之介も出席し、その時の様子を日夏は「倉敷漫歩」（『山陽新聞』昭和二九年一二月二〇日）に綴っている。薄田泣菫詩碑には、泣菫の自筆原稿をもとに「あゝ大和にしあらましかば」の第一節が備前焼の陶板に焼きつけられている。さらに日夏耿之介の顕彰文も刻まれた。その中で、日夏は泣菫の詩業を「まことに現代詩文学の先蹤として明治新体詩の明治的なる完成は詩友蒲原有明、上田敏二家と鼎立して能く成就せしものに拘りその古典的浪曼詩風の芸術は我近代文学史上不滅不朽の光芒を放ち炳として海東の千載にかがやくもの也」と評価している。なお、詩碑の建立のいきさつについては、松枝喬『泣菫詩碑建立の思い出』（平成一三年三月、薄田泣菫顕彰会）や野田宇太郎『公孫樹下にたちて』（昭和五六年三月、永田書房）に詳しい。また、参考書簡1で日夏は「遺宅保存は当然の事で、詩碑、建設と同時に具体化して頂きたく存じます」「遺宅保全にその地方の人に全力をつくして貰ひたいと存じます」とも書いていた。日夏が希望したように、倉敷市連島町にあった薄田泣菫の生家は地元の人々によって保全され、母屋が改装されたのち平成一五年より一般公開されている。

日夏耿之介は「泣菫さんと予」（前掲）の中で「詩史以外《ママ》、此人（引用者注・薄田泣菫をさす）を評し伝したこともわたくしが一番多かったらう」と述べている。日夏には、詩人薄田泣菫に対して並々ならぬ思い入れがあった。薄田泣菫文庫の日夏耿之介書簡からは、実現しなかったものも含め、日夏が泣菫に関する様々な企画に携わり、泣菫の業績を後世に遺そうと奔走していたことが読み取れるであろう。

泣菫・有明と、その次の世代の詩人たち
――明治期象徴詩の盛衰

西山康一

泣菫と有明

人見東明は薄田泣菫と蒲原有明それぞれとの初対面について綴った文章を、次のような形で締めくくっている。

> 人柄としての感は泣菫を「春」とすれば、有明は「秋」のようであったと、今も思いうかべられる。その人はないが、作品の生命は永遠に続くであろう。（人見東明「初対面の泣菫と有明」『全詩集大成　現代日本詩人全集』第一巻付録「詩人と詩集」、創元社、昭和二九年八月）

「春」と「秋」という比喩で、泣菫と有明の二人から受けた対極的な印象を併称すると同時に、最後は二人の作品が永久に読み継がれる価値のあることを保証して終わる。そこには一見、二人の偉大なる先輩詩人に対する憧憬や、その業績に対する称賛しかないように見える。しかし、東明がこの文章を書いた時、実はもう少し複雑な思いがその胸に到来していたのではなかったか。

泣菫と有明。明治三〇年代半ばの詩壇で、二人は最も輝いていた詩人であった。有明の方が二歳年上だが、詩壇では若干泣菫の方が早く名を知られ、先輩といえる。しかし、たとえば「晩翠君去り藤村氏がかくれしこのかた泣菫、有明の二家、新体詩壇の覇者たる観ありし」（樋口龍峡「書簡一則（与謝野君鉄幹に対へ《ママ》て文壇の近状を論ず）」『明星』明治三五年四月）といわれるように、当時から常に二人は並び称され、好敵手として位置づけられていた。本人たちもそのように意識していたと思われるが、しかし本巻所収の有明書簡から伺えるのは、二人の間には対極的に位置づけられるような単純なライバル関係だけではなく、むしろ詩壇の最前線で協力し合いながらお互いの詩作の向上を目

指し促す、そうして二人で詩壇を牽引してゆこうとする〝共同戦線〟とでもいうべき関係である。

まず、最初の有明書簡1（明治三三年一月三〇日）には、「「採菱女」の一篇御めにとまり誠に拙き調御はつかしく存候」とあり、これ以前に有明詩「採菱女」（『造士新聞』明治三三年一月一四日）に対して、泣菫が何らかの見解を述べたことがわかる。それに対してその自作の創作動機を明かすとともに、同書簡では返礼とばかりに泣菫の第一詩集『暮笛集』（金尾文淵堂、明治三二年一一月）の収録作品を、詩のタイトルのみならずその一部を引用して印象を丁寧に説明し、結果互いに相手の詩について意見を述べ合う形になっている。そればかりか、続く有明書簡2（明治三三年二月一五日）では、『ふた葉』（同年一月）に掲載された泣菫詩「遺愁」について、「面白く拝見致候」というだけでなく、さらに「「遺愁」の三に賦するは「遺愁」を「憂き曲」となしたまはむは調低きに過ぎて誠につらく感じ候」ともいう。これはおそらく「遺愁」の「三」の第二連に出てくる「欠けたる觴《さかづき》口にふくみ、／賦するは『遺愁』、歌は成れど、／芸苑いつまた吾を入れむ」という部分の「遺愁」という言葉を、「憂き曲」としていたら「調低きに過ぎて誠につらく感じ」かえってよくなかっただろう、ということがいいたいのかと推測される。こうした泣菫詩の言葉一つにまで注意を払い、その表現としての正確さを引用しながら分析・意見する有明の態度などは、書簡としてまさに異例といえよう。単に泣菫にその詩を読んだ感想・意見を丁寧に伝えるのみならず、さらに泣菫詩を分析する中で自らも泣菫と詩想を共有し高めてゆこうとする、やはり〝共同戦線〟的な意識をそこに見ることが出来るのではないだろうか。

明治期ヴェルレーヌ受容の一シーン

また、有明書簡9（明治三九年八月三一日）では、次のような文章も見られる。

> 御著「白羊宮」に就てもそれら（自らの詩作の迷いやそれでも義理により詩を書いていること—西山注）の為め　御やくそくにより愚見披陳可仕候処　意に任せず失礼仕り申訳無之候　御集のうちにて「望郷の歌」「人妻」短かきものにて「忘れぬまみ」「海のほとりにて」「新生」等殊に愛調いたし居候

ベルレイヌ詩集は近日中に御送り可申上候　実は御葉書により昨日長谷川天渓君を訪づれ右詩集取りかへしまゐり候処　岩野君是非にとて持ち帰られ候　仝君の方すみ次第直ニ御覧に供へ候含みに御座候　十日間位何卒御しのび被下度候　引手あまたのベルレイヌに候

この書簡ではまず「御著「白羊宮」に就ても」「御やくそくにより愚見披陳可仕候処」とあり、泣菫の詩集『白羊宮』（金尾文淵堂、明治三九年五月）について、有明が何らかの意見を述べる約束が二人の間であった可能性を窺わせる。結局、それは有明自身の詩作の迷いなどにより「意に任せず」、ここではいくつかの詩のタイトルのみ挙げて「愛調いたし居候」というだけだが、とはいえ二人の間では意見を述べ合うのみならず、相手に意見を求める関係も成立していたらしいことを物語っている。ここからも二人は単純なライバルであるだけでなく、二人で互いに意見をしたり求めたりしつつ、協力して切磋琢磨しながら当時二人がリードしていた日本の象徴詩、さらには詩壇全体のレベルを高めてゆこうとする、〝共同戦線〟的な意識を共有していたことが想像される。

それは引用後半部に見られる、泣菫が有明に「ベルレイヌ詩集」を貸してくれるよう依頼し、有明がそれに何とか応えようとしている、そうした二人の姿に対しても同様の指摘ができよう。日本の象徴詩を牽引する二人にとって、ヴェルレーヌは何よりも研究すべき喫緊の課題であった。ここでいう「ベルレイヌ詩集」とは、有明が「ヴエルレエヌの英訳詩抄本に、田山花袋氏が先鞭をつけたのも矢張その頃のことである。これはガアトリウド・ホオルという人の翻訳で、シカゴ版である。（中略）これが恐らく仏蘭西新詩人の面影を我邦に伝へた英訳本の最初であつたらうと思ふ。わたくしは後に花袋氏からこの書を贈られた。その扉の紙の端に、「明治三十七年二月、花袋」の文字が見られる」と、「象徴主義の移入に就て」（『随筆　飛雲抄』書物展望社、昭和一三年一二月）で語るものと同一と思われる。すなわち、一八九五（明治二八）年にシカゴの Stone and Kimball 社から出た *The Green Tree Library* の一巻として編まれた、Gertrude Hall Brownell の英訳本〝*Poem of Paul Verlaine*〟と推定されるが、実はこれとは違うヴェルレーヌ詩集を泣菫は既に手にしていたらしい。本稿冒頭であげた文章「初対面の泣菫と有明」で東明は、倉敷連島の泣菫の家を訪ねて初めて対面した時の様子を次のように語る。

たゞ一つ机の上にＢ五半截の赤の表紙に金をちりばめた小形の洋書がのっていた。それを出して「これがフランスの象徴派の詩人ベルレーヌの詩集です。フランスの詩壇に革命をよび起したのみでなく、西欧の詩壇にもひろく影響を及ぼしたもので、これはカンタベリーポエツの中の一冊で英訳です。日本に来たのはこれが四冊目です。東京に帰ったら、早速丸善に註文なさい。（中略）私はこの詩から学ぶところが沢山ありました。」と云ってくれた。

これによれば、泣菫は一九〇四（明治三七）年[2]にロンドンのW. Scott出版社より刊行された*The Canterbury poets*の一冊"*Poems by Paul Verlaine*（*with an introduction, by* Ashmore Wingate）"という別の英訳本を所有していた。東明はこの文章の別の部分で、泣菫とのこの対面を「たしか明治三十七（八？）年の夏であったろうか」といっている。泣菫が倉敷連島の生家に戻っていた時期から推定すると、明治三七年ではなく三八年のこととなる。仮にこれに従うならば、泣菫は先に引用した有明書簡9の時点より前に、それも発刊間もない*The Canterbury poets*版の英訳本ヴェルレーヌ詩集を既に所有していたことになる。それに加えてさらに有明所有の別のヴェルレーヌ詩集の英訳本も、泣菫は参観しようとしていたことを、有明書簡9は物語っている。それほどに、ヴェルレーヌは泣菫や当時の詩人たちにとって読むべきものとしてあったことがわかる。

ヴェルレーヌ等のフランス象徴詩が日本に受容される中で最も大きな役割を果したのが、今見てきたような英訳本の存在と、あとは上田敏の訳業であった。ヴェルレーヌが没した一八九六（明治二九）年に、彼は『帝国文学』三月号に「ポオル、ヹルレエン逝く」を発表し、日本ではじめてこの象徴詩人の詩と思想を紹介している。その後も、『帝国文学』や『明星』等で象徴詩ほか西洋の詩や詩論を紹介し、明治三八年一〇月に訳詩集『海潮音』を本郷書院から出版する。この書では象徴詩以外の訳詩も収録されているが、「この一巻は当時のわが国詩壇においては象徴詩の教科書として迎えられた」（松村緑『蒲原有明論考』明治書院、昭和四〇年三月）とされるほど、ヴェルレーヌ詩をはじめそこに紹介された象徴詩が当時の詩壇に与えた影響は強烈なものであった。既に一家をなしていた泣菫や有明も、『海潮音』の一部の詩に用いられた詩律に学んで自らも詩作したりするなど、影響を受けている。こうした上田敏の訳業と先に見た英訳本などを原動力として、フランスの象徴主義は日本に受容されたのであり、泣菫の『白羊宮』（前掲）と有明の『有明集』（易風社、明治四一年一月）という明治期象徴詩の頂点となる二つの詩集を生み出し、日本の詩壇を席巻したのだった。そして、その受容の中で最も高い評価を与えられたのが、ヴェルレーヌであった。ただし、人見東明にとってはそうではなかった。

ヴェルレーヌ受容をめぐる温度差——自然主義者たちの反論

本書簡集所収の人見東明書簡7（明治四一年二月一九日）で、東明は次のように泣菫に書いている。

あまりベルレーヌが評判よきため　とりよして読みて太〳〵《はなはだ》失望致し候　あれをかつぐ人の心が知れず候　感じも、思想も共に小生等には古いやうに候　唯だ服すべきは表より裏に移る転機の妙のみと存じ候　若し学ぶき《ママ》所ありとすれば唯だその一点のみと存じ候　他は全体の調子から見て「有明集」に少し輪をかけた位いのものと存じ候　「有明集」と申せば合評にて大分にくまれ候やうに候

先に引用したように、ヴェルレーヌはかつて泣菫が東明に「東京に帰ったら、早速丸善に註文なさい。（中略）私はこの詩から学ぶところが沢山ありました」と、強く勧めたものだ。にもかかわらず、ここで東明は泣菫に対し、「あれをかつぐ人の心が知れず候」とまで書いている。泣菫文庫に残る東明の他の書簡を見ると、全体として同郷の先輩詩人泣菫に対して常に敬意を失しない、非常に丁寧な態度に終始しているのだが、[2]実はここだけは泣菫に対するかなり強い反論ともなっていることが、先の「初対面の泣菫と有明」と共に読むことでわかる。あたかもヴェルレーヌを評価する泣菫が「古い」＝時代遅れであるかのような言い分なのである。

この泣菫に対する反論、すなわちヴェルレーヌに対する温度差の原因を解く鍵は、実は引用後半に出てくる「有明集」の「合評」にある。これは明治四一年二月の『文庫』に掲載された「『有明集』合評」のことであり、当時『文庫』の主力メンバーであった松原至文、藪白明、福田夕咲、加藤介春、人見東明の五名がそれぞれに、前月に出た『有明集』を論じたものである。だが、その論旨は五名の間でほとんど違わず、すべてが『有明集』に共感を持たな

い否定的な見解を提示している。具体的にいうと「唯だ技巧の実のみより見れば実に巧みなものだ。現代の詩壇に一人として及ぶ者があるまい」が、「換言すればナチユラルで無い、敏感を欠いてゐる。表白が極めてクラシックである、切実痛切を忘れてゐはせぬか」（福田）、「技巧に於いては、殆んど氏の右に出づる人は見当らない」が、「何物も、吾が実際生活に触れたものとは思へない」（藪）――つまり、その技巧の卓越さを指摘しつつも、それがゆえに現実に即した切実性を失っているというのだ。とはいえ、実は評者すべて、有明の詩の中身にまで触れて論じていない。つまり、技巧の高さと切実性が相容れないものであるとは必ずしもいえないことを考えると、具体的にそうしたことが伺える部分を指摘していない限り、これらの評は先入観による根拠の無い発言に過ぎないともいえてしまう。だが、そうしたあたかも決め付けのようにすら見える判断を前提に、「それは一種の古典的象徴詩である。自然主義上の象徴詩ではない。われ等はかゝる技巧を新技巧と思ひ、かゝる詩風を近代の象徴と思つて居るほどに古い人ではなくなつた」（松原）――つまり、『有明集』は自然主義的でないが故に、もはや時代遅れであり、満足できないというのである。

それは東明も同じであった。「創作の動機が空想的憧憬的であり、象徴詩風の香ひを絞り出さうとするところと、技巧にアートフオアアートを型取つたと云ふこと」と有明の創作動機を認めつつも、「赤裸々でない、露骨でない。痛切切実でない。それ故に近代人に与ふる感じが力弱くなつて来る」、だから「この「有明集」は吾が詩壇に新しく興らんとする自然主義と、廃れ者となん《ママ》とする古典主義との間に介在して生れたもの」だという。有明の意図を認めているにもかかわらず、有明をとにかく時代遅れと位置づけることで、自らの自然主義詩を新時代に相応しいものと正当化するロジックを無理にでも押し通そうと必死な姿勢が見られる。こうした自分たちの奉ずる自然主義的なものしか認めないという頑な態度が、先の泣菫の意見に逆らう形でヴェルレーヌを認めようとしなかった東明書簡7の言葉の裏側にはあるのだろう。実際、東明ではないが、上記合評の中には「僕はマラルメやベルレーヌ等の象徴詩の二条件として挙げられる「朦朧」と「誇長《ママ》」の価値を疑ふ」（加藤）という、ヴェルレーヌ詩を自然主義的リアリティ（事実に即した切実さ）のなさから批判する言葉も見られる。また、泣菫も彼らの中では有明・ヴェルレーヌ同様、あるいはそれ以前の問題として扱われただろうことは、やはり同合評の言葉――「さすがに『白羊宮』等にあらはるゝ泣菫氏よりは、現実に切実であり」（松原）といった発言から想像がつく。

この合評が掲載された『文庫』は、この前年河井酔茗が編集を早稲田の島村抱月門下の相馬御風・人見東明・原田譲二らに譲って以降、自然主義に奉ずる青年文士の一大拠点となった。この「『有明集』合評」もその意味で、「五人とも自然主義のものさしをやみくもに振りまわし」（松村前掲書）、他主義の詩を否定したに過ぎないともいえる。だが、逆にいえばそれだけ当時の自然主義が、想像以上に強い拘束力を有していた、ということも指摘しておかねばならない。現代の感覚からすれば、主義が異なるというだけでそこまで相手の存在を否定する必要は無いように思われるが、当時の自然主義はそうしたものではなかった。たとえば、上記合評とほぼ同時にほぼ同内容で『有明集』を別のところで否定した相馬御風は（「『有明集』を読む」『早稲田文学』明治四一年三月）、同時期に「自然主義の絶対境」（『新声』明治四一年八月）を書いている。そこで「自然主義は絶対主義である。（中略）時代により個人によつて変化する相対的理想の凡てを包容したる永久の絶対境が自然主義者の態度である」「あらゆる生活の根原《ママ》的而して絶対的境地に立てる自然主義者は、山の絶頂に立ちて叫ぶものである」とされる。これほどまでに自然主義は当時、それを信奉する者にとって絶対的拘束力を持ったのであった。こうした自然主義を「絶対」視する見解に立てば、自然主義的でないものは自ずと「生活の根原」を知らない、あるいは「絶頂」に向かう進化の途中にある、中途半端なものということになる。

しかも、この年の「年末批評界雑感」（『読売新聞』明治四一年一二月二〇日）で生方敏郎が「二年に亘つた文芸上の大議論――自然主義不自然主義の争ひも、其作物に実現せられた結果で見ると遂に前者の勝利となつて結局を告げたやうだ」というように、自然主義は当時の文壇において広く共有されつつあった。もちろん、当時自然主義に対して反論がなかったわけではない。たとえば、無署名「詩壇漫言　『有明集』をよみて」（『帝国文学』明治四一年三月）では、おそらくは先の「『有明集』合評」に対して「或人はこは有明氏が美化醇化の犠牲となつたためで、詩歌には美化醇化は要しない、詩歌は自然主義（所謂象徴主義的自然主義といふもの）でなければ切実なる感情を人の胸に与ふるものではないと云つて居るが（中略）詩歌に美化醇化を要しないなどとは謬見も甚だしい」と反論する。しかし、反面同論でも『有明集』の技巧は「実に立派」としつつも、「切実の感興」「情緒のほのめき」がなく「物足りない想ひに満たされた」と批判している。その点はまさに先の合評で自然主義者たちが用いたロジックそのままであり、実は自然主義的発想が暗に広く浸透していることを伺わせる論ともなっている。

次世代の詩人たち——東明・啄木・白秋など

以上、東明の書簡7における泣菫への反論、具体的にはヴェルレーヌに対する温度差、さらにそれに付随して東明たちの『有明集』批判の背景を探ってきた。しかし、その結論を以上のように当時の自然主義の拘束力にのみ、集約することはできないだろう。

長年、詩壇の中心において事の成り行きを見ていた河井酔茗は、当時の状況を以下のように述べている。

明治四十年頃から大正初期にかけては、詩壇の大動揺期であつた。何しろ自然主義の影響もあり、典型詩のゆきづまりもあり、若い人の野心もあり、局面打破は必然の要求であつたかも知れない。口語詩の試作、自由詩の提唱、詩論の沸騰等まことに活気のあつた時代だが、同時に象徴詩、抒情詩は槍玉にあげられる恐れがあつた。

（『明治代表詩人』第一書房、昭和一二年四月）

島村抱月が「一夕文話」（『文章世界』明治三九年六月）等で、自然主義的なリアリティ＝内面の切実な表現を実現すべく、言文一致詩を要請したのをきっかけとして、詩壇は「口語詩の試作、自由詩の提唱、詩論の沸騰等まことに活気のあつた時代」に入っていった。その中で自ずと「典型詩のゆきづまり」も指摘され、「象徴詩、抒情詩は槍玉にあげられる」ことになるが、こうした自然主義と密接に関わる動きと同時に、その背後に「若い人の野心」や「局面打破」を求める時代の雰囲気もそこにはあったことを、酔茗は指摘している。本巻所収の東明書簡1（明治三八年九月二八日）において、「この間菲才を顧ずして少しく希望するところあり　この大勢に抗し奮闘せまほしく候て鳴許がましくも陣頭に立たんと決定致し候」などという、少し大袈裟な言葉が出てくるのも、そうした「若い人の野心」

や「局面打破」を求める時代の雰囲気を背景に見て取ることが出来よう。

東明（明治一六年生まれ）とほぼ同世代の石川啄木（明治一九年生まれ）は、当時、泣菫（明治一〇年生まれ）・有明（明治八年生まれ）の活躍の場となった『明星』出身の若手として活動していた。その啄木の明治四一年九月九日付藤田武治・高田治作宛書簡（泣菫文庫のものではない）を見ると、「東京人は山を知らず。時勢の推移の山一つ来る毎に、彼らは直ちにその上に駆け上り、我らのエブエレスト峯はこれなりとす。最近の山は自然主義なり。我らはかくの如くなるべからじ。（中略）僕は自然主義を是認す。然れども自然主義を以て唯一の理想なる如くいへる人々に同ずる能はず」と、先に見た当時の自然主義の問題点を的確に指摘している。が、一方で同じ年の啄木日記の九月一日の項では次のように記す。

泣菫の詩人的生活は終つた。有明も亦既に既に歌ふことの出来ない人になつた。与謝野氏は、こゝの未だ尽きぬうちに、胸の中が虚になつた。今、唯一の詩人は北原君だ。（中略）然し北原には恋がない！　予はこれから、盛んに叙情詩をやらうと思ふ。若々しい恋を歌はうと思ふ。

自然主義にとらわれていない啄木においても、泣菫や有明は過去の人と位置づけられる。そして、ここには啄木自らがその才能を認める北原白秋（明治一八年生まれ）に対して、自らは彼が未開拓の「叙情詩」の分野で活躍し、やはり泣菫や有明らの時代を乗り越えてゆこうとする、酔茗のいう「若い人の野心」がある。また、先の啄木書簡（明治四一年九月九日付藤田武治・高田治作宛）でも、当時の自然主義の問題点を指摘する反面、「泣菫、鉄幹、有明の徒」は「覚めざる人々」さらには「覚めむことを怖れて、夜が明けても寝てゐる人」と批判的に捉えている。時代の動きから眼をそらして、いつまでも昔のままでいようとするかのように彼らを批判的に捉える啄木の意識の背景には、「局面打破」の必要性を感じさせる時代の雰囲気があったことだろう。この後、彼が社会主義に接近し「時代閉塞の現状」（明治四三年八・九月ごろ執筆）を書いたのも、彼がそうした時代の雰囲気を感じていたが故に、彼なりに出した結論ともいえよう。

実は東明も啄木も、かつて泣菫や有明に憧れてその影響を受けた詩を残してもいる。だからこそ、自然主義の拘束力により、あるいは「若い人の野心」や「局面打破」を求める時代の雰囲気の中で、彼らを乗り越えてゆかねばならぬとなった時に、その言葉は過剰にならざるを得なかった。これは東明や啄木に限ったことではなく、すべてではないにしろ泣菫・有明の次の世代の詩人の多くにいえることであり、そのため酔茗がいうように泣菫と有明はまさに「槍玉にあげられる」ような扱いを受けることになる。こうして、泣菫は自らの詩に見切りをつけ、小説や随筆を書き出すことになる。有明は詩壇のみならず文壇からも離れて、時々ぽつぽつと回想記や民俗学的な文章を書くだけで、ほとんど沈黙に近い状況となる。彼は後に『随筆　飛雲抄』（前掲）の中の「「有明集」前後」で、当時のことを「然るにわたくしは図らずも邪魔扱ひにされたのである。謂はば秀才達の面白半分の血祭に挙げられたといつてよい。意外な目に遇つて、後に事がよく判つて見ても、わたくしは詩に対して再び笑顔は作れなくなつた。殊に詩人が嫌になつたのである」と証言している。一方、東明は後に有明の訃報に接した際、「「文庫」の有明集合評の折など礼を失する言もあつたと思う。これも真実を求めて止まない青年のひたむきな心持であつた事を思ひ出して申しわけない気がする。（中略）これは私の短い詩壇生活の中でも大きな悔の一つであった」と悔恨している（「有明先生」『詩界』昭和二七年三月）。本論冒頭に挙げた、東明の泣菫・有明に対する「その人はないが、作品の生命は永遠に続くであろう」という言葉は、表面に表れている以上に複雑な思いが込められた言葉であったと思われる。

だが、これにより泣菫たちの詩の存在価値が、すべてなくなってしまうわけではなかった。酔茗は先に引用した文章の続きの部分で、次のように述べている。

此時、或は此時より早く藤村、有明、泣菫、晩翠、夜雨、清白などの明治期の詩人は大抵詩より遠ざかるかたちであつたが、併し象徴詩も抒情詩も滅びるわけはない。口語詩も典型詩も跡を絶つたわけではない。唯詩の分野が拡張されたのだ。されば白秋、露風、葵村、稍々後れて耿之介等が続いて象徴詩を作つてもゐたのだ。

確かに、泣菫たちは詩から離れていった。しかし、彼らの次の世代の中には、以上見たように彼らの詩を拒絶して離れていった者もいたが、反面彼らの跡を継いで象徴詩を作っていった者も存在したのだ。特に白秋や三木露風・日夏耿之介等の本巻に収められた書簡を見ると、泣菫の詩集を出したい、あるいは出るのを期待する、といったものが多く見られる。一例を挙げると、白秋書簡2（大正一四年五月二八日）では『泣菫詩集』（大阪毎日新聞社、大正一四年二月）が出た時、それが弟の北原鉄雄の経営する出版社アルスから出なかったことを「残念に存じて居ります」と記すとともに、この書は「藤村詩集有明詩集と並んで明治詩史の上に建てられた耀やかしい大金字塔」であり、「かうして全集として改めて拝見いたしますと愈々ふかく感謝しずにはゐら《ママ》ないと同時に後進として礼讃の辞を献げなければ、また世にこの詩の本道を景仰させずには済まない私の責務を感じます」とまでいう。彼らが泣菫詩集の出版を望むのは、彼らが泣菫詩に影響を受けただけでなく、日本近代詩全体の流れの中でも最も重要なものとして、泣菫詩の存在意義を見出しているからだとわかる。

先の「その人はないが、作品の生命は永遠に続くであろう」という東明が泣菫と有明に捧げた言葉も、かつての礼を欠いた発言を悔やむと同時に、むしろこうした日本近代詩の歴史を踏まえた上で自らがかつて下した泣菫・有明に対する評価の修正の意味も込めて、彼としてはどうしてもいっておきたかった言葉だったのかもしれない。

【注】

（1）同書の Introduction 末尾の表記による。それ以外に出版年月を確定できる記載は無かった。

（2）泣菫が同郷の先輩詩人ということを、東明は強く意識していたと思われる。東明も深く関わった岡山の文芸雑誌『白虹』を見ていると、「我が岡山が生みたる詩人文士とは何んぞや、曰く綱島梁川、薄田泣菫」「梁川は論壇の第一流の立物也、泣菫は詩壇に於ける第一流の立物也、吾人は区々たる凡庸作家の多く排出せんよりは、この第一流の詩人文士あるを喜ぶ」（「快刀断麻」『白虹』明治三九年一一月）といった発言がよく出てくる。同郷の文士にとって泣菫と梁川の存在がいかに大きかったかが伺える。そして、この文脈をおさえた時、はじめて人見東明書簡4（明治四〇年九月一六日）・5（同年同月二〇日）で、東明がどうしてあそこまで執拗に泣菫に対して梁川の死に対する悲しみの言葉を綴ったか、その理由が明らかになる。

青春の奇縁
——泣菫・晩翠・善麿——

片山宏行

土井晩翠の「土井」の読みは、本来「つちい」である。が、昭和九年「どい」とすることにあらためる。随筆集『雨の降る日は天気が悪い』（大雄閣、昭和九年九月）の序文に、

私の姓を在来つちゐと発音し来たが選挙人名簿には「ド」の部にある。いろ〳〵の理由でこれからどゐに改音することにした。特に知己諸君に之を言上する（傍点ママ）。

とある（ただ一説には長女の照子（昭和七年六月歿）の提案にしたがって、七年に改めたという話もある。「いろ〳〵の理由」というのはこうした経緯もふまえて、ということか）。号の由来は宋の詩人〈范質《はんち》〉の「遅々タル澗畔ノ松、鬱々トシテ晩翠ヲ含ム」（のどかな谷川のほとりの松はゆっくりと生育するが、緑はいつまでも枯れない）の意にちなんだという。

晩翠は島崎藤村（明治五（一八七二）～昭和一八（一九四三））の『若菜集』（春陽堂、明治三〇年八月）とともに『天地有情』（博文館、明治三二年四月）『暁鐘』（有千閣、佐養書店共同、明治三四年五月）等を世に送り、明治新詩の浪漫的開花を導いた。背景には当時の国勢伸張の時期に会した新生日本青年の思想感情に共振するところが大いにあった。優雅で清純な詩風の藤村に対し、晩翠は雄渾壮大な叙事詩に才能を発揮して対照的な詩世界を構築し、詩壇に〈藤晩時代〉をもたらした。『天地有情』中第一の力作といわれる「星落秋風五丈原」は『十八史略』の記述にもとづき、諸葛孔明の尽忠と悲運を漢詩調に歌い上げた史詩で、

祁山《きざん》悲秋の風更《た》けて

陣雲暗し五丈原
零露の文《あや》は繁くして
草枯れ馬は肥ゆれども
蜀軍の旗光無く
鼓角の音も今しづか。

といった起句に始まる本作は、同時代青年の鬱勃たる心情に強く響き合い、叙事詩という以上に、むしろ抒情詩として広く愛唱される佳作となった。

＊

晩翠の文学的素養は漢文学圏内にとどまらない。明治新世代の青年詩人たちをとりこにした欧米の文学者は多々あるが、とりわけキーツ、シェリー、バイロンらは、自由主義と革命思想を抱いていずれも外国で若くして亡くなるという劇的な生涯によって、日本の若き詩人たちのロマンチシズムを強く刺激した。いわゆる〈星菫派〉の頂点に立つ泣菫はキーツに傾倒すること一通りではなく「道を行くにも、其懐を離さざりしキイツの詩集を暗誦しながら、その濃かなる感情と清新なる趣味を味ひ居りし」（「『帝国文学』記者に答ふ」『新小説』明治三二年一〇月）という心酔ぶりであった。そのペンネームももちろんキーツの詩に謳われる可憐な菫にちなんだものである。

憧れの詩人たちの跡を慕って晩翠が二高の教職を辞して欧州遊学の旅に出たのは、明治三四年六月、三一歳のときであった。同郷の志賀潔（赤痢菌の発見者としてすでに盛名を馳せていた）の渡航に刺激され、父の援助を求めて同船がかなったのである。パリを経由してロンドンのヴィクトリア駅に志賀とともに到着したのは八月一五日、あらかじめ電報を受けていた留学中の夏目漱石が出迎えた。漱石が妻鏡子にあてた書簡（八月一七日付）によると、「当分小生方に止宿の事に致候」とある。その後、晩翠はロンドンに別に宿を定めて、翌三五年八月には、ライプチヒ留学中に発病し帰国の途につこうとしていた滝廉太郎（明治三六年六月歿）をテムズ川に見送っている。この間、ロンドン滞在中の日本の友人達と発句会などを催し、私費留学生としての自由を楽しんでいたが、まもなく厄介な出来ごとに巻き込まれる。が、これについては後述することにして、まずは泣菫に宛てた若き晩翠の通信を見てみよう。

『雨の降る日は天気が悪い』によると三五年一〇月一一日にイギリスを発ち、同日パリに着いて日本人の知友たちの宿を転々として、三六年三月にイタリアに向かい、スイス、ドイツを巡って三七年秋にロンドンに戻り、旅を終えて一一月に日本に帰国したとある。

泣菫文庫に保管されている書簡のうち、晩翠から泣菫へ送られたものは「1　明治36年〔年推定〕」である。絵葉書二枚に、押し花を添え封書にて送付したらしく、冒頭「未だ御目にかゝらず候へとも」とあるように、同じ明治三二年に『暮笛集』（金尾文淵堂、一一月）と『天地有情』（四月）をそれぞれ発表した二人だが、この時点で初めて言葉をかわしたことが分る。全体に敬意を表した丁重な文面からは、初版五〇〇〇部という詩集としては前代未聞の売れ行きを示した『暮笛集』著者にして、第二詩集『ゆく春』（金尾文淵堂、明治三四年一〇月）の刊行により、すでに詩壇に確たる地歩を築いていた泣菫への謙虚な思いがうかがわれる。自身の『天地有情』は、なかば学友高山樗牛の援護射撃に支えられての初見参であり、一定の評価を得つつも厳しい批判もあった。やはり泣菫は一つ格上という意識が晩翠にはあっただろう。

「別封の花は／Keatsu の墓より摘みしものに候／君が平生欽仰し給ふ処と承候故／かたみとして　はるかに送りまゐらす」という思いやりには、晩翠の泣菫に対する親愛と尊崇の念があふれている。

さらに絵葉書の写真を解説するように、近くにあるシェリーとキーツの墓とに思いを寄せ、重ねてバイロンの詩句へと転じて、「野花春草一として／感慨の種ならざるは無之候」と思いを綴る文章からは、憧れの詩人たちの面影を眼前にした若き晩翠の興奮がじかに伝わってくる。添付された菫の押し花とともに、泣菫が晩翠のこの文章にも熱く共振しただろうことは察するにかたくない。

第2信はスイスのフィレンツェからの避暑報告である。絵葉書はダンテ（一二六五―一三二一）の肖像。恋多き人生を送り、政争に翻弄されつつも、『神曲』――『地獄編』『煉獄編』『天国編』を死の直前までかかって完成させ、ルネサンスの先駆をなしたイタリアの大詩人である。

このころ泣菫は雑誌『小天地』(明治三三年一〇月創刊)の主幹として才筆を揮い、編集に尽力していたが、三五年に眼を患い、さらに胃病を併発、体調の思わしくないなか、三六年一月には『小天地』も休刊やむなきに至った。八月下旬、京都の岡崎に転居して病を養い、高安月郊と洛中洛外を散策、徐々に健康の回復を得、京都の自然美や伝統的な生活にひたって詩情をつちかっていた。翌三七年二月、故郷の連島にもどる。

その連島に晩翠からの第3信(明治三八年一月八日)が届く。新年の挨拶と前年帰朝(三七年一一月)の報告である。葉書はイタリア・ジェノバ市街の街並みと、そのかなたにモンブランを見渡す写真で、「曽遊のあと(=かつて訪れた地)」を懐かしむと記す。故郷、仙台からの発信である。

第4信は泣菫の第三詩集『二十五絃』(春陽堂、明治三八年五月)恵送に対する返礼、第5信は約一年後の『白羊宮』(金尾文淵堂、明治三九年五月)恵送への返礼である。こうした作物の贈答は二人のあいだには終生おこなわれていて不思議はないし、大いに刺激し合うところもあったにちがいない。『白羊宮』出版直後、晩翠の第三詩集『東海遊子吟』(大日本図書、明治三九年六月二六日)が出る。欧州遍歴によって得た詩想を作品に形象化させた遊学の成果である。

晩翠はこの詩集を出版する前の年二月に、第二高等学校の教授に復職し、大正一二年には東北帝国大学法文学部の講師を兼務、翌年にはバイロン百年祭を記念して『チャイルド・ハロウドの巡礼』(二松堂書店・金港堂書店)全訳を刊行し、次第に教育と学問の世界にエネルギーを傾注して行くこととなる。

一方、泣菫もまた徐々に詩作の勢いは低迷しはじめ、大正元年に大阪毎日新聞社学芸部に勤務。やがて学芸部長となり、あたかも新聞界の発展期にあたって新進作家の芥川龍之介や菊池寛らを招聘して、文芸ジャーナリストとしての才能を発揮し、他方では「茶話」に代表されるエッセイストとしての才筆を揮った。が、やがて宿痾のパーキンソン病のため大正一二年には休職あつかいではあったが、事実上大毎社を退き倉敷の次女のもとに身を寄せることになる。

＊

さて先に記した外遊中の晩翠が巻き込まれることになった厄介な出来事であるが、これはすでに周知の文壇エピソード、いわゆる〈漱石発狂事件〉である。

夏目漱石が文学研究のため、官費留学生としてイギリス行きを命じられ、日本をあとにしたのは明治三三年九月八日。帰国したのは三六年一月二三日であった。この間、ロンドン滞在中の漱石が、強度の神経衰弱により「夏目発狂セリ」という噂がロンドン在留の日本人の間に広がり、まもなくこのことが文部省に打電され、漱石の帰国を促したというものであった。そしてその電報を打ったのがほかならぬ晩翠だったという憶測がなされたのである。

晩翠を憤慨させたこの話が表ざたになったのは、漱石の妻、夏目鏡子の口述を娘婿の松岡譲が筆録した「漱石の思ひ出（四）」（『改造』昭和三年一月）によってであった。この連載筆記録は現在、岩波文庫に『漱石の思い出』として流布しているが、この漱石発狂の一件については、右初出文にかなりの削除や改変がほどこされている。漱石研究の進展によるところもあるだろうが、同時代に、いわば濡れ衣を晴らそうとした晩翠の憤怒の駁文「漱石さんのロンドンにおけるエピソード」（『中央公論』昭和三年二月）が大きな要因となっているだろう。この文章によると、明治三五年九月上旬、晩翠が漱石の下宿を訪問すると「猛烈の神経衰弱」、「始めの二日は日通ひでお見舞しましたが下宿のリイル婆さん（老ミスの姉妹二人）が『心配だから一寸でも傍について見てくれ』と曰ひ、漱石さんも『君が居てくれると嬉しい』と曰はれるので」、下宿の近くに転居し「大した御役にも立たず、ろくなお世話も出来なかつたのですが、ともかく十日ばかり同居したのであります」。「それから一ヶ月以内に私は全く英国を去つてしまつたので、くはしい其後の消息はわかりませんが、〔漱石の〕帰朝の早まつたことは良好の結果を来たした云々とパリで所謂風の便りに聞いたやうです」というのが晩翠の記憶であり言い分で、決して自分が文部省に漱石発狂せり、といった電報など打っていないというのである。

ところが鏡子の口述によると帰朝した漱石がこの電報事件につき、「電報を打つた某氏が夏目と同じ英文学の研究者なところから、夏目が失脚すればその地位が自然自分のところにまはつて来るといふので、大した症状もないのにそんな奸策をめぐらしたのだ、彼奴は怪しからん奴だなど、憤懣の口調を洩してゐたことがありました」というのであった。「某氏」が漱石につきそっていた自分を暗に指していると、晩翠にはおのずからわかる書きようである。晩翠はこの発言に「驚き入つた次第」と述べ、一私人としての自分が文部省に打電するなど「私自身が発狂せぬ限はありません」と猛烈に反論する。

> 外ならぬあなたのお言葉ですから、到底之を否定する事は出来ませんが、実際夏目漱石先生がああいふ言葉を発せられ、ああいふ考を抱かれたとは、どうしても信じたくないのであります。（略）作品に対する弁難攻撃には在来決して答へませんでした、（略）しかし人格に対しての無実の誣言は断じて放置するわけには行きません、尊い古人の文句を引くのは憚る処ですが『正当の証拠によつてわが不法を証明せよ、上帝は爾と我との間を判ぜん』であります。／此一文は遺言してまでも必ずわが拙い集の中へ是非とも編入させます。

この晩翠の怒りに驚いた松岡譲が詫びを述べた文章が『雨の降る日は天気が悪い』に並べて収められている。そして事実は、それから一、二年後、漱石の門下生野間真綱が仙台の晩翠を訪ねてきて判明する。すなわち、打電の主は、当時ロンドンで英語研究に来ていた岡倉由三郎だったというのである。岡倉はまさに漱石に次ぐ、二番目の文部省留学生であった（山田野理夫『荒城の月〈土井晩翠と滝廉太郎〉』（恒文社、昭和六二年五月））。が、もはや真相はともかく、若き晩翠の輝しい欧州遊学のロマンチシズムに、漱石のこの一件が暗い影を落としてしまったことはたしかであろう。が、そうであればこそ、泣菫に菫の押し花を送った晩翠の純情は、いっそう美しく偲ばれてくるともいえよう。

＊

すでに述べたが晩翠の『天地有情』は親友高山樗牛のプロモーションで、一躍〈藤村・晩翠〉と並称される構図が詩壇にできあがった。

彼が連《しきり》に漢詩調を用ひて、柔弱平板なる和歌調に雄健急促の発声を与へむと試みたるは、即ち是工夫の結果に外ならざるべし。（略）彼の詩には別に形式以外の生命あり、体裁以上の精神あり、彼は最も厳粛なる覚悟を以てこの生命と精神とを発表せんと試みたり。是に於て乎彼の詩は即ち彼の哲学也、理想也、宗教也。

（高山樗牛「『天地有情』を読みて」『太陽』明治三二年六月）

が、こうしたいささか身びいきな、樗牛の高評に対して、真向から反論の礫を投げたのは堺枯川（利彦）である。

此頃大に詩人の評判ある晩翠子の『天地有情』といふを読みたり。

劈頭第一のまづさ哉。

沖の汐風吹きあれて　（平凡）
白波いたくほゆる時　（拙劣）
夕月波にしづむとき　（平凡）
黒暗よもを襲ふとき　（拙劣）
空のあなたに我舟を　（弛緩）
導く星の光あり　（無力）

造句法大率《おほよそ》此の如し。内容の思想には稍《やや》新とすべく高とすべきものありと雖も、終に詩を成さゞる也。（略）作者が得意なるべき長篇の如きは、殆んど人をして読むに堪へざらしむ。「星落秋風五丈原」の如きは凄じき評判に聞き居たれども、終に十分に其意を解せず、終に何等の感をも生ぜざりき。予は勉強して之を読了したれども、予は取りあげて之を評するを欲せざる也。

（「『天地有情』を読む（上）」『萬朝報』明治三二年七月二九日）

さて、このアンチ晩翠の堺利彦が、若き土岐善麿と接点を持っていたというのもまた一つの奇縁である。明治四一年に読売新聞社に入社した善麿は四三年に先輩の杉村楚人冠を通じて堺利彦を知る。現在からふり返れば、善麿の文学的生涯はローマ字表記の短歌集『NAKIWARAI』（ROMAJI-HIROME-KWAI、明治四三年四月）に始まり、その後は短歌に基軸を置きつつも多様な表現世界をめぐりながら、やがて晩年の学究的世界へと移行する発展的な精神的運動としてとらえることができるのだが、本書に所収した善麿の明治四〇年六月発信の葉書は、善麿としてはまだ本格的に文学的デビューをする直前のものであり、年譜的航跡からすると、彼がいわゆる〈生活派〉歌人へと向かう前夜の記録として加筆しておくべき貴重な資料である。

このとき泣菫は京都の下長者町室町通西入に転居していたから、葉書の宛先からして、善麿はここを直接に訪れた可能性がある。文面によると、同月二六日までには泣菫と会っている。翌日は高安月郊と面会、宇治に二泊して、同月二八日に奈良の西大寺を訪れている。郡山発信については未詳。「御怜閨様へも宜敷願上候」と言うのは、前年一二月に旧福知山藩家老、市川興治の三女修と結婚したばかりの泣菫への善麿の心遣いである。泣菫―晩翠―利彦―善麿―月郊、そして漱石と、新たな文壇史の側面――若き作家たちの奇縁が、泣菫文庫を通じてここにまた一すじ明らかになったといえよう。

北原白秋・相馬御風・野口米次郎書簡を中心に

掛野剛史

北原白秋書簡について

北原白秋から泣菫に宛てた書簡は七通残る。『白秋全集』三九巻（岩波書店、昭和六三年四月）にも七通収録されているが、そのうち明治四四年一二月一〇日のものは泣菫文庫の所蔵ではないため、本書簡集には収録していない。その一方、全集に未収録の書簡が新たに一通見つかった。昭和九年九月二六日〔月推定〕の絵葉書がそれで、台湾旅行中に暴風雨に遭って立ち往生した時の模様を、帰国後に書き伝えたものである。この新出書簡をはじめとして、本書に収録した七通の書簡はいずれも白秋のそれぞれの時期において重要な意味を持つ書簡である。率直な真情を吐露したような箇所も多く、詩人泣菫と後輩詩人白秋との関係を映し出すようなものともなっている。

最初の書簡1は明治四五年一月一六日のものである。冒頭に「先達は御懇篤なる御返しいたゞきありがたく存上候」とあるのは、おそらく泣菫に宛てた明治四四年一二月一〇日付の白秋書簡に、泣菫が返答したものを受けているのであろう。書簡1に先立つこの明治四四年一二月一〇日付書簡は、同年一一月に創刊した『朱欒』新年号への寄稿を求めるものだったのだが、書簡1でも、『朱欒』二月号への寄稿を引き続き求めている。寡作になっていた蒲原有明が久しぶりに詩（実際はマラルメの訳詞）を書いた話を持ち出すなど、泣菫に水を向けるような形で、何とか原稿をもらいたい白秋の気持ちの表れが看て取れる。

白秋がこの雑誌『朱欒』編集に特別な思いを抱いていたのは後年の回想において「私は思ふさま私の詩魂と感覚と神経とを此の誌面に漲らせた[1]」と述べていることからもうかがえ、またその発行元である東陽堂書店の西村陽吉も白秋の編集ぶりについて「部屋のまんなかに大きな紫檀の机をすえて、白秋は諸方への寄稿の依頼状を書いていた。「ザムボア」の寄稿家はすべて当時の一流の大家でなければ白秋は承知しなかった」(2)と回想している。この依頼状の一つがこの泣菫宛書簡なのであろう。

ただこの当時の泣菫は明治四四年に帝国新聞社に入社し、その編集の仕事に力を入れており、新しい作品をほとんど発表していなかった。松村緑氏が「詩人としての活動は、明治四十一年をもつて終を告げたと見るべき」(3)と述べているように、この時期泣菫は詩も、またその後に試みた小説も新作を発表しておらず、詩人から新聞人としての道を歩み始めていた。むしろ白秋の再三の寄稿依頼は、こうした状況を承知した上で、先輩詩人を再び第一線へと連れ出す場を提供しようとしてのことだったのかもしれない。

またこの書簡1が興味深いのは、白秋が「小生愈自己の詩風を全然破壊すべき機運来りたるが如く存ぜられ候　過去のすべてが非常に好ましからず存ぜられ候」と自らの作風を刷新する必要を感じている点である。明治四二年三月に『邪宗門』を刊行し、四四年の六月には第二詩集『思ひ出』を刊行した白秋は、ともに高い評価を受け、詩壇の期待を一身に浴びていた。のちの自筆年譜の明治四四年の項目は「五月、出世作「思ひ出」を出版し、あらゆる世の賞賛を受け、詩壇にエポックメーキングを作る。九月、光栄ある「思ひ出会」開催さる。主催者上田敏博士より涙を流して崇拝的讃辞を受け、一躍して芸苑の寵児となる」(4)という自負に溢れた書きぶりである。こうした一見輝かしい栄光の時に、「自己の詩風を全然破壊すべき」、「過去のすべてが非常に好ましからず」という心情を漏らしているのだから穏やかではない。白秋の中で鬱勃とわき起こっていた胎動はいかなるものだったのか、本解説ではそれを推測する術はないのだが、いわゆる「桐の花事件」として広く知られる人妻との姦通事件が起きたのは、この書簡の約半年後の明治四五年七月五日のことであった。

さらには書簡中、『白樺』同人への強いシンパシーが感じられるのにも注目される。明治四三年四月に創刊された『白樺』の同人からは、志賀直哉が「母の死と新らしい母」（明治四五年二月）、「正義派」（大正元年九月）を、里見弴が「入間川」（明治四四年一二月）を、萱野二十一（郡虎彦）が「緞帳芝居」（明治四四年一二月）、「海草の影に」（明治四五年二月）、「ルナン耶蘇傳より」（大正元年八月）、「幸福」（大正元年九月）、「婦徳」（大正元年一〇月）を、園池公致が「一日千秋」（大正二年三月）をそれぞれ『朱欒』に発表しており、白樺関係者の作品が誌面を飾っている。こうした誌面の動向はこの書簡で漏らした白秋の感慨の反映なのだろう。そしてまた「それにつけても白樺の人はなつかしく存じ候」といって最後に「おもはぬぐち申上げ候　お笑ひ被下度候」と付け加えるなどは、泣菫にも同感してもらえるだろうという白秋の気持ちもまた見てとれるようで、二人の信頼関係の程もうかがえるものである。

次に注目したいのが書簡4（昭和四年八月二九日）である。「改造社版の現代日本文学全集の詩史」とあるのは、改造社の日本現代文学全集『現代日本詩集　現代日本漢詩集　第三七篇』（昭和四年四月）に収録された白秋執筆の「明治大正詩史概観」を指す。この中で白秋は「新体詩時代の四星」の章で島崎藤村、土井晩翠、蒲原有明とともに泣菫の名を挙げ、特に『二十五絃』によって「秋《とき》はまさしく泣菫の時代となった」と高く評価し、「象徴詩勃興と口語詩運動」の章では「『白羊宮』に泣菫は完成した。さうして当時第一位の詩星の座に大きく光つた」としている。もっとも、「泣菫の時代となった」の後には続けて「『有明集』の出づるまでは」とあり、蒲原有明に比して評価がやや厳しくなっている。「御目障りの点も多々あられた事と恐縮に存じて居ります」と述べているのは、その辺りを気にしてのことかもしれない。

また詩人協会についてのやり取りも注目される。詩人協会は、白秋が中心となって計画された詩人相互の交流と共済を目的に設立された団体である。昭和二年一一月末に島崎藤村、河井酔茗、野口米次郎、三木露風、高村光太郎をあわせた六名が発起人となり、一二月四日に最初の会合が持たれた。その後の数度の会合の中で会則や会の組織などが話し合われ、昭和三年一月二一日に第一回総会が開催されて正式に発足している。この詩人協会の設立とその後の運営に白秋が献身的に活躍したことは知られており、『白秋全集』に収録されている昭和二年（年推定）一一月二二日付の河井酔茗宛書簡には「三木君は承諾しました。薄田蒲原両氏へは私からも御願ひして置きますがどうかよろしく御配慮願上たく存じます」とあり、白秋が年長の河井酔茗と連絡を取りあいながら、会の組織作りを図っていたことが分る。[5]

だが、日夏耿之介、西條八十、堀口大学の三名が入会を拒絶するなど、発足に際しては多難なものがあった。発足後も昭和三年六月には会員数一四九名、五年一月には二〇〇名と順調に増えてはいるが、会の機関誌として昭和四年三月に月刊として創刊した『現代詩評』も八月号を最後に休刊し、会としての刊行物も二冊の年刊詩集と一冊の年鑑を出したのみで、昭和六年一月の総会で解散を決定して終った。(6)

実はこの詩人協会に泣菫は入会していない。先の河井酔茗宛書簡によると、河井酔茗からも蒲原有明と泣菫に入会を勧めるように、もしくは評議員的な役に就くようお願いしていたようだが、会の発足当初から蒲原有明の名前はあっても泣菫の名前はない。書簡4はこの泣菫に入会を促す内容の書簡である。

「初めより私は河井氏に御願ひして御承認のほどを御待ち申上げて居りました」というのは先の酔茗書簡のことを指すのだろう。そして「決して党派的のものでなく、詩壇全体の共済機関」であることを強調するのは、たとえば「野心家の集団」だとあげつらわれたようなゴシップ(7)を意識してのことだろう。「藤村晩翠有明諸先輩も御賛同であります」として何とか泣菫を詩人協会に関わってもらおうとする白秋の気持ちが伝わってくる（実際には土井晩翠は入会していない）。丁度この時期、協会の雑誌『現代詩評』が休刊になる時で、会のまき直しを図っていたとも推測される。この懇請にもかかわらず、結局、泣菫は詩人協会が解散するまで入会することはなかった。おそらくそれは会や白秋に対して否定的な感情を抱いていたというよりも、泣菫の詩人としての矜持の問題だったのだろう。泣菫は『泣菫文集』（大阪毎日新聞社、大正一四年二月）に「詩集の後に」と題した長いあとがきを付け、次のように締めくくっている。「詩の国へ旅立ちのそも〳〵から一人ぼつちで、道連れといつては誰一人ありませんでした。道中も全く一人ぼつちでした。詩歌の国の仕事は、自分ひとりでなくてはいけないと思つたからです」。声高にではなく静かに己の信条を書き記し孤独の途を行く泣菫。そんな泣菫を理解しながら、詩壇合同のための詩人協会で奔走する白秋。北原白秋書簡はそうした二人の詩人の歩みに思いをいたすことができるものでもある。

相馬御風書簡について

相馬御風から泣菫に宛てた書簡は三通残る。三通は明治三八年から大正元年にかけての、お互いが二〇歳代から三〇歳代にあたる時期ものだが、一方で糸魚川市にある相馬御風記念館には泣菫の相馬御風宛書簡が大正五年から昭和一二年にかけてのもの五通が残されており、(8) 二人の間には生涯にわたって交流があったことがうかがえる。

御風から泣菫に宛てた最も早い書簡1は明治三八年一一月のもので、この時泣菫二八歳、御風二二歳。それまで『明星』に作品を発表していた御風は、東京専門学校に入学後、明治三六（一九〇三）年一〇月に新詩社を脱退し、岩野泡鳴、前田林外らと東京純文社を結成して詩歌を中心とした雑誌『白百合』を創刊した。創刊号には岩野泡鳴、前田林外と岩田古保との連名で「ああ詩は神なり、聖霊なり、憧憬感ずべきものなり」と「我等が非才を顧みず敢て茲に革新を絶叫せん」との「檄」が巻頭に掲げられていた。そしてこれ以降、御風は雑誌『白百合』を編集しながら、同誌に短歌を発表し続ける。そしてそれらをまとめたのが最初の歌集『睡蓮』（東京純文社、明治三八年一〇月）だった。

一方の泣菫は、この頃京都から郷里の連島へ戻って詩作を続けており、三八年五月には第三詩集『二十五絃』を、六月には詩文集『白玉姫』を上梓していた。巷間知られる「ああ大和にしあらましかば」を発表したのも、この年の一一月号の『中学世界』誌上である。詩人として最も脂がのり、世評が高かった時期ともいえる。こうした泣菫に自らの最初の作品集の批評を求めたのがこの書簡1なのである。ただこの書簡までに『白百合』には「霜月の一日」（明治三七年一二月）、「ならばや」（明治三八年一月）、「神無月の一夜」「おもだか」（明治三八年三月）、「月見草の歌へる」（明治三八年一〇月）と、いずれも泣菫の詩が発表されており、それを巡って二人の間でやり取りがなされたはずだろう。だが書面上とはいえ既知であった二人の関係にしては、やけに文面が他人行儀にも思える慇懃にすぎるものである。「もとより御手に上るさへ光栄たるべきをさるにてもさし出がましき至りに候」が「生れて幸うすき身のせめてはと思ふはかなきのぞみはたゞ〳〵ほそき詩の糸を命の小生に候へば」「ひろき御心にいれさせたまひて何とぞ行く末の御示導偏に願はしきに候」などと、不審に感じるほどの低姿勢で泣菫の批評を求めている。

かつて新詩社時代の御風は、京都の旧友真下飛泉に「近来、僕が最も気に入る詩人は泣菫氏と有明氏と林外氏です。特に有明氏が好きです（明治三六年八月七日真下飛泉宛書簡）[9]」と書き送ったりしていた。わずか二年前に吐露していた先輩詩人への憧れがこうした書簡の文面にあらわれる形になったのかもしれない。先の書簡に泣菫がどのような返信をしたかは不明だが、結果的に泣菫の評は掲載されなかった。ただ、後の明治三九年一月号には泣菫の詩「酸漿」が掲載されており、その埋め合わせだったと考えられるかもしれない。

これ以後『白百合』への泣菫の寄稿はない。誌面への登場回数もそれほど多くないものの、『白百合』終刊号になった明治四〇年四月号には、前田林外と相馬御風による「終刊の辞」が載り、そこでは「終に臨み本誌の経営に向て特別なる同情を寄せられ陰に陽に高助を賜ひたる」人として一七名の名前が列挙されている。その筆頭にあるのが薄田泣菫その人である。のちに御風が中心的に編集に携わった『早稲田文学』においても、泣菫は明治三九年七月に長篇叙事詩「葛城之神」を発表。この他にも多くの詩を発表している。また明治四二年五月号には小説「嫉妬」を掲載するなど、『早稲田文学』は泣菫の新たな試みの舞台ともなった雑誌であり、二人の関係は続いた。

野口米次郎書簡について

泣菫より二歳年長の野口米次郎は一八歳で単身渡米し、さまざまな職を経る中で詩集を刊行し詩人としての名前を確立する。明治三七（一九〇四）年九月に帰国し、郷里の津島に一時帰った後は、大阪京都奈良などを回り、その見聞録を『読売新聞』に掲載して帰朝詩人として注目を集めていた。そうした中、大阪では一〇月二〇日、須藤南翠、菊池幽芳、角田浩々歌客ら大阪文壇の面々が来阪した野口の歓迎会を開いている[10]。金尾文淵堂から翌年二月に *Japan of sword and love*（未見）が刊行されているのも、この辺りから大阪文壇と野口とのつながりが出来ていたことの証明になるだろう。そして大阪文壇と近かった泣菫はこの時期郷里に戻っていたが、野口とは間接的に接近していたことになる。

その後東京に戻った野口が次に出会ったのが岩野泡鳴であった。当時泡鳴が、前田林外、相馬御風らと編集していた雑誌『白百合』（明治三八年二月）には「書牘二則」として泡鳴から前田林外に宛てた書簡が載り「数日前、野口米次郎氏藤沢より来訪、はじめて氏と会談仕り候。『白百合』新年号の同氏の詩、之が掲載し方に満足を表し居られ候。氏はなか〳〵アムビシアスの詩人にて、追ひ〳〵大きな事をやる意気込を抱き居られ候。海岸の砂上に横はりて、数時間の快談仕り候」と報告されていた。一方でこの時のことは野口にも印象深かったようで後に「今眼を閉つてその時のことを考へると、泡鳴君の高い額が青い空の背景から浮いて見えるやうにも思はれる。彼のやうな額の所有者は単に理智的のみで無く極めて率直な感情に富んで居るものだ。僕が初めて知つた当時の泡鳴君はエモウシヨナルの人であつた」(11)と回想している。

この「アムビシアスの詩人」と「エモウシヨナルの人」とが明治三九年に計画した「あやめ会」が詩壇に一大騒動を起こすことになる。泣菫もまたそこに巻き込まれるのだが、その舞台裏の一端を明かしてくれるのが本書収録の1、2の書簡である。

あやめ会は明治三九年六月に日米英の詩人たちの合同詩集『あやめ草』を「文壇空前の快挙」(12)として華々しく刊行した。あやめ会に集ったものは海外の詩人二〇名と日本の詩人、岩野泡鳴、土井晩翠、小山内薫、蒲原有明、河井酔茗、高安月郊、上田敏、前田林外、児玉花外、山本露葉、平木白星、薄田泣菫の一二名であり、有力なメンバーを有していた。実際の会の設立計画は、野口と泡鳴に蒲原有明、児玉花外の四名が中心的人物となった(13)。

このあやめ会の騒動については、詳しい先行文献があるため(14)詳細はそちらに譲り、本解説では書簡1と2に直接関わるところについて、その背景を述べていきたい。

まず書簡1は、騒動のきっかけとなった八月二六日の『万朝報』『読売新聞』の記事が出る直前のものだが、これ以前に泣菫は前田林外より書簡(前田林外書簡4)を受け取り、会の内部に不穏な動きがあることを知らされていた。この書簡中、前田林外は会の内情を暴露し「小生花外等は此会がコノマヽナラバ以後は脱会するか原稿を送らぬつもりに候」と述べ、泣菫に「貴意如何」と尋ねていた。これに泣菫は何らかの返答をしたものと思われる。それが前田林外書簡5の「おはがき只今拝承」に繋がるのだろう。しかしこの書簡5を読む限り、泣菫は決定的な態度表明はしていないようで、より詳細な状況説明を求めていたような節がある。ただこの時点で明らかに野口・岩野・蒲原グループと、前田林外、児玉花外そして会の外から相馬御風が関わるグループの二派に分裂する形となっていた。これは先行文献[15]でも言われるように雑誌『白百合』での対立がここに持ち込まれている。

書簡1の「如山堂とのトラブルは遠方の君に聞せるにも不及と存候故　実は遠慮致候」との野口の言葉はこうした状況を受けての弁解だろう。だが「トラブル」を穏便に済ませようとしていた野口に打撃を与えたのが、八月二六日の『万朝報』『読売新聞』両紙に出た記事である。『万朝報』に載った「あやめ会の内幕」では「会は殆ど某英詩人の機関とも云ふべきもの、他の詩人連は全く同氏の金儲けの犠牲とせられたる迄」で「第一集の如きも其原稿料は悉く何処へか雲隠れしたる」と前田林外が先の書簡4で記していたものと同じ内容が扇情的に報じられていた。これに野口の対応は素早く、まず三日後の八月二九日の『読売新聞』に訂正記事を出させ、九月一日の両紙に反駁文を載せる。『万朝報』では野口自身の反駁文の他、八月二十八日付で上田敏、小山内薫、蒲原有明、岩野泡鳴の連名で、二六日の記事は事実無根であり「吾等は某英詩人と云はれし人の為弁じ置き度候」との声明が載っており、八月三一日の蒲原有明書簡9で「此両日間は昼夜それのみ奔走いたし候」とあるように、この間一種の多数派工作のようなものが行われた模様で、結果ここで上田敏と小山内薫が旗幟を鮮明にさせたわけである。東京から離れた場所にいた泣菫もこの渦中にあった。野口が泣菫に九月一日の記事の切り抜きを同封して書簡2を送り、「何事か君は余に関し或はあやめ会其物に対して誤解して居るのではあるまいか」と質したのが九月二日。泣菫から返答がないことで野口に焦りがあったのだろう。しかし書簡2には追伸の形で「此の手紙を書いて封筒に入れやうと思つていると　郵郵《ママ》屋が君の手紙を持つて来た」と書かれる。泣菫はすでに返信を出していたのである。野口は「兎に角難有い」と感謝し、「東京などには居る所ぢや無いよ、変手古な奴等がいるからね」と感情をあらわにして喜んでいる。

結局、書簡2に書かれているように前田林外は九月一日に退会処分となる。九月三日の『読売新聞』では「あやめ会は一昨夜上野精養軒に会し協議したり野口氏林外氏除名を主張し林外氏は野口氏除名を主張し結局上田敏氏の忠告にて林外氏が会へ宛てて謝罪状を出し且つ退会することを承諾し落着したり」と報じられる。だが続けて「前田氏来社しての談によれば氏は野口氏に対し断じて不都合の行為なきを確知したるを以て謝罪状は出すの理由なし」という前田林外の弁明も載る。また『万朝報』にも九月一日付で如山堂社主の今津隆治による、野口氏は「断じて、道理上正当なる手続を履まれ居らざる事は、責任を以て明言仕候」との反論と、第一集は「野口米次郎一個人として発刊し居るもの〻、如くなり居れり、是に不同意は白星、花外、露葉、諸君を始めとし小生も全然不同意なり」との前田林外による反撃も載り、火種は依然残ったようにも思えたが、『読売新聞』九月五日で「昨三日蒲原有明氏宅にて会員及び如山堂佐久良書房の両主人会合し熟談の結果相互の誤解全く氷解し同会の発達を図るにつき爾後親密に協力することとなりし」と報じられ、九月一〇日には「新体詩人の争ひも落着し会員一同は今津如山堂主人に対し大に同情し左程非難すべき者にあらずと認めたり」と報じられたことで最終的な決着をみる。会員内でも先の林外の反撃文中に名前を連ねていた平木白星が九月五日の『万朝報』に「吾輩は今回の事件には一向関係はしないのだから、さう御承知願ひたい」と宣言し距離を取るなど、林外が完全に敗北してこの騒動に決着がついたのであった。

すでに同時代においても「会の紛擾ではなく、同会に属する二三詩人の児戯の如き私闘[16]」だと揶揄されていたように、文学上の主義主張とは無縁のところで火が点いたようなこのあやめ会の騒動は、多くの詩人を巻き込んだまさしく「私闘」と呼ぶに相応しいものだったが、幸いにというべきか、泣菫は遠方にあったため直接的な関わり合いを免れているような感がある。だがそれゆえに対立する双方から自らの正当性を訴える書簡が多く届くことにもなった。泣菫がこの騒動をどのように感じていたか、それは実に興味深い疑問だが答えを知ることはできない。我々の目の前に残されているのは、詩人達の対立関係を手に取るように見ることができる数々の書簡のみである。

【注】

（1）北原白秋『白秋歌話』（河出書房、昭和一九年一〇月）
（2）西村陽吉「白秋のイマージュ（上）」（『多磨』昭和二三年一一月）
（3）松村緑『薄田泣菫考』（教育出版センター、昭和五二年九月）

（4）「文壇諸家年譜（一三）北原白秋」（『新潮』大正六年一二月）
（5）井上康文『回想の白秋』（鳳文書林、昭和二三年六月）には、井上が白秋の命を受けて藤村と野口米次郎に交渉に行き、酔茗と露風、光太郎には手紙を出したとある。
（6）『文芸年鑑　昭和四年版』（新潮社、昭和四年一月）、『文芸年鑑　昭和五年版』（新潮社、昭和五年三月）
（7）「野心家の集団　詩人協会」（『東京朝日新聞』昭和四年六月一日）
（8）相馬御風記念館編『相馬御風宛書簡集Ⅰ』（糸魚川市教育委員会、平成一四年三月）
（9）相馬文子『若き日の相馬御風』（三月書房、平成七年五月）
（10）「よみうり抄」（『読売新聞』明治三七年一一月四日）
（11）野口米次郎「故岩野泡鳴君」（『文章世界』大正九年六月）
（12）『読売新聞』明治三九年六月六日広告
（13）野口米次郎「あやめ会対如山堂紛擾」（『読売新聞』明治三九年九月一日）。野口米次郎「故岩野泡鳴君」（前掲）によれば主導的人物は野口、泡鳴、有明と上田敏、平木白星の五名だという。
（14）堀まどか『「二重国籍」詩人　野口米次郎』（名古屋大学出版会、平成二四年二月）、和田桂子「野口米次郎のロンドン（8）あやめ会の内紛」（『大阪学院大学外国語論集』平成一一年三月）
（15）前掲（14）堀まどか『「二重国籍」詩人　野口米次郎』
（16）「文芸彙報」（『明星』明治三九年一〇月）

倉敷市蔵 薄田泣菫宛書簡集　詩歌人篇

2015年3月25日　初版第一刷発行　定価（本体9,800円＋税）

著編者　倉　敷　市
所管　倉敷市文化振興課
〒710-8565 岡山県倉敷市西中新田640
電話 086-426-3075　421-0107(FAX)

発行所　株式会社　八　木　書　店　古書出版部
代表　八　木　乾　二
〒101-0052 東京都千代田区神田小川町3-8
電話 03-3291-2969(編集)　-6300(FAX)

発売元　株式会社　八　木　書　店
〒101-0052 東京都千代田区神田小川町3-8
電話 03-3291-2961(営業)　-6300(FAX)
http://www.books-yagi.co.jp/pub
E-mail pub@books-yagi.co.jp

印　刷　精興社
製　本　牧製本印刷
用　紙　中性紙使用

ISBN978-4-8406-9677-7